瑞蘭國際

掌握關鍵120分，戰勝新日檢！

新日檢
N4 新版

言語知識 全攻略
（文字・語彙・文法）

張暖彗老師　著／元氣日語編輯小組　總策劃

作者序

這是通過日檢考試前的最後一本參考書！

這句話不僅是對眾多考生的期望，更是對自己的期許。

每年都有很多學生跑來問我，要如何準備日檢？或是應該買怎樣的參考書才對？可見「日語能力測驗」在日語學習的過程，佔多麼重要的地位。

加上2010年開始，日語能力測驗新制，區分為N1～N5五個級數，日檢的新制度更是成為眾多考生議論紛紛的話題之一。剛好藉由此契機，將長久以來的教學內容，徹底做了一個大檢視，配合新制度的趨勢，重新整理、歸納，希望可以讓本書成為芸芸考生的有力幫手。

儘管日檢新制上路，但平心而論，N4和以往的三級並無太大的差異。因為N4乃日語學習中的基礎，不管制度如何變遷，基礎是不會變的。所以要如何準備N4考試？方法很簡單──「熟讀與熟記」。

雖然「熟讀與熟記」聽起來非常容易，不過要怎麼讀到重點，要如何有效記憶，卻不是容易的事。這時就是本書發揮作用的時機了！針對「背單字」的部分，特地將所有相關的字整理在一起，幫助考生可以做到「舉一反三」的高效率記憶。「文法的了解度」則從二部分著手，先由最基本的詞性特色、重點切入，了解日語每個詞性的各種變化，如此便可輕易掌握，利用各詞性所衍變出來的基本句型。有了紮實的基本知識之後，再進一步融會貫通，達到根據目的別，運用所學的句型。如此便可在最短的時間內，精準的將日語的「點」（詞性

特色）、「線」（基本句型）和「面」（集結句型而成的文章）一網打盡。

　　以「言語知識」而言，簡單地說，就是考「背單字」和「文法的了解度」。只要考生可以耐心地將本書所編列的單字和文型熟記在心，不僅可以應付文字語彙和文法的考題，連「讀解」也難不倒大家，因為閱讀測驗的文章，就是由這些單字和文型所組合而成的。至於大家聞之變色的「聽解」，其實也是一樣的道理，同學所謂的「聽不懂」，其實歸根究底，就是單字或文法不夠熟稔，造成有聽沒有懂的困境，只要考試中所說的每個字、每句話的意思你都可以了解，那麼何難之有？

　　有拜有保庇，有讀本書就有希望！只要大家能夠，從頭至尾將本書「看進心裡、記在腦裡」，那麼「合格」絕對不是難事！

張暖慧

戰勝新日檢，
掌握日語關鍵能力

元氣日語編輯小組

日本語能力測驗（**日本語能力試験**）是由「日本國際教育支援協會」及「日本國際交流基金會」，在日本及世界各地為日語學習者測試其日語能力的測驗。自1984年開辦，迄今超過30年，每年報考人數節節升高，是世界上規模最大、也最具公信力的日語考試。

新日檢是什麼？

近年來，除了一般學習日語的學生之外，更有許多社會人士，為了在日本生活、就業、工作晉升等各種不同理由，參加日本語能力測驗。同時，日本語能力測驗實行30多年來，語言教育學、測驗理論等的變遷，漸有改革提案及建言。在許多專家的縝密研擬之下，自2010年起實施新制日本語能力測驗（以下簡稱新日檢），滿足各層面的日語檢定需求。

除了日語相關知識之外，新日檢更重視「活用日語」的能力，因此特別在題目中加重溝通能力的測驗。目前執行的新日檢為5級制（N1、N2、N3、N4、N5），新制的「N」除了代表「日語（Nihongo）」，也代表「新（New）」。

新日檢N4的考試科目有什麼？

新日檢N4的考試科目，分為「言語知識（文字・語彙）」、「言語知識（文法）・讀解」與「聽解」三科考試，計分則為「言語知識（文字・語彙・文法）・讀解」120分，「聽解」60分，總分180分，並設立各科基本分數標準，也就是總分須通過合格分數（＝通過標準）之外，各科也須達到一定成績（＝通過門檻），如果總分達到合格分數，但有一科成績未達到通過門檻，亦不算是合格。總分通過標準及各分科成績通過門檻請見下表。

N4總分通過標準及各分科成績通過門檻			
總分通過標準	得分範圍	0~180	
	通過標準	90	
分科成績通過門檻	言語知識（文字・語彙・文法）・讀解	得分範圍	0~120
		通過門檻	38
	聽解	得分範圍	0~60
		通過門檻	19

從上表得知，考生必須總分超過90分，同時「言語知識（文字・語彙・文法）・讀解」不得低於38分、「聽解」不得低於19分，方能取得N4合格證書。

另外，根據新發表的內容，新日檢N4合格的目標，是希望考生能完全理解基礎日語。

新日檢程度標準		
新日檢N4	閱讀（讀解）	・能閱讀以基礎語彙或漢字書寫的文章（文章內容則與個人日常生活相關）。
	聽力（聽解）	・日常生活狀況若以稍慢的速度對話，大致上都能理解。

新日檢N4的考題有什麼（新舊比較）？

　　從2020年度第2回（12月）測驗起，新日檢N4測驗時間及試題題數基準進行部分變更，考試內容整理如下表所示：

考試科目			題型		題數		考試時間	
			大題	內容	舊制	新制	舊制	新制
（文字・語彙）言語知識	文字・語彙	1	漢字讀音	選擇漢字的讀音	9	7	30分鐘	25分鐘
		2	表記	選擇適當的漢字	6	5		
		3	文脈規定	根據句子選擇正確的單字意思	10	8		
		4	近義詞	選擇與題目意思最接近的單字	5	4		
		5	用法	選擇題目在句子中正確的用法	5	4		
言語知識（文法）・讀解	文法	1	文法1（判斷文法形式）	選擇正確句型	15	13	60分鐘	55分鐘
		2	文法2（組合文句）	句子重組（排序）	5	4		
		3	文章文法	文章中的填空（克漏字），根據文脈，選出適當的語彙或句型	5	4		
	讀解	4	內容理解（短文）	閱讀題目（包含學習、生活、工作等各式話題，約100～200字的文章），測驗是否理解其內容	4	3		
		5	內容理解（中文）	閱讀題目（日常話題、狀況等題材，約450字的文章），測驗是否理解其內容	4	3		
		6	資訊檢索	閱讀題目（介紹、通知等，約400字），測驗是否能找出必要的資訊	2	2		

考試科目	題型			題數		考試時間	
		大題	內容	舊制	新制	舊制	新制
聽解	1	課題理解	聽取具體的資訊,選擇適當的答案,測驗是否理解接下來該做的動作	8	8	35分鐘	35分鐘
	2	重點理解	先提示問題,再聽取內容並選擇正確的答案,測驗是否能掌握對話的重點	7	7		
	3	說話表現	邊看圖邊聽說明,選擇適當的話語	5	5		
	4	即時應答	聽取單方提問或會話,選擇適當的回答	8	8		

　　其他關於新日檢的各項改革資訊,可逕查閱「日本語能力試驗」官方網站http://www.jlpt.jp/。

台灣地區新日檢相關考試訊息

測驗日期:每年七月及十二月第一個星期日

測驗級數及時間:N1、N2在下午舉行;N3、N4、N5在上午舉行

測驗地點:台北、桃園、台中、高雄

報名時間:第一回約於三～四月左右,第二回約於八～九月左右

實施機構:財團法人語言訓練測驗中心

　　（02）2365-5050

　　http://www.lttc.ntu.edu.tw/JLPT.htm

如何使用本書

Step1. 本書將新日檢N4「言語知識」必考之文字、語彙、文法，
分別介紹及解說：

第一單元 文字・語彙（上）漢字
第二單元 文字・語彙（下）語彙
第三單元 文法・句型（上）基本文法
第四單元 文法・句型（下）應用句型

MP3序號

發音最準確，隨時隨地訓練聽力！

讀者可依序學習，或是選擇自己較弱的單元加強實力。

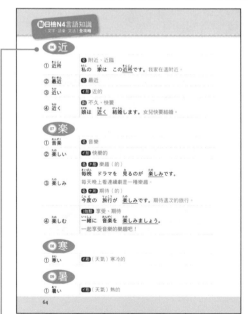

●——必考漢字整理

第一單元依照主題分類，同時針對同一漢字的所有發音、詞性和中文解說都做了綜合歸納，若有特殊用法限制時，輔助例句詳加說明，幫助迅速掌握考題趨勢！

●——必考語彙整理

第二單元依照五十音順做整理，除了可循序漸進背誦外，亦方便查詢。針對「動詞」和「一字多用途」的複雜語彙，亦佐以例句說明，學習最有效率！

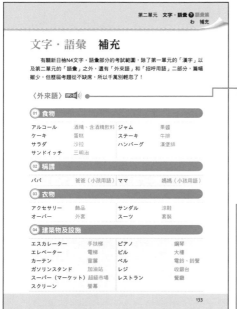

第二單元　文字・語彙 🛈 語彙篇
わ　補充

文字・語彙　補充

　有關新日檢N4文字・語彙部分的考試範圍，除了第一單元的「漢字」以及第二單元的「語彙」之外，還有「外來語」和「招呼用語」二部分，篇幅雖少，但歷屆考題從不缺席，所以千萬別輕忽了！

〈外來語〉

01 食物

アルコール	酒精、含酒精飲料	ジャム	果醬
ケーキ	蛋糕	ステーキ	牛排
サラダ	沙拉	ハンバーグ	漢堡排
サンドイッチ	三明治		

02 稱謂

| パパ | 爸爸（小孩用語） | ママ | 媽媽（小孩用語） |

03 衣物

| アクセサリー | 飾品 | サンダル | 涼鞋 |
| オーバー | 外套 | スーツ | 套裝 |

04 建築物及設施

エスカレーター	手扶梯	ピアノ	鋼琴
エレベーター	電梯	ビル	大樓
カーテン	窗簾	ベル	電鈴・鈴聲
ガソリンスタンド	加油站	レジ	收銀台
スーパー（マーケット）超級市場		レストラン	餐廳
スクリーン	螢幕		

133

外來語、招呼用語補充

有關新日檢N4文字・語彙部分的考試範圍，還有「外來語」和「招呼用語」，篇幅雖少，但歷屆考題從不缺席，所以千萬別輕忽了！

文法句型與說明

第三單元及第四單元依照出題基準整理文法句型，命中率最高！說明簡單易懂好記憶！

日語例句與解釋

例句生活化，好記又實用。

新日檢N4言語知識
「文字・語彙・文法」全攻略

第三單元　句型・文法 🕮 基本文法
助詞與接尾語

② 指示語

　「指示語」又被稱為「こ、そ、あ、ど」系統，因為這四個字巧妙地表達出說話者、聽話者以及話題內容三方的遠近關係。指示語除了表示「事物」和「地方」的代名詞外，還包含了連體詞，以下列表格做系統性的整理。

	こ（這~）	そ（那~）	あ（較遠或看不見的那~）	ど（哪~）（參考疑問詞）
代名詞	これ	それ	あれ	どれ
連體詞1	この＋名詞	その＋名詞	あの＋名詞	どの＋名詞
連體詞2	こんな＋名詞	そんな＋名詞	あんな＋名詞	どんな＋名詞
連體詞3（副詞）	こんなに＋形容詞、動詞	そんなに＋形容詞、動詞	あんなに＋形容詞、動詞	どんなに＋形容詞、動詞
副詞	こう＋形容詞、動詞	そう＋形容詞、動詞	ああ＋形容詞、動詞	どう＋動詞
場所	ここ	そこ	あそこ	どこ
方向（敬語）	こちら	そちら	あちら	どちら
方向（口語）	こっち	そっち	あっち	どっち

1. これ、それ、あれ、どれ
　　この・その・あの・どの
　　こんな、そんな、あんな、どんな
　　「これ、それ、あれ、どれ」、「この、その、あの、どの」以及「こんな、そんな、あんな、どんな」三組都是敘述物品或事情。
　　其中「これ、それ、あれ、どれ」意為「這個、那個、那個、哪個」，而另外二組連體詞雖然都須連接名詞使用，但意思上略有不同。「この、その、あの、どの」是「這、那、那、哪」，而「こんな、そんな、あんな、どんな」則是「這樣的、那樣的、那樣的、哪樣的」。
　　▶これは　えんぴつです。這是鉛筆。
　　▶その手帳は　私のです。那行事曆是我的。
　　▶あんなに　読みません。不看那樣的書。

2. こんなに、そんなに、あんなに、どんなに
　　「こんなに、そんなに、あんなに、どんなに」翻譯成「這樣地、那樣地、那樣地、哪樣地」。這組字和上面二組連體詞，最大的差異在於屬於副詞，所以後面可以加上形容詞或動詞，作為強調使用。其中，「どんなに」若是要配合「ても」，大多會接續否定表現。意思是「不管如何地~還是~」。
　　▶こんなに　おいしいケーキを　食べたのは　初めてです。
　　　吃到這樣美味的蛋糕是第一次。
　　▶どんなに　勉強しても、なかなか　読み方が　覚えられません。
　　　不管如何地學習，還是記不起讀法。

3. こう、そう、ああ、どう
　　「こう、そう、ああ、どう」中文意思是「像這樣地、像那樣地、像那樣地、怎麼地」。詞性上亦屬「副詞」，所以後面接續形容詞或動詞。主要用於講述身邊事物的表現方式。此外，「どう」屬疑問詞，主要是用於動詞前面。

162　　163

9

Step2. 在研讀前四單元之後，可運用

第五單元　模擬試題＋完全解析

做練習。三回的模擬試題，均附上解答與老師詳細解說，

測驗實力之餘，也可補強不足之處。

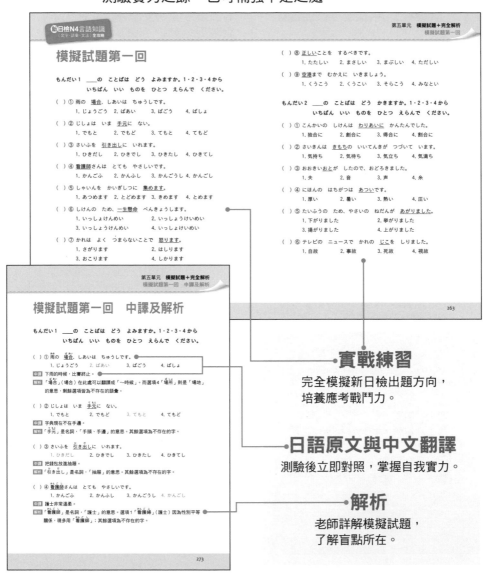

實戰練習
完全模擬新日檢出題方向，
培養應考戰鬥力。

日語原文與中文翻譯
測驗後立即對照，掌握自我實力。

解析
老師詳解模擬試題，
了解盲點所在。

◆本書採用略語如下

名 ……… 名詞		**他動** …… 他動詞	
副 ……… 副詞		**補動** …… 補助動詞	
副助 …… 副助詞		**イ形** …… イ形容詞（形容詞）	
感 ……… 感動詞		**ナ形** …… ナ形容詞（形容動詞）	
I ……… 第一類動詞		**接續** …… 接續詞	
II …… 第二類動詞		**接尾** …… 接尾語	
III …… 第三類動詞		**連體** …… 連體詞	
自・サ特殊型 サ行變格自動詞特殊用法		**連語** …… 連語	
自動 …… 自動詞			

如何掃描 QR Code 下載音檔

1. 以手機內建的相機或是掃描 QR Code 的 App 掃描封面的 QR Code。
2. 點選「雲端硬碟」的連結之後，進入音檔清單畫面，接著點選畫面右上角的「三個點」。
3. 點選「新增至「已加星號」專區」一欄，星星即會變成黃色或黑色，代表加入成功。
4. 開啟電腦，打開您的「雲端硬碟」網頁，點選左側欄位的「已加星號」。
5. 選擇該音檔資料夾，點滑鼠右鍵，選擇「下載」，即可將音檔存入電腦。

目 次

25 第一單元
文字・語彙（上）──漢字篇

99 第二單元　文字·語彙（下）——語彙篇

139 第三單元 文法・句型（上）──基本文法

140 一 助詞與接尾語

140 1. 格助詞類

01 が

02 を

03 に

04 で

05 へ

06 と

07 から / まで

08 や

09 の

151 2. 副助詞類

01 は

02 も

03 には / へは / とは　からも / でも

04 か

05 など

06 くらい / ぐらい

07 だけ

08 しか

09 までに

10 ばかり

156 3. 接續助詞類

01 が

02 ので

03 のに

04 し

158 4. 並立助詞類

01 とか

158 5. 終助詞類

01 ね

02 よ

03 わ

04 だい / かい

05 な

209▶ 4.ない形的變化方式與重點文法

01 ～ない形＋で＋ください。

02 ～ない形去い＋ければ＋なりません / ならない。

03 ～ない形去い＋く＋ては＋いけません / いけない。

04 ～ない形去い＋く＋ても　いいです。

05 ～ない形去い＋く＋ても＋かまいません / かまわない。

06 ～ない形＋ほうが　いいです。

07 ～ない形去ない＋ず（に）

08 ～ない形＋ことに＋します / して　います。

09 ～ない形＋つもりです。

10 ～ない形＋ように　言います。

11 ～ない形＋ことに＋なります / なって　います。

212▶ 5.可能形的變化方式與重點文法

01 ～が＋可能形

02 ～が＋見えます。/ 聞こえます。

03 可能形＋ように＋なります。

04 可能形＋ように＋動作句

215▶ 6.意向形的變化方式與重點文法

01 意向形＋と　思います。

02 意向形＋と　します。

217▶ 7.命令形、禁止形的變化方式與重點文法

01 命令形

02 禁止形

218▶ 8.ば形的變化方式與重點文法

01 ば形＋結果句

227 ▶ 第四單元 文法・句型（下）──應用句型

228 ▶ 1.敬語

01 專門用語

02 お＋和語名詞 / ご＋漢語名詞

03 【ナ形容詞 / 名詞】＋で　ございます。

04 動詞受身形

05 【お＋和語動詞ます形去ます / ご＋漢語動詞語幹】＋に　なります。

06 【お＋和語動詞ます形去ます / ご＋漢語動詞語幹】＋ください。

07 【お＋和語動詞ます形去ます / ご＋漢語動詞語幹】＋します。

08 【お＋和語動詞ます形去ます / ご＋漢語動詞語幹】＋いたします。

232 ▶ 2.意志

01 動詞意向形＋と　思（おも）います。

02 【動詞辭書形 / 動詞ない形 / 名詞＋の】＋つもりです。

03 動詞意向形＋と　します。

04 名詞＋に＋します。

05 【動詞ます形去ます】＋たがります / たがって　います。

233 ▶ 3.委託

01 【名詞＋を / 動詞て形 / 動詞ない形＋で】＋ください。

02 【名詞＋を / 動詞て形】＋くださいませんか。

03 【お＋和語動詞ます形去ます / ご＋漢語動詞語幹】＋ください。

04 使役動詞て形＋ください。

234 ▶ 4.動作的開始、持續與終了

01 動詞ます形去ます＋始（はじ）めます。

02 動詞ます形去ます＋出（だ）します。

03 動詞ます形去ます＋続（つづ）けます。

04 動詞ます形去ます＋終（お）わります。

235▶ 5.動作的階段

01 【動詞た形 / 動詞て形＋いる / 動詞辭書形】＋ところです。

236▶ 6.能力

01 【名詞 / 動詞辭書形＋こと】＋が　できます。

02 動詞可能形

237▶ 7.義務與非義務

01 【動詞ない形去い＋ければ】＋なりません / ならない。

02 【動詞ない形去い＋く＋ては】＋いけません / いけない。

03 動詞ない形去い＋くても　いいです。

04 【動詞ない形去い＋くても】＋かまいません / かまわない。

238▶ 8.許可

01 使役動詞て形＋ください。

02 動詞て形＋も　いいです。

03 【動詞て形＋も】＋かまいません / かまわない。

239▶ 9.禁止

01 【動詞て形＋は】＋いけません / いけない。

02 動詞辭書形＋な（動詞禁止形）

240▶ 10.時間關係

01 【動詞普通體 / イ形容詞普通體 / ナ形容詞＋な / 名詞＋の】＋とき、〜。

02 【動詞普通體 / イ形容詞 / ナ形容詞＋な / 名詞＋の】＋間（あいだ）

03 【動詞普通體 / イ形容詞 / ナ形容詞＋な / 名詞＋の】＋うち

241▶ 11.授與

01 【動詞て形 / 名詞＋を】＋やります。

02 【動詞て形 / 名詞＋を】＋あげます / 差し上げます（さあげ）。（敬語）

03 【動詞て形 / 名詞＋を】＋くれます / くださいます。（敬語）

04 【動詞て形 / 名詞＋を】＋もらいます / いただきます。（敬語）

244 **12.條件與假設**

01 動詞ば形 / イ形容詞去い＋ければ / ナ形容詞＋であれば / 名詞＋であれば

02 【動詞た形 / イ形容詞去い＋かった / ナ形容詞＋だった / 名詞＋だった】＋ら

03 【動詞辭書形 / イ形容詞普通體 / ナ形容詞 / 名詞】＋なら

04 【動詞辭書形 / 動詞ない形 / イ形容詞普通體 / ナ形容詞＋だ / 名詞＋だ】＋と

247 **13.推測與判斷**

01 【動詞普通體 / イ形容詞普通體 / 名詞 / ナ形容詞】＋でしょう / だろう。

02 【動詞普通體 / イ形容詞普通體 / 名詞 / ナ形容詞】＋だろうと　思います。

03 【動詞普通體 / イ形容詞普通體 / 名詞 / ナ形容詞】＋かもしれません / かもしれない。

04 【動詞辭書形 / 動詞ない形 / イ形容詞普通體 / ナ形容詞＋な / 名詞＋の】＋はずです。

05 【動詞辭書形 / 動詞ない形 / イ形容詞普通體 / ナ形容詞＋な / 名詞＋の】＋
　　はずが＋【ありません / ない】。

249 **14.難易**

01 動詞ます形去ます＋やすいです。

02 動詞ます形去ます＋にくいです。

250 **15.比較**

01 Aは　Bより＋形容詞

02 Aより　Bの　ほうが＋形容詞

03 問：Aと　Bと　どちらが～
　　答：A / Bの　ほうが～

04 Aは　Bほど＋否定

251 **16.傳聞與樣態**

01 【動詞普通體 / イ形容詞普通體 / 名詞＋だ / ナ形容詞＋だ】＋そうです。（傳聞）

02 【動詞ます形去ます / イ形容詞去い / ナ形容詞】＋そうです。（樣態）

03 【動詞普通體 / 名詞＋の】＋【ようだ。 / ような＋名詞句。 /
　　ように＋動詞、形容詞句。】（比喻）

04 【動詞普通體 / イ形容詞普通體 / ナ形容詞＋な / 名詞＋の】＋ようだ。（樣態）

05 【動詞普通體 / イ形容詞普通體 / 名詞 / ナ形容詞】＋らしいです。

253 17.變化與決定

01 【動詞ない形去い＋く / イ形容詞去い＋く / ナ形容詞＋に / 名詞＋に】＋なります。

02 【イ形容詞去い＋く / ナ形容詞＋に / 名詞＋に】＋します。

03 【動詞辭書形 / 動詞ない形】＋ように　なります。

04 【動詞辭書形 / 動詞ない形】＋ように＋【します / して　います】。

05 【動詞辭書形 / 動詞ない形】＋ことに＋【なります / なって　います】。

06 【動詞辭書形 / 動詞ない形】＋ことに＋【します / して　います】。

256 18.命令

01 動詞命令形

02 動詞ます形去ます＋なさい。

256 19.理由

01 完整的句子＋から

02 【動詞普通體 / イ形容詞普通體 / 名詞＋な / ナ形容詞＋な】＋ので

03 【動詞普通體 / イ形容詞普通體 / ナ形容詞＋な / 名詞＋の】＋ために

04 動詞て形 / イ形容詞去い＋くて / 名詞＋で / ナ形容詞＋で

05 【動詞普通體 / イ形容詞 / 名詞＋な / ナ形容詞＋な】＋ん / の＋です。

259 20.目的

01 【動詞ます形去ます / 名詞】＋に＋移動動詞。

02 【動詞辭書形 / 動詞ない形】＋ように

03 【動詞辭書形 / 名詞＋の】＋ために

04 【動詞辭書形＋の / 名詞】＋に＋【使います / 役に　立ちます / 時間が　かかります】。

【動詞辭書形＋の / 名詞】＋に＋【いいです / 便利です / 必要です】。

261 第五單元 模擬試題＋完全解析

第一單元

文字・語彙 🔼
漢字篇

　　本書將 N4 範圍內，非記不可的單字，分為「漢字篇」、「語彙篇」，以及補充的「外來語」和「招呼用語」等。只要循序漸進好好學習，除了能在「文字語彙」科目中拿到高分之外，並有助於「讀解」及「聽解」的應考。

　　第一單元，我們從國人最熟悉的「漢字篇」開始學習背誦，加油！

　　「文字・語彙」是新日檢N4測驗中相對單純的部分，屬於有耕耘即可看到收穫的高報酬範疇。除了基本詞彙的「音讀」、「訓讀」、「漢字的寫法」之外，「詞彙的適當用法」也包括在考題設計之中。

　　新日檢N4雖仍舊屬於日語學習中較為基礎的部分，但必須熟記的漢字已經增至近300字，而每個漢字所衍生出來的詞彙，不論數量或語意都較為廣泛。簡單來說，N5大部分是與個人切身相關的單字，而N4則是著重在與他人做更進一步溝通時所需的用字。

　　本單元「漢字篇」根據漢字意思，分為十五個主題，依序為「數字」、「時間」、「人」、「家族」、「身體」、「學校」、「方位」、「場所」、「行政單位」、「交通」、「顏色」、「形容」、「動作」、「自然」和「其他」。並且針對同一漢字的所有發音，都做了綜合歸納，因此對於令人困擾的自動、他動詞的部分，可以一目瞭然之外，對於漢字雷同的相關動詞，也可一網打盡。

　　以下每一大類中的每一個單字，都列舉了可能的發音、詞性和中文解說，若有特殊用法限制時，也有例句詳加說明。讀者可藉由此分類方式，舉一反三，觸類旁通，完全熟悉新日檢N4的漢字。

1 數字 MP3-01))

01 一

① 一 (いち)	名 一	
② 一度 (いちど)	名 一次	
③ 一日 (いちにち)	名 一天	
	楽(たの)しい一日(いちにち)です。 快樂的一天。	
④ 一日 (ついたち)	名 一日	
	元旦(がんたん)は 一月一日(いちがつついたち)です。 元旦是一月一日。	

⑤ <ruby>一番<rt>いちばん</rt></ruby>	名 第一 この<ruby>試合<rt>し あい</rt></ruby>は　<ruby>林<rt>りん</rt></ruby>さんが　<ruby>一番<rt>いちばん</rt></ruby>です。這場比賽林先生是第一。 副 最〜 <ruby>季節<rt>き せつ</rt></ruby>の　<ruby>中<rt>なか</rt></ruby>で　<ruby>夏<rt>なつ</rt></ruby>が　<ruby>一番<rt>いちばん</rt></ruby>　<ruby>好<rt>す</rt></ruby>きです。季節之中最喜歡夏天。	
⑥ <ruby>一緒<rt>いっしょ</rt></ruby>	名 一起	
⑦ <ruby>一生懸命<rt>いっしょうけんめい</rt></ruby>	名 ナ形 拚命（的） <ruby>試合<rt>し あい</rt></ruby>の　ため、<ruby>一生懸命<rt>いっしょうけんめい</rt></ruby>　<ruby>練習<rt>れんしゅう</rt></ruby>します。 為了比賽，拚命練習。	
⑧ <ruby>一杯<rt>いっぱい</rt></ruby>	副 滿滿地 おなかが　もう　<ruby>一杯<rt>いっぱい</rt></ruby>です。肚子已經飽了。 名 一杯、一碗 コーヒーを　もう　<ruby>一杯<rt>いっぱい</rt></ruby>　いかがですか。 再來一杯咖啡如何呢？	
⑨ <ruby>一<rt>ひと</rt></ruby>つ	名 一個	
⑩ <ruby>一月<rt>ひとつき</rt></ruby>	名 一個月	
⑪ <ruby>一人<rt>ひとり</rt></ruby>	名 一個人	

02 二

① <ruby>二<rt>に</rt></ruby>	名 二
② <ruby>二<rt>ふた</rt></ruby>つ	名 二個
③ <ruby>二人<rt>ふたり</rt></ruby>	名 二人
④ <ruby>二日<rt>ふつ か</rt></ruby>	名 二日

03 三

① 三<ruby>（さん）</ruby>	名 三
② 三日<ruby>（みっか）</ruby>	名 三日
③ 三つ<ruby>（みっ）</ruby>	名 三個

04 四

① 四<ruby>（し）</ruby> / 四<ruby>（よん）</ruby>	名 四
② 四時<ruby>（よじ）</ruby>	名 四點鐘
③ 四日<ruby>（よっか）</ruby>	名 四日
④ 四つ<ruby>（よっ）</ruby>	名 四個

05 五

① 五<ruby>（ご）</ruby>	名 五
② 五日<ruby>（いつか）</ruby>	名 五日
③ 五つ<ruby>（いつ）</ruby>	名 五個

06 六

① 六<ruby>（ろく）</ruby>	名 六
② 六日<ruby>（むいか）</ruby>	名 六日
③ 六つ<ruby>（むっ）</ruby>	名 六個

07 七

① 七<ruby>（しち）</ruby> / 七<ruby>（なな）</ruby>	名 七

| ② <ruby>七<rt>なな</rt></ruby>つ | **名** 七個 |
| ③ <ruby>七<rt>なの</rt></ruby> <ruby>日<rt>か</rt></ruby> | **名** 七日 |

08 八

① <ruby>八<rt>はち</rt></ruby>	**名** 八
② <ruby>八百屋<rt>やおや</rt></ruby>	**名** 蔬果行
③ <ruby>八<rt>やっ</rt></ruby>つ	**名** 八個
④ <ruby>八<rt>よう</rt></ruby> <ruby>日<rt>か</rt></ruby>	**名** 八日

09 九

① <ruby>九<rt>きゅう</rt></ruby> ／ <ruby>九<rt>く</rt></ruby>	**名** 九
② <ruby>九<rt>く</rt></ruby> <ruby>時<rt>じ</rt></ruby>	**名** 九點鐘
③ <ruby>九<rt>ここの</rt></ruby> <ruby>日<rt>か</rt></ruby>	**名** 九日
④ <ruby>九<rt>ここの</rt></ruby>つ	**名** 九個

10 十

① <ruby>十<rt>じゅう</rt></ruby>	**名** 十
② <ruby>十分<rt>じゅうぶん</rt></ruby>	**ナ形** **副** 足夠（的）、充分（的）
③ <ruby>十<rt>とお</rt></ruby>	**名** 十個
④ <ruby>十<rt>とお</rt></ruby> <ruby>日<rt>か</rt></ruby>	**名** 十日

11 百

| ① <ruby>百<rt>ひゃく</rt></ruby> | **名** 百 |

② 八百屋 (やおや)	**名** 蔬果行

⑫ 千

① 千 (せん)	**名** 千

⑬ 万

① 万 (まん)	**名** 萬
② 万年筆 (まんねんひつ)	**名** 鋼筆

⑭ 億

① 億 (おく)	**名** 億

2 時間 MP3-02))

⑪ 間

① 昼間 (ひるま)	**名** 白天 昼間の うちに 出かけましょう。趁著白天出門吧。
② 間 (あいだ)	**名** 〜之間 パンの 間に 卵が 挟まれて います。 麵包之間夾著蛋。
③ この間 (あいだ)	**名** 最近、前陣子
④ 時間 (じかん)	**名** 時間
⑤ 〜時間 (じかん)	**接尾** 〜個小時
⑥ 〜週間 (しゅうかん)	**接尾** 〜星期

| ⑦ 間違える | **II他動** 弄錯
電話番号を　間違えました。弄錯電話號碼了。 |
| ⑧ 間に合う | **I自動** 來得及、趕上
日本語の　授業に　間に合いました。趕上了日語課。 |

02 去

| ① 去年 | **名** 去年 |

03 明

① 明るい	**イ形** 明亮的
② 明日	**名** 明天
③ 明日	**名** 明日
④ 説明する	**III他動** 說明 使い方を　説明して　ください。請說明使用方法。

04 曜

① 日曜日	**名** 星期日
② 月曜日	**名** 星期一
③ 火曜日	**名** 星期二
④ 水曜日	**名** 星期三
⑤ 木曜日	**名** 星期四
⑥ 金曜日	**名** 星期五
⑦ 土曜日	**名** 星期六

05 年

① 去年（きょねん）	名 去年
② 今年（ことし）	名 今年
③ さ来年（らいねん）	名 後年
④ 年（とし）	名 年
⑤ ～年（ねん）	接尾 ～年
⑥ 毎年（まいねん）/ 毎年（まいとし）	名 毎年
⑦ 万年筆（まんねんひつ）	名 鋼筆
⑧ 来年（らいねん）	名 明年

06 月

① ～か月（げつ）/ ～月（つき）	接尾 ～個月
② ～月（がつ）	接尾 ～月
③ 月曜日（げつようび）	名 星期一
④ 今月（こんげつ）	名 這個月
⑤ さ来月（らいげつ）	名 下下個月
⑥ 正月（しょうがつ）	名 正月（新年的第一個月）
⑦ 先月（せんげつ）	名 上個月
⑧ 月（つき）	名 月亮
⑨ 毎月（まいげつ）/ 毎月（まいつき）	名 毎個月
⑩ 来月（らいげつ）	名 下個月

07 日

① 一日 いちにち	名 一天 この薬は 一日に 二回 飲みます。這個藥一天吃二次。	
② 一日 ついたち	名 一日 来月の 一日に 日本へ 行きます。下個月一號去日本。	
③ ～日 にち	接尾 ～天	
④ 日曜日 にちようび	名 星期日	
⑤ 日記 にっき	名 日記	
⑥ 日 ひ	名 天、日子 雪の 日は とても 寒いです。下雪的日子非常冷。	
⑦ 二日 ふつか	名 二日	

08 時

① ～時 じ	接尾 ～點鐘
② 時間 じかん	名 時間
③ ～時間 じかん	接尾 ～個小時
④ 時代 じだい	名 時代
⑤ 時 とき	名 時候
⑥ 時々 ときどき	副 偶爾
⑦ 時計 とけい	名 鐘錶

09 分

① 気分 きぶん	名 心情、身體的感覺

② 自分 <ruby>じ<rt></rt></ruby><ruby>ぶん<rt></rt></ruby>	名 自己
③ 十分 じゅうぶん	ナ形 副 足夠（的）、充分（的）
④ 随分 ずいぶん	副 相當 今日は　随分　遠くまで　歩きました。今天走了相當地遠。
⑤ 大分 だいぶ	副 相當、差不多 薬を　飲んでから、大分　よく　なりました。 吃了藥之後，好得差不多了。
⑥ 半分 はんぶん	名 一半
⑦ ～分 ふん	接尾 ～分鐘
⑧ 分かる わ	I自動 懂、知道 英語が　分かりますか。你懂英語嗎？

⑩ 今

① 今 いま	名 現在
② 今日 きょう	名 今天
③ 今朝 けさ	名 今天早上
④ 今年 ことし	名 今年
⑤ 今月 こんげつ	名 這個月
⑥ 今週 こんしゅう	名 這個禮拜
⑦ 今度 こんど	名 這回 今度の　試合は　いつですか。這次比賽是什麼時候？ 名 下次 今度　一緒に　行きましょう。下次一起去吧！
⑧ 今晩 こんばん	名 今天晚上

⑨ 今夜
<ruby>今<rt>こん</rt></ruby><ruby>夜<rt>や</rt></ruby>

名 今晚

⑪ 朝

① 朝
<ruby>朝<rt>あさ</rt></ruby>

名 早上

② 朝ご飯
<ruby>朝<rt>あさ</rt></ruby>ご<ruby>飯<rt>はん</rt></ruby>

名 早飯

③ 今朝
<ruby>今朝<rt>けさ</rt></ruby>

名 今天早上

④ 毎朝
<ruby>毎朝<rt>まいあさ</rt></ruby>

名 每天早上

⑫ 昼

① 昼
<ruby>昼<rt>ひる</rt></ruby>

名 中午

② 昼ご飯
<ruby>昼<rt>ひる</rt></ruby>ご<ruby>飯<rt>はん</rt></ruby>

名 午飯

③ 昼間
<ruby>昼<rt>ひる</rt></ruby><ruby>間<rt>ま</rt></ruby>

名 白天
<ruby>昼<rt>ひる</rt></ruby><ruby>間<rt>ま</rt></ruby>の　<ruby>内<rt>うち</rt></ruby>に　<ruby>洗濯<rt>せんたく</rt></ruby>します。趁著白天洗衣服。

④ 昼休み
<ruby>昼<rt>ひる</rt></ruby><ruby>休<rt>やす</rt></ruby>み

名 午休

⑬ 夕

① 夕方
<ruby>夕<rt>ゆう</rt></ruby><ruby>方<rt>がた</rt></ruby>

名 傍晚

② 夕飯
<ruby>夕<rt>ゆう</rt></ruby><ruby>飯<rt>はん</rt></ruby>

名 晚飯

⑭ 夜

① 今夜
<ruby>今<rt>こん</rt></ruby><ruby>夜<rt>や</rt></ruby>

名 今晚

② 昨夜
<ruby>昨夜<rt>ゆうべ</rt></ruby>

名 昨晚

③ 夜
<ruby>夜<rt>よる</rt></ruby>

名 夜晚

③ 人 MP3-03))

⓪① 医

① 医学（いがく）	名	醫學
② 医者（いしゃ）	名	醫生
③ 歯医者（はいしゃ）	名	牙醫

⓪② 員

① 〜員（いん）	接尾	〜職員
		姉（あね）は　銀行員（ぎんこういん）です。家姊是銀行職員。
② 公務員（こうむいん）	名	公務員
③ 店員（てんいん）	名	店員

⓪③ 子

① お菓子（かし）	名	點心、零食
② お子（こ）さん	名	令郎、令嬡
③ 男（おとこ）の子（こ）	名	男孩子
④ 女（おんな）の子（こ）	名	女孩子
⑤ 子（こ）	名	小孩
⑥ 子供（こども）	名	小孩
⑦ 帽子（ぼうし）	名	帽子
⑧ 息子（むすこ）さん	名	令郎

04 者

| ① 医者
いしゃ | 名 醫生 |
| ② 歯医者
はいしゃ | 名 牙醫 |

05 女

① 女 おんな	名 女人
② 女の子 おんな こ	名 女孩子
③ 彼女 かのじょ	名 她、女朋友
④ 女性 じょせい	名 女性

06 男

① 男 おとこ	名 男人
② 男の子 おとこ こ	名 男孩子
③ 男性 だんせい	名 男性

07 人

① 大人 おとな	名 大人、成人
② 外国人 がいこくじん	名 外國人
③ ご主人 しゅじん	名 尊稱別人的先生、商店的主人
④ ～人 じん	接尾 ～人（國名、地名、職業名）
⑤ 人口 じんこう	名 人口
⑦ ～人 にん	接尾 ～人（單位）
⑧ 人形 にんぎょう	名 人偶

⑨ 人 _{ひと}	名 人

08 民

① 市民 _{し みん}	名 市民

4 家族 MP3-04))

01 家

① 家 _{いえ}	名 家（指房子）
② ～家 _か	接尾 ～家 彼女は　有名な音楽家です。她是有名的音樂家。 _{かのじょ}　　　_{ゆうめい}　_{おんがく か}
③ 家族 _{か ぞく}	名 家人、家族
④ 家庭 _{か てい}	名 家庭
⑤ 家内 _{か ない}	名 內人、妻子

02 族

① 家族 _{か ぞく}	名 家人、家族

03 私

① 私 _{わたくし}	名 我（「私」的謙稱、較正式的） _{わたし}
② 私 _{わたし}	名 我

04 父

① 伯父さん / 叔父さん	名 敬稱他人的伯父、叔父、姑丈、舅舅
② 祖父	名 謙稱自己的祖父
③ お父さん	名 父親的敬稱、令尊
④ 父	名 家父

05 母

① 伯母さん / 叔母さん	名 敬稱他人的伯母、叔母、姑姑、舅媽
② 祖母	名 謙稱自己的祖母
③ お母さん	名 母親的敬稱、令堂
④ 母	名 家母

06 兄

① 兄	名 家兄
② お兄さん	名 哥哥的敬稱、令兄
③ 兄弟	名 兄弟姊妹、手足

07 姉

① 姉	名 家姊
② お姉さん	名 姊姊的敬稱、令姊

08 弟

① 弟	名 舍弟

② <ruby>弟<rt>おとうと</rt></ruby>さん	名 令弟
③ <ruby>兄弟<rt>きょうだい</rt></ruby>	名 兄弟姊妹、手足

09 妹

① <ruby>妹<rt>いもうと</rt></ruby>	名 舍妹
② <ruby>妹<rt>いもうと</rt></ruby>さん	名 令妹

10 主

① ご<ruby>主人<rt>しゅじん</rt></ruby>	名 尊稱別人的先生、商店的主人

5 身體 MP3-05))

01 気

① <ruby>気<rt>き</rt></ruby>	名 氣（泛指所有氣體）、氣氛、氣度
② <ruby>気分<rt>きぶん</rt></ruby>	名 心情、身體的感覺
③ <ruby>気持<rt>きも</rt></ruby>ち	名 情緒、身體的感覺
④ <ruby>空気<rt>くうき</rt></ruby>	名 空氣
⑤ <ruby>元気<rt>げんき</rt></ruby>	名 ナ形 有朝氣（的）、健康（的）
⑥ <ruby>天気<rt>てんき</rt></ruby>	名 天氣
⑦ <ruby>天気予報<rt>てんきよほう</rt></ruby>	名 天氣預報
⑧ <ruby>電気<rt>でんき</rt></ruby>	名 電、電燈
⑨ <ruby>病気<rt>びょうき</rt></ruby>	名 生病

02 頭

| ① 頭<ruby>頭<rt>あたま</rt></ruby> | 名 頭 |

03 顔

| ① <ruby>顔<rt>かお</rt></ruby> | 名 臉 |

04 首

| ① <ruby>首<rt>くび</rt></ruby> | 名 脖子 |

05 心

① <ruby>安心<rt>あんしん</rt></ruby>する	III自動 安心 <ruby>母<rt>はは</rt></ruby>の　<ruby>声<rt>こえ</rt></ruby>を　<ruby>聞<rt>き</rt></ruby>いて　<u><ruby>安心<rt>あんしん</rt></ruby>しました</u>。 聽到媽媽的聲音，安心了。
② <ruby>心<rt>こころ</rt></ruby>	名 心、心胸
③ <ruby>心配<rt>しんぱい</rt></ruby>する	III自他動 擔心 <ruby>親<rt>おや</rt></ruby>は　<ruby>子供<rt>こども</rt></ruby>の　<ruby>将来<rt>しょうらい</rt></ruby>を　<u><ruby>心配<rt>しんぱい</rt></ruby>して</u>　います。 父母親擔心小孩的將來。

06 背

① <ruby>背<rt>せ</rt></ruby> / <ruby>背<rt>せい</rt></ruby>	名 身高
② <ruby>背中<rt>せなか</rt></ruby>	名 背部、背後
③ <ruby>背広<rt>せびろ</rt></ruby>	名 西裝

07 目

①	真面目（まじめ）	**名** **ナ形** 認真（的）
②	目（め）	**名** 眼睛
③	～目（め）	**接尾** 第～（用於數量詞之後，表示順序） 海外旅行（かいがいりょこう）は　今回（こんかい）で　二回目（にかいめ）です。海外旅行這次是第二次。

08 口

①	入口（いりぐち）	**名** 入口
②	口（くち）	**名** 嘴
③	人口（じんこう）	**名** 人口
④	出口（でぐち）	**名** 出口

09 手

①	運転手（うんてんしゅ）	**名** 司機、駕駛
②	お手洗い（おてあらい）	**名** 洗手間
③	切手（きって）	**名** 郵票
④	上手（じょうず）	**名** **ナ形** 擅長（的）
⑤	手（て）	**名** 手
⑥	手紙（てがみ）	**名** 信
⑦	手伝う（てつだう）	**I他動** 幫忙 父（ちち）の　仕事（しごと）を　手伝（てつだ）います。幫忙家父的工作。
⑧	手袋（てぶくろ）	**名** 手套
⑨	下手（へた）	**名** **ナ形** 不擅長（的）、笨拙（的）

⑩ 足

① 足 あし	名 腳
② 足す た	I他動 加 三に　二を　足すと　五に　なります。三加二等於五。 さん　に　　た　　　　ご I他動 添、補 もう　一人　足すと　ちょうど　いいです。 ひとり　た 再添補一個人就剛剛好。
③ 足りる た	II自動 足夠 あと　千円　あれば　足ります。如果再有一千日圓就夠。 せんえん　　　　た

⑪ 体

① 体 からだ	名 身體
② 大体 だいたい	名 副 大致、大體上

⑫ 声

① 声 こえ	名 （生命體所發出的）聲音

⑬ 力

① 力 ちから	名 力量

6 學校 MP3-06 🔊

⑪ 意

① 意見 いけん	名 意見

② 意味	名 意思
③ 注意する	Ⅲ自動 注意 夜道は　注意して　歩きなさい。走夜路要小心。
④ 用意する	Ⅲ他動 準備 パーティーに　必要な物を　用意します。 準備宴會所需要的東西。

02 英

① 英語	名 英語

03 漢

① 漢字	名 漢字

04 学

① 医学	名 醫學
② 科学	名 科學
③ 学生	名 學生
④ 学校	名 學校
⑤ ～学部	接尾 ～學院
⑥ 高等学校	名 高中
⑦ 小学校	名 小學
⑧ 数学	名 數學
⑨ 大学	名 大學

⑩ 大学生 だいがくせい	名	大學生
⑪ 中学校 ちゅうがっこう	名	國中
⑫ 入学する にゅうがく	III自動	入學 今年　高校に　入学します。今年進高中。 ことし　こうこう　にゅうがく
⑬ 文学 ぶんがく	名	文學
⑭ 留学生 りゅうがくせい	名	留學生

⑤ 校

① 学校 がっこう	名	學校
② 高校 / 高等学校 こうこう　こうとうがっこう	名	高中
③ 高校生 こうこうせい	名	高中生
④ 校長 こうちょう	名	校長
⑤ 小学校 しょうがっこう	名	小學
⑥ 中学校 ちゅうがっこう	名	國中

⑥ 研究

① 研究する けんきゅう	III他動	研究 国際問題を　研究します。研究國際問題。 こくさいもんだい　けんきゅう
② 研究室 けんきゅうしつ	名	研究室

⑦ 教

① 教える おし	II他動	教導 妹に　教えます。教導妹妹。 いもうと　おし

② 教育 きょういく	名 教育
③ 教会 きょうかい	名 教會
④ 教室 きょうしつ	名 教室

08 習

① 習慣 しゅうかん	名 習慣
② 習う なら	I他動 學習 日本語を　習います。學日語。 に ほん ご　　なら
③ 復習 ふくしゅう	名 複習
④ 予習 よ しゅう	名 預習
⑤ 練習する れんしゅう	III他動 練習 もっと　練習すれば、上手に　なります。 　　　　れんしゅう　　　じょう ず 再練習的話，就會變得擅長。

09 試

① 試合 し あい	名 比賽
② 試験 し けん	名 考試

10 質

① 質問する しつもん	III自動 提問 先生に　質問します。向老師提問。 せんせい　　しつもん

11 先

① 先 さき	名 先前

② 先月 せんげつ	名 上個月
③ 先週 せんしゅう	名 上禮拜
④ 先生 せんせい	名 老師
⑤ 先輩 せんぱい	名 前輩、學長姊

⑫ 生

① 生きる い	II自動 活著、生存 生きるために、強くなければ　なりません。 為了生存，不堅強不行。
② 一生懸命 いっしょうけんめい	名 ナ形 拚命（的） 妹は　毎日　一生懸命　勉強して　います。 いもうと　まいにち　いっしょうけんめい　べんきょう 妹妹每天拚命唸著書。
③ 生まれる う	II自動 出生 子供が　生まれました。孩子出生了。 こども　う
④ 学生 がくせい	名 學生
⑤ 高校生 こうこうせい	名 高中生
⑥ 生活する せいかつ	III自動 生活 田舎で　生活して　います。在鄉下生活。 いなか　せいかつ
⑦ 生産する せいさん	III他動 生產 この工場は　靴を　生産して　います。這間工廠生產鞋子。 こうじょう　くつ　せいさん
⑧ 生徒 せいと	名 學員、（國、高中的）學生
⑨ 先生 せんせい	名 老師
⑩ 大学生 だいがくせい	名 大學生
⑪ 留学生 りゅうがくせい	名 留學生

⑬ 題

① 宿題 （しゅくだい）	名 作業
② 問題 （もんだい）	名 問題

⑭ 答

① 答え （こた）	名 回答、答案
② 答える （こた）	II自動 回答 質問に　答えて　ください。請回答問題。 （しつもん）　（こた）

⑮ 字

① 漢字 （かん じ）	名 漢字
② 字 （じ）	名 字
③ 字引 （じ びき）	名 字典

⑯ 文

① 作文 （さくぶん）	名 作文
② 文化 （ぶん か）	名 文化
③ 文学 （ぶんがく）	名 文學
④ 文章 （ぶんしょう）	名 文章
⑤ 文法 （ぶんぽう）	名 文法

⑰ 勉

① 勉強する （べんきょう）	III他動 唸書、學習 日本語を　勉強します。唸日語。 （に ほん ご）　（べんきょう）

⑱ 問

① 質問する <small>しつもん</small>	**Ⅲ自動** 提問 質問しても　いいですか。可以提問嗎？ <small>しつもん</small>
② 問題 <small>もんだい</small>	**名** 問題

⑲ 理

① 地理 <small>ち り</small>	**名** 地理
② 理由 <small>り ゆう</small>	**名** 理由
③ 無理 <small>む り</small>	**名 ナ形** 不行、勉強、不合理（的）
④ 料理 <small>りょう り</small>	**名** 料理

7 方位 MP3-07

① 上

① 上がる <small>あ</small>	**Ⅰ自動** 上、揚起 屋上へ　上がります。爬上屋頂。 <small>おくじょう</small>　<small>あ</small>
② 上げる <small>あ</small>	**Ⅱ他動** 抬起 手を　上げます。舉手。 <small>て</small>　<small>あ</small> **Ⅱ他動** 給 弟に　お菓子を　あげました。給弟弟零食。 <small>おとうと</small>　<small>か し</small>
③ 以上 <small>い じょう</small>	**名** 以上
④ 上 <small>うえ</small>	**名** 上面
⑤ 上着 <small>うわ ぎ</small>	**名** 上衣、外衣

⑥	屋上 _{おくじょう}	**名** 屋頂
⑦	差し上げる _{さ あ}	**II他動** 給（「あげる」的謙讓語） 先生に　プレゼントを　差し上げます。送禮給老師。 _{せんせい}　　　　　　　　　_{さ あ}
⑧	上手 _{じょう ず}	**名 ナ形** 擅長（的）
⑨	召し上がる _{め あ}	**I他動** 吃（「食べる」的謙讓語） _た どうぞ　召し上がって　ください。請您品嚐。 　　　_{め あ}
⑩	申し上げる _{もう あ}	**II他動** 說（「言う」的謙讓語） _い 社長に　申し上げます。跟社長說。 _{しゃちょう}　_{もう あ}

02 下

①	以下 _{い か}	**名** 以下
②	下りる _お	**II自他動**（由高處往下）下降、離職 木の　上から　下りなさい。從樹上下來！ _き　_{うえ}　　_お
③	靴下 _{くつした}	**名** 襪子
④	下宿する _{げ しゅく}	**III自動** 租房子 会社の　近くに　下宿して　います。在公司附近租房子。 _{かいしゃ}　_{ちか}　　_{げ しゅく}
⑤	下がる _さ	**I自動** 降低 熱が　下がりました。燒退了。 _{ねつ}　_さ
⑥	下げる _さ	**II他動** 降低 値段を　下げました。降低價格了。 _{ね だん}　_さ
⑦	下 _{した}	**名** 下面
⑧	下着 _{したぎ}	**名** 內衣
⑨	地下鉄 _{ち か てつ}	**名** 地下鐵
⑩	下手 _{へた}	**名 ナ形** 不擅長（的）、笨拙（的）

⑩ 廊<small>ろう</small>下<small>か</small>	**名** 走廊

03 中

① ～中<small>じゅう</small>	**接尾** ～之中 タイは 一年<small>いちねんじゅう</small>中 暑<small>あつ</small>いです。泰國一年之中都很熱。
② 背<small>せ</small>中<small>なか</small>	**名** 背部、背後
③ ～中<small>ちゅう</small>	**接尾** 正在～ 部長<small>ぶちょう</small>は 外出中<small>がいしゅつちゅう</small>です。部長外出中。
④ 中<small>ちゅう</small>止<small>し</small>する	**III他動** 中止、停止 彼女<small>かのじょ</small>は 旅行<small>りょこう</small>を 中止<small>ちゅうし</small>しました。她不去旅行了。
⑤ 中学校<small>ちゅうがっこう</small>	**名** 國中
⑥ 途<small>と</small>中<small>ちゅう</small>	**名** 途中
⑦ 中<small>なか</small>	**名** 裡面 箱<small>はこ</small>の 中<small>なか</small>は 何<small>なん</small>ですか。盒子裡面是什麼？
⑧ 真<small>ま</small>ん中<small>なか</small>	**名** 正中間

04 内

① 案<small>あん</small>内<small>ない</small>する	**III他動** 導引 学校<small>がっこう</small>を 案内<small>あんない</small>して ください。請導引學校。
② 以<small>い</small>内<small>ない</small>	**名** 以內
③ 内<small>うち</small>	**名** 內、中 三日<small>みっか</small>の 内<small>うち</small>に やって ください。請三天內做好。
④ 家<small>か</small>内<small>ない</small>	**名** 內人、妻子

05 外

① 以外 いがい	名	以外
② 外国 がいこく	名	國外
③ 外国人 がいこくじん	名	外國人
④ 郊外 こうがい	名	郊外
⑤ 外 そと	名	外面
⑥ 外 ほか	名	另外、其他 外の　人に　お願いします。拜託其他人。 ほか　　ひと　　　ねが

06 後

① 後 あと	名	之後（時間）
② 後ろ うし	名	後面（空間）
③ 最後 さいご	名	最後

07 東

① 東京 とうきょう	名	東京（地名）
② 東 ひがし	名	東方

08 西

① 西洋 せいよう	名	西洋
② 西 にし	名	西方

09 南

| ① 南
みなみ | **名** 南方 |

10 北

| ① 北
きた | **名** 北方 |

11 方

① 方 かた	**名** 對人的尊稱 この<u>方</u>は　林先生です。這位是林老師。 **接尾** 〜方法
② 仕方 し かた	**名** 方法
③ 方 ほう	**名** 方向、那方面（比較時） 日本語の　<u>方</u>が　上手です。比較擅長日語。
④ 夕方 ゆうがた	**名** 傍晚
⑤ 両方 りょうほう	**名** 雙方

8 場所  MP3-08

01 院

① 退院する たいいん	**Ⅲ自動** 出院 今週　退院する予定です。預計這禮拜出院。
② 入院する にゅういん	**Ⅲ自動** 住院 病気で　入院しました。因病住了院。
③ 病院 びょういん	**名** 醫院

53

02 映

| ① 映画
えいが | 名 電影 |
| ② 映画館
えいがかん | 名 電影院 |

03 屋

① 屋上 おくじょう	名 屋頂
② 床屋 とこや	名 理髪店
③ 部屋 へや	名 房間
④ ～屋 や	接尾 ～店
⑤ 八百屋 やおや	名 蔬果行

04 会

① 会う あ	Ⅰ自動 見面 友達に　会います。和朋友見面。 ともだち　　あ
② 会 かい	名 會 新年会の　レストランは　もう　予約しました。 しんねんかい　　　　　　　　　　よやく 已經預約了喝春酒的餐廳。
③ 会議 かいぎ	名 會議
④ 会議室 かいぎしつ	名 會議室
⑤ 会社 かいしゃ	名 公司
⑥ 会場 かいじょう	名 會場
⑦ 会話 かいわ	名 會話
⑧ 機会 きかい	名 機會

⑨ 教会 _{きょうかい}　名 教會

⑩ 社会 _{しゃかい}　名 社會

⑪ 展覧会 _{てんらんかい}　名 展示會

05 界

① 世界 _{せかい}　名 世界

06 館

① 映画館 _{えいがかん}　名 電影院

② 大使館 _{たいしかん}　名 大使館

③ 図書館 _{としょかん}　名 圖書館

④ 美術館 _{びじゅつかん}　名 美術館

07 工

① 工業 _{こうぎょう}　名 工業

② 工場 _{こうじょう}　名 工廠

08 国

① 国 _{くに}　名 國家

② 外国 _{がいこく}　名 國外

③ 外国人 _{がいこくじん}　名 外國人

④ 国際 _{こくさい}　名 國際

09 室

① かいぎしつ 会議室	名	會議室
② きょうしつ 教室	名	教室
③ けんきゅうしつ 研究室	名	研究室

10 社

① かいしゃ 会社	名	公司
② しゃかい 社会	名	社會
③ しゃちょう 社長	名	社長
④ じんじゃ 神社	名	神社
⑤ しんぶんしゃ 新聞社	名	報社

11 所

① きんじょ 近所	名 附近、近臨 きんじょ ひと めいわく 近所の 人に 迷惑を かけます。給鄰居添麻煩。	
② じむしょ 事務所	名	辦公室
③ じゅうしょ 住所	名	住址
④ だいどころ 台所	名	廚房
⑤ ところ 所	名	地方
⑥ ばしょ 場所	名	場所

12 場

① う ば 売り場	名	賣場

② <ruby>会場<rt>かいじょう</rt></ruby>	名 會場
③ <ruby>工場<rt>こうじょう</rt></ruby>	名 工廠
④ <ruby>駐車場<rt>ちゅうしゃじょう</rt></ruby>	名 停車場
⑤ <ruby>場合<rt>ば あい</rt></ruby>	名 場合
⑥ <ruby>場所<rt>ば しょ</rt></ruby>	名 場所
⑦ <ruby>飛行場<rt>ひ こうじょう</rt></ruby>	名 機場

⑬ 世

① <ruby>世界<rt>せ かい</rt></ruby>	名 世界
② <ruby>世話<rt>せ わ</rt></ruby>する ／ お<ruby>世話<rt>せ わ</rt></ruby>する	III他動 照顧 <ruby>母<rt>はは</rt></ruby>は <ruby>毎日<rt>まいにち</rt></ruby> みんなの <ruby>生活<rt>せいかつ</rt></ruby>を <u><ruby>世話<rt>せ わ</rt></ruby>して</u> います。 母親每天照顧大家的生活。

⑭ 台

① ～<ruby>台<rt>だい</rt></ruby>	接尾 ～台、輛
② <ruby>台所<rt>だいどころ</rt></ruby>	名 廚房
③ <ruby>台風<rt>たいふう</rt></ruby>	名 颱風

⑮ 店

① <ruby>喫茶店<rt>きっ さ てん</rt></ruby>	名 咖啡店
② <ruby>店員<rt>てんいん</rt></ruby>	名 店員
③ <ruby>店<rt>みせ</rt></ruby>	名 商店

⑯ 堂

① 講堂 こうどう	名 （學校或機關的）大禮堂、大廳
② 食堂 しょくどう	名 食堂

⑨ 行政單位 MP3-09))

㉑ 区

① ～区 く	接尾 ～區（日本行政區單位）

㉒ 県

① ～県 けん	接尾 ～縣（日本行政區單位）

㉓ 市

① ～市 し	接尾 ～市（日本行政區單位）
② 市民 しみん	名 市民

㉔ 村

① ～村 むら	接尾 ～村（日本行政區單位）
② 村 むら	名 村落

㉕ 町

① ～町 ちょう	接尾 ～町（日本行政區單位）
② 町 まち	名 城鎮、街道

06 都

① ～都	接尾 ～都（日本行政區單位）

10 交通 MP3-10))

01 運

① 運転手 うんてんしゅ	名 司機、駕駛
② 運転する うんてん	III他動 駕駛 自動車を 運転します。開車。 じ どうしゃ　うんてん
③ 運動する うんどう	III自動 運動 健康の ため 毎日 運動して います。 けんこう　　　まいにち　うんどう 為了健康，每天運動。
④ 運ぶ はこ	I他動 搬運 荷物を 運びます。搬運行李。 に もつ　はこ

02 車

① 汽車 き しゃ	名 火車
② 車 くるま	名 車子
③ 自転車 じ てんしゃ	名 腳踏車
④ 自動車 じ どうしゃ	名 汽車
⑤ 駐車場 ちゅうしゃじょう	名 停車場
⑥ 電車 でんしゃ	名 電車

03 乗

① 乗り換える （の）（か）	**II他動** 轉乘 電車を 降りてから、バスに 乗り換えて ください。 （でんしゃ）（お）　　　　　　　　　（の）（か） 下了電車之後，請換搭巴士。
② 乗り物 （の）（もの）	**名** 交通工具、（遊樂園的）遊樂設施
③ 乗る （の）	**I自動** 搭乘 バスに 乗ります。搭公車。 （の）

04 地

① 地下鉄 （ち）（か）（てつ）	**名** 地下鐵
② 地図 （ち）（ず）	**名** 地圖
③ 地理 （ち）（り）	**名** 地理

05 通

① 通う （かよ）	**I自動** 往來、相通 私は 学校に バスで 通って います。我搭巴士通學。 （わたし）（がっこう）　　　　（かよ） これは 南部へ 通う道です。這是通往南部的道路。 　　　（なん）（ぶ）（かよ）（みち）
② 交通 （こう）（つう）	**名** 交通
③ 通り （とお）	**名** 大街、馬路
④ 通る （とお）	**I自動** 通過 山道を 通ると 村が 見えます。 （やまみち）（とお）（むら）（み） 通過山路就可以看到村莊。
⑤ 普通 （ふ）（つう）	**名** 普通

06 電

① 電気 <small>でんき</small>	名	電氣、電燈
② 電車 <small>でんしゃ</small>	名	電車
③ 電灯 <small>でんとう</small>	名	電燈
④ 電報 <small>でんぽう</small>	名	電報
⑤ 電話 <small>でんわ</small>	名	電話

07 道

① 水道 <small>すいどう</small>	名	自來水（管）
② 道具 <small>どうぐ</small>	名	道具
③ 道 <small>みち</small>	名	道路

08 転

① 運転手 <small>うんてんしゅ</small>	名	司機、駕駛
② 運転する <small>うんてん</small>	III他動	駕駛 電車を 運転して みたいです。想駕駛電車看看。
③ 自転車 <small>じてんしゃ</small>	名	腳踏車

11 顏色 MP3-11

01 色

① 色 <small>いろ</small>	名	顏色
② 色々 <small>いろいろ</small>	名 ナ形	各式各樣（的）

③ 黄色（きいろ）	名 黄色
④ 黄色い（きいろい）	イ形 黄色的
⑤ 景色（けしき）	名 景色
⑥ 茶色（ちゃいろ）	名 咖啡色

02 青

① 青（あお）	名 藍色
② 青い（あおい）	イ形 藍色的

03 赤

① 赤（あか）	名 紅色
② 赤い（あかい）	イ形 紅色的
③ 赤ちゃん（あかちゃん）	名 小寶寶（對嬰兒的暱稱）
④ 赤ん坊（あかんぼう）	名 嬰兒

04 黒

① 黒（くろ）	名 黑色
② 黒い（くろい）	イ形 黑色的

05 白

① 白（しろ）	名 白色
② 白い（しろい）	イ形 白色的

⑫ 形容 MP3-12 🔊

⑴ 悪
① 悪い　　イ形 不好的

⑫ 好
① 好き　　名 ナ形 喜歡（的）
② 大好き　名 ナ形 非常喜歡（的）

⑬ 安
① 安心する　Ⅲ自動 安心
その知らせを　聞いて　安心しました。
聽到那個消息後安心了。
② 安全　　名 ナ形 安全（的）
③ 安い　　イ形 便宜的

⑭ 暗
① 暗い　　イ形 暗的

⑮ 遠
① 遠慮する　Ⅲ他動 有所顧慮、迴避
タバコは　遠慮して　ください。請不要抽菸。
② 遠い　　イ形 遠的
③ 遠く　　副 遙遠地

63

⑥ 近

① 近所 <small>きんじょ</small>	**名** 附近、近臨 私の　家は　この近所です。我家在這附近。 <small>わたし　　いえ　　　　　　きんじょ</small>
② 最近 <small>さいきん</small>	**名** 最近
③ 近い <small>ちか</small>	**イ形** 近的
④ 近く <small>ちか</small>	**副** 不久、快要 娘は　近く　結婚します。女兒快要結婚。 <small>むすめ　　ちか　　けっこん</small>

⑦ 楽

① 音楽 <small>おんがく</small>	**名** 音樂
② 楽しい <small>たの</small>	**イ形** 快樂的
③ 楽しみ <small>たの</small>	**名** **ナ形** 樂趣（的） 毎晩　ドラマを　見るのが　楽しみです。 <small>まいばん　　　　　　み　　　　たの</small> 每天晚上看連續劇是一種樂趣。 **名** **ナ形** 期待（的） 今度の　旅行が　楽しみです。期待這次的旅行。 <small>こん ど　　りょこう　　たの</small>
④ 楽しむ <small>たの</small>	**I他動** 享受、期待 一緒に　音楽を　楽しみましょう。 <small>いっしょ　　おんがく　　たの</small> 一起享受音樂的樂趣吧！

⑧ 寒

① 寒い <small>さむ</small>	**イ形**（天氣）寒冷的

⑨ 暑

① 暑い <small>あつ</small>	**イ形**（天氣）熱的

⑩ 強

① 強^{つよ}い	**イ形** 強的
② 勉強^{べんきょう}する	**III他動** 唸書、學習 昨日^{きのう}は　遅^{おそ}くまで　<u>勉強^{べんきょう}しました</u>。昨天唸書唸到很晚。

⑪ 弱

① 弱^{よわ}い	**イ形** 弱的

⑫ 軽

① 軽^{かる}い	**イ形** 輕的

⑬ 重

① 重^{おも}い	**イ形** 重的

⑭ 元

① 元気^{げんき}	**名 ナ形** 有朝氣（的）、健康（的）

⑮ 広

① 背広^{せびろ}	**名** 西裝
② 広^{ひろ}い	**イ形** 寬廣的

⑯ 高

① 高校^{こうこう} / 高等学校^{こうとうがっこう}	**名** 高中
② 高校生^{こうこうせい}	**名** 高中生

③ 高い

イ形 高的
富士山は　高いです。富士山很高。

イ形 貴的
東京は　物価が　高いです。東京物價很高。

⑰ 低

① 低い

イ形 低的、矮的
私は　背が　低いです。我的個子很矮。

⑱ 小

① 小鳥	**名** 小鳥
② 小さい	**イ形** 小的
③ 小さな	**連體** 小的 小さな声で　話します。小聲説話。
④ 小学校	**名** 小學
⑤ 小説	**名** 小說

⑲ 大

① 大きい	**イ形** 大的
② 大きな	**連體** 大的 大きな声で　歌います。大聲唱歌。
③ 大勢	**名** 人數眾多
④ 大人	**名** 大人、成人
⑤ 大学	**名** 大學

⑥ 大学生 だいがくせい	名	大學生
⑦ 大使館 たいしかん	名	大使館
⑧ 大事 だいじ	名 ナ形	重要（的）
⑨ 大丈夫 だいじょうぶ	ナ形	沒問題（的）
⑩ 大好き だいすき	名 ナ形	非常喜歡（的）
⑪ 大切 たいせつ	ナ形	重要（的）
⑫ 大体 だいたい	名 副	大致、大體上
⑬ 大抵 たいてい	名 副	大都、大概
⑭ 大分 だいぶ	副	相當、差不多
⑮ 大変 たいへん	名 ナ形 不容易（的）、費力（的） 大変な仕事です。不容易的工作。 たいへん　しごと 副 非常地 夏は　大変　暑いです。夏天非常熱。 なつ　たいへん　あつ	

⑳ 真

① 写真 しゃしん	名	照片
② 真面目 まじめ	名 ナ形	認真（的）
③ 真ん中 まなか	名	正中間

㉑ 新

① 新しい あたら	イ形	新的
② 新聞 しんぶん	名	報紙
③ 新聞社 しんぶんしゃ	名	報社

㉒ 親

① 親切 <small>しんせつ</small>	名 ナ形	親切（的）
② 両親 <small>りょうしん</small>	名	雙親

㉓ 正

① 正月 <small>しょうがつ</small>	名	正月（新年的第一個月）
② 正しい <small>ただ</small>	イ形	正確的

㉔ 早

① 早い <small>はや</small>	イ形	早的

㉕ 太

① 太い <small>ふと</small>	イ形	胖的、粗的
② 太る <small>ふと</small>	I自動	胖 食べすぎで　大分　太りました。 <small>た</small>　　　<small>だいぶ</small>　<small>ふと</small> 因為吃過量，所以胖了相當多。

㉖ 短

① 短い <small>みじか</small>	イ形	短的

㉗ 長

① 課長 <small>か ちょう</small>	名	課長
② 校長 <small>こうちょう</small>	名	校長
③ 社長 <small>しゃちょう</small>	名	社長、總經理

④ 長い <small>なが</small>	**イ形** 長的
⑤ 部長 <small>ぶ ちょう</small>	**名** 部長

㉘ 同

① 同じ <small>おな</small>	**ナ形** 相同（的）

㉙ 便

① 不便 <small>ふ べん</small>	**名** **ナ形** 不方便（的）
② 便利 <small>べん り</small>	**名** **ナ形** 方便（的）

⑬ 動作 MP3-13))

⓵ 引

① 引き出し <small>ひ だ</small>	**名** 抽屜
② 引く <small>ひ</small>	**I他動** 拉 ドアを　引きます。拉門。 <small>ひ</small>
③ 引っ越す <small>ひ こ</small>	**I他動** 搬家 学校の　寮へ　引っ越しました。搬到學校宿舍。 <small>がっこう</small>　<small>りょう</small>　<small>ひ こ</small>
④ 字引 <small>じ びき</small>	**名** 字典

⓶ 開

① 開く <small>あ</small>	**I自動** 開（門窗等） ドアが　開きます。開門。 <small>あ</small>

| ② 開ける | **II他動** 打開
窓を　開けます。開窗戶。 |
| ③ 開く | **I自動** 開（門窗等）
教室の　ドアが　開きました。教室的門開了。 |

03 歌

| ① 歌 | **名** 歌 |
| ② 歌う | **I他動** 唱歌
歌を　歌います。唱歌。 |

04 画

① 映画	**名** 電影
② 映画館	**名** 電影院
③ 計画する	**III他動** 計畫 旅行を　計画して　います。正在計畫旅行。
④ 漫画	**名** 漫畫

回

| ① 〜回 | **接尾** 〜回、〜次 |
| ② 回る | **I自動** 轉、繞道、巡視
扇風機が　回って　います。電風扇旋轉著。
蜂が　花の　周りを　回って　います。
蜜蜂在花的周圍繞著。
警察が　この辺を　回って　います。
警察在這附近巡邏著。 |

06 起

① 起_おきる	**II自動** 起床 七時_{しちじ}に　起_おきます。七點起床。
② 起_おこす	**I他動** 發生、喚起 事故_{じこ}を　起_おこしました。發生了意外。 三十分後_{さんじゅっぷんご}に　起_おこして　ください。三十分後請叫我起來。

07 帰

① 帰_{かえ}り	**名** 歸途、回家
② 帰_{かえ}る	**I自動** 回去（家、國或故鄉） 来月_{らいげつ}　国_{くに}へ　帰_{かえ}ります。下個月歸國。

08 休

① 夏休_{なつやす}み	**名** 暑假
② 昼休_{ひるやす}み	**名** 午休
③ 休_{やす}む	**I他動** 休息、休假、請假 学校_{がっこう}を　休_{やす}みます。向學校請假。
④ 休_{やす}み	**名** 休息、休假、請假

09 急

① 急_{いそ}ぐ	**I自動** 快、著急 急_{いそ}がないと　会議_{かいぎ}に　間_まに合_あいません。 不快點會趕不上會議。
② 急_{きゅう}	**名** **ナ形** 緊急（的）、突然（的）

③ 急行 きゅうこう	名 快車
④ 特急 とっきゅう	名 特快車

⑩ 計

① 計画する けいかく	III他動 計畫 アメリカ留学を　計画して　います。計畫到美國留學。 りゅうがく　　　　けいかく
② 時計 とけい	名 鐘錶

⑪ 見

① 見物する けんぶつ	III他動 參觀 ビール工場を　見物しました。參觀了啤酒工廠。 こうじょう　　けんぶつ
② 意見 いけん	名 意見
③ お見舞い み　ま	名 探病
④ 拝見する はいけん	名 III他動 拜讀、拜見（「見る」的謙讓語） お手紙を　拝見しました。拜讀了您的來信。 て がみ　　はいけん 手相を　拝見しましょう。讓我看您的手相吧。 て そう　　はいけん
⑤ 花見 はなみ	名 賞花
⑥ 見える み	II自動 看得見 部屋から　海が　見えます。從房間可以看得到海。 へ や　　うみ　　み
⑦ 見つかる み	I自動 找到、被發現 なくなった本が　見つかりました。不見的書找到了。 ほん　　み
⑧ 見つける み	II他動 找到 落とした財布を　見つけました。找到掉了的錢包了。 お　　さい ふ　　み

⑨ 見る

II他動 看
テレビを　見ます。看電視。

---

⑫ 建

① 〜建て
接尾 （幾層樓的）建築
私の　家は　二階建てです。我家是兩層樓的建築。

② 建物
名 建築物

③ 建てる
II他動 建造
家を　建てます。建造房子。

---

⑬ 験

① 経験する
III他動 經驗
海外生活を　経験したいです。想經歷國外生活。

② 試験
名 考試

---

⑭ 考

① 考える
II他動 想、思考
将来の　ことを　考えて　います。正在思考將來的事情。

---

⑮ 行

① 行く／行く
I自動 去
学校へ　行きます。去學校。

② 行う
I他動 舉行
会議は　これから　行います。會議即將舉行。

③ 急行 <small>きゅうこう</small>	名 快車
④ 銀行 <small>ぎんこう</small>	名 銀行
⑤ 飛行場 <small>ひこうじょう</small>	名 機場
⑥ 旅行する <small>りょこう</small>	III自動 旅行 休みの 時 よく 旅行します。休假的時候經常旅行。 <small>やす とき りょこう</small>

⑯ 合

① 合う <small>あ</small>	I自動 合適 この靴は 私の 足に 合いません。這雙鞋不合我的腳。 <small>くつ わたし あし あ</small>
② 試合 <small>しあい</small>	名 考試
③ 場合 <small>ばあい</small>	名 場合、時候
④ 間に合う <small>ま あ</small>	I自動 來得及、趕上 今 すぐ 行けば、まだ 間に合います。 <small>いま い ま あ</small> 現在立刻去的話，還來得及。
⑤ 割合に <small>わりあい</small>	副 比較地、比想像的還～ 試験は 割合に 易しかったです。考試比想像的還簡單。 <small>しけん わりあい やさ</small>

⑰ 作

① 作文 <small>さくぶん</small>	名 作文
② 作る <small>つく</small>	I他動 製作 本棚を 作ります。製作書架。 <small>ほんだな つく</small>

⑱ 産

① お土産 <small>みやげ</small>	名 名產、伴手禮

② 産業 <ruby>産業<rt>さんぎょう</rt></ruby>	名 産業
③ <ruby>生産<rt>せいさん</rt></ruby>する	Ⅲ他動 生産 ここで　<ruby>米<rt>こめ</rt></ruby>を　<u><ruby>生産<rt>せいさん</rt></ruby>して</u>　います。這裡產米。

⑲ 止

① <ruby>中止<rt>ちゅうし</rt></ruby>する	Ⅲ他動 中止、停止 この<ruby>商品<rt>しょうひん</rt></ruby>の　<ruby>発売<rt>はつばい</rt></ruby>は　<u><ruby>中止<rt>ちゅうし</rt></ruby>されました</u>。 這個商品不再販賣。
② <ruby>止<rt>と</rt></ruby>まる	Ⅰ自動 停止 <ruby>時計<rt>とけい</rt></ruby>が　<u><ruby>止<rt>と</rt></ruby>まりました</u>。鐘錶停了。
③ <ruby>止<rt>と</rt></ruby>める	Ⅱ他動 停止 ここに　<ruby>車<rt>くるま</rt></ruby>を　<u><ruby>止<rt>と</rt></ruby>めないで</u>　ください。請勿在此停車。
④ <ruby>止<rt>や</rt></ruby>む	Ⅰ自動 （風、雨）停止 <ruby>雨<rt>あめ</rt></ruby>が　<u><ruby>止<rt>や</rt></ruby>みました</u>。雨停了。
⑤ <ruby>止<rt>や</rt></ruby>める	Ⅱ他動 停止 タバコを　<u><ruby>止<rt>や</rt></ruby>めました</u>。戒菸了。

⑳ 死

① <ruby>死<rt>し</rt></ruby>ぬ	Ⅰ自動 死 <ruby>病気<rt>びょうき</rt></ruby>で　<u><ruby>死<rt>し</rt></ruby>にました</u>。因病死了。

㉑ 使

① <ruby>大使館<rt>たいしかん</rt></ruby>	名 大使館
② <ruby>使<rt>つか</rt></ruby>う	Ⅰ他動 使用 はしを　<u><ruby>使<rt>つか</rt></ruby>います</u>。使用筷子。

㉒ 始

① 始_{はじ}まる	**Ⅰ自動** 開始 授業_{じゅぎょう}が 始_{はじ}まりました。開始上課了。
② 始_{はじ}める	**Ⅱ他動** 開始 掃除_{そうじ}を 始_{はじ}めましょう。開始打掃吧！
③ 〜始_{はじ}める	**補動** 開始〜（接在動詞ます形去ます之後） 最近_{さいきん} いけばなを 習_{なら}い始_{はじ}めました。 最近開始學習插花了。

㉓ 思

① 思_{おも}い出_だす	**Ⅰ他動** 想起 子供_{こども}の ころの ことを 思_{おも}い出_だしました。 想起了孩提時代的事情。
② 思_{おも}う	**Ⅰ他動** 想 私_{わたし}も そう 思_{おも}います。我也是這麼想的。

㉔ 持

① お金_{かね}持_もち	**名** 有錢人
② 気_き持_もち	**名** 情緒、身體的感覺
③ 持_もつ	**Ⅰ他動** 拿著 傘_{かさ}を 持_もって 出_でかけます。拿著傘出門。

㉕ 写

① 写_{うつ}す	**Ⅰ他動** 抄、拍照 ノートを 写_{うつ}します。抄筆記。

② 写真
しゃしん

名 照片
写真を　撮ります。拍照。
しゃしん　　と

㉖ 借

① 借りる
か

II他動 借入
図書館で　本を　借りました。在圖書館借了書。
と しょかん　　ほん　　か

㉗ 終

① 終わり
お

名 結束

② 終わる
お

I自動 結束
五時に　終わります。在五點結束。
ご じ　　お

③ ～終わる
お

補動 ～完畢（接在動詞ます形去ます之後）
お金は　全部　使い終わりました。錢全部用完了。
かね　　ぜん ぶ　　つか　お

㉘ 集

① 集まる
あつ

I自動 聚集
人が　大勢　集まりました。聚集了很多人。
ひと　　おおぜい　あつ

② 集める
あつ

II他動 集中
学生を　教室に　集めます。把學生集中在教室。
がくせい　　きょうしつ　あつ

㉙ 住

① 住所
じゅうしょ

名 住址

② 住む
す

II自動 住
学校の　寮に　住んで　います。住在學校的宿舍。
がっこう　　りょう　す

㉚ 出

① 出席する _{しゅっせき}	**Ⅲ自動** 出席 明日　パーティーに　出席します。明天出席宴會。 _{あした}　　　　　　　　_{しゅっせき}
② 出発する _{しゅっぱつ}	**Ⅲ自動** 出發 明日の　朝　東京へ　出発します。明天早上出發到東京。 _{あした}　_{あさ}　_{とうきょう}　_{しゅっぱつ}
③ 出す _だ	**Ⅰ他動** 拿出 レポートを　出します。交報告。 　　　　　_だ
④ ～出す _だ	**補動** ～出來（接在動詞ます形去ます之後） 赤ちゃんが　突然　泣き出しました。嬰兒突然哭了出來。 _{あか}　　　_{とつぜん}　_な _だ
⑤ 出かける _で	**Ⅱ自動** 外出 散歩に　出かけます。外出散步。 _{さん ぽ}　_で
⑥ 出口 _{で ぐち}	**名** 出口
⑦ 出る _で	**Ⅱ自動** 出去 これから　家を　出ます。現在要出門。 　　　　_{いえ}　_で
⑧ 引き出し _{ひ だ}	**名** 抽屜
⑨ 輸出する _{ゆ しゅつ}	**Ⅲ他動** 出口 米を　外国へ　輸出します。出口米到外國。 _{こめ}　_{がいこく}　_{ゆ しゅつ}

㉛ 食

① 食事する _{しょく じ}	**Ⅲ自動** 用餐 レストランで　食事します。在餐廳用餐。 　　　　　　_{しょく じ}
② 食堂 _{しょくどう}	**名** 食堂
③ 食料品 _{しょくりょうひん}	**名** 食品
④ 食べ物 _{た もの}	**名** 食物

⑤ 食_たべる　II他動 吃
ご飯_{はん}を　食_たべます。吃飯。

③² 進

① 進_{すす}む　I自動 前進、進步
合格_{ごうかく}に　向_むかって　進_{すす}みましょう。朝合格前進吧！

③³ 切

① 切手_{きって}　名 郵票

② 切符_{きっぷ}　名 票券

③ 切_きる　I他動 切、剪
髪_{かみ}を　切_きります。剪頭髮。

④ 親切_{しんせつ}　名 ナ形 親切（的）

⑤ 大切_{たいせつ}　ナ形 重要的

³⁴ 説

① 小説_{しょうせつ}　名 小説

② 説明_{せつめい}する　III他動 説明
これから　説明_{せつめい}します。接下來（為大家）做説明。

³⁵ 洗

① お手洗_{てあら}い　名 洗手間

② 洗_{あら}う　I他動 洗
手_てを　洗_{あら}います。洗手。

③ 洗濯する

III他動 洗滌

洋服を 洗濯します。洗衣服。

36 走

① 走る

I自動 跑步

毎朝 走ります。每天早上跑步。

I自動 行駛

電車が 走ります。電車行駛。

37 送

① 送る

I他動 送

お客を 玄関まで 送りました。將客人送到了玄關。

② 放送する

III他動 播放

ニュースを 放送します。播放新聞。

38 待

① 招待する

III他動 招待

食事に 招待します。招待用餐。

② 待つ

I他動 等待

ちょっと 待って ください。請等一下。

39 貸

① 貸す

I他動 借出

本を 貸しました。借了書。

㊵ 知

① 承知する _{しょうち}	Ⅲ他動 知悉 その件に　ついては　承知して　います。 _{けん}　　　　　　　_{しょうち} 關於那件事情知道了。 Ⅲ他動 應允、饒恕 母は　留学を　承知して　くれません。 _{はは}　_{りゅうがく}　_{しょうち} 母親不同意（我）留學。
② 知る _し	Ⅰ他動 知道 林さんの　電話番号を　知りました。 _{りん}　　_{でん わ ばんごう}　　_し 知道林先生的電話號碼了。

㊶ 着

① 上着 _{うわ ぎ}	名 上衣、外衣
② 着物 _{き もの}	名 和服
③ 着る _き	Ⅱ他動 穿 コートを　着ます。穿外套。 　　　　_き
④ 下着 _{した ぎ}	名 內衣
⑤ 着く _つ	Ⅰ自動 抵達 会社に　着きました。抵達公司。 _{かいしゃ}　_つ

㊷ 注

① 注意する _{ちゅう い}	Ⅲ自動 注意 注意して　聞きましょう。注意聽吧。 _{ちゅう い}　_き Ⅲ自動 小心 車に　注意しなさい。小心車子。 _{くるま}　_{ちゅう い}

② 注射する <small>ちゅうしゃ</small>	**III自動** 打針	
	薬を 注射します。注射藥物。 <small>くすり　　　ちゅうしゃ</small>	

㊸ 動

① 動く <small>うご</small>	**I自動** 動	
	地震で 机が 動きました。因為地震，桌子動了起來。 <small>じ しん　つくえ　うご</small>	
② 運動する <small>うんどう</small>	**III自動** 運動	
	体の ために 毎日 運動して います。 <small>からだ　　　　まいにち　うんどう</small>	
	為了身體每天運動。	
③ 自動車 <small>じ どうしゃ</small>	**名** 汽車	

㊹ 働

① 働く <small>はたら</small>	**I他動** 工作	
	毎日 働きます。每天工作。 <small>まいにち　はたら</small>	

㊺ 入

① 入口 <small>いりぐち</small>	**名** 入口	
② 入れる <small>い</small>	**II他動** 打開電源	
	スイッチを 入れます。打開電源。 <small>い</small>	
	II他動 裝入	
	封筒に 手紙を 入れます。將信裝入信封。 <small>ふうとう　て がみ　い</small>	
	II他動 泡（茶）	
	お茶を 入れます。泡茶。 <small>ちゃ　い</small>	
③ 入院する <small>にゅういん</small>	**III自動** 住院	
	私は 一週間前に 入院しました。我一個星期前住院了。 <small>わたし　いっしゅうかんまえ　にゅういん</small>	

④ 入学する _{にゅうがく}	**Ⅲ自動** 入學 _{きょねん}去年　この大学に　_{だいがく}入学しました。_{にゅうがく}去年進了這所大學。
⑤ 入る _{はい}	**Ⅰ自動** 進入 大学に　_{だいがく}入りました。_{はい}進了大學。
⑥ 輸入する _{ゆ にゅう}	**Ⅲ他動** 進口 これは　フランスから　輸入しました。_{ゆ にゅう}這是從法國進口的。

㊻ 売

① 売り場 _{う ば}	**名** 賣場
② 売る _う	**Ⅰ他動** 販賣 家を　_{いえ}売ります。_う賣房子。

㊼ 発

① 出発する _{しゅっぱつ}	**Ⅲ自動** 出發 今すぐ　_{いま}出発しましょう。_{しゅっぱつ}現在立刻出發吧。
② 発音 _{はつおん}	**名** 發音

㊽ 聞

① 聞く _き	**Ⅰ他動** 聽 音楽を　_{おんがく}聞きます。_き聽音樂。 **Ⅰ他動** 問 先生に　_{せんせい}聞きましょう。_き問老師吧。
② 新聞 _{しんぶん}	**名** 報紙
③ 新聞社 _{しんぶんしゃ}	**名** 報社

49 歩

① 歩く <small>ある</small>	**I自動** 走路 学校まで 歩きます。走到學校。 <small>がっこう</small> <small>ある</small>	
② 散歩する <small>さん ぽ</small>	**III自動** 散步 毎日 散歩します。每天散步。 <small>まいにち</small> <small>さん ぽ</small>	

50 有

① 有る <small>あ</small>	**I自動**（無生命體的）擁有 机の 上に 写真が あります。桌上有照片。 <small>つくえ</small> <small>うえ</small> <small>しゃしん</small>	
② 有名 <small>ゆうめい</small>	**名** **ナ形** 有名（的）	

51 来

① 来る <small>く</small>	**III自動** 來 誰か 来ましたよ。好像誰來囉。 <small>だれ</small> <small>き</small>
② さ来月 <small>らいげつ</small>	**名** 下下個月
③ さ来週 <small>らいしゅう</small>	**名** 下下個星期
④ さ来年 <small>らいねん</small>	**名** 後年
⑤ 将来 <small>しょうらい</small>	**名** 將來
⑥ 来月 <small>らいげつ</small>	**名** 下個月
⑦ 来週 <small>らいしゅう</small>	**名** 下星期
⑧ 来年 <small>らいねん</small>	**名** 明年

52 立

① 立^たつ	**I自動** 站立	

① 立つ

I自動 站立

立^たって　ください。請起立。

I自動 離開

先生^{せんせい}は　席^{せき}を　立^たちました。老師離開座位了。

② 立^たてる

II他動 立起、揚起

うわさを　立^たてます。散播謠言。

③ 役^{やく}に 立^たつ

連語 有用

けいたいは　とても　役^{やく}に　立^たちます。手機非常有用。

④ 立^{りっぱ}派

ナ形 氣派（的）、優秀（的）

53 話

① 会^{かい}話^わ

名 會話

② 世^せ話^わする / お世^せ話^わする

III他動 照顧

先生^{せんせい}が　仕事^{しごと}を　世^せ話^わして　くれました。
老師幫我找到工作了。

③ 電^{でん}話^わ

名 電話

④ 話^{はな}す

I他動 說

何^{なん}でも　話^{はな}して　ください。什麼都請儘管說。

⑤ 話^{はなし}

名 話題、談話、故事

14 自然 MP3-14 🔊

01 火

① 火事 か じ	**名** 火災	
② 火曜日 か よう び	**名** 星期二	
③ 火 ひ	**名** 火	

02 光

① 光 ひかり	**名** 光、光線	
② 光る ひか	**Ⅰ自動** 發光 星が 光ります。星光閃耀。 ほし　ひか	

03 風

① お風呂 ふ ろ	**名** 浴室	
② 風 かぜ	**名** 風	
③ 風邪 か ぜ	**名** 感冒	
④ 台風 たいふう	**名** 颱風	

04 水

① 水泳 すいえい	**名** 游泳	
② 水道 すいどう	**名** 自來水（管）	
③ 水曜日 すいよう び	**名** 星期三	
④ 水 みず	**名** 水	

05 海

① 海 <ruby>うみ</ruby>	名 海
② 海岸 <ruby>かいがん</ruby>	名 海岸

06 池

① 池 <ruby>いけ</ruby>	名 池塘

07 空

① 空く <ruby>あ</ruby>	I自動 空、騰出 隣の　席が　空きました。旁邊的位置空出來了。
② 空気 <ruby>くうき</ruby>	名 空氣
③ 空港 <ruby>くうこう</ruby>	名 機場
④ 空く <ruby>す</ruby>	I自動 空了 おなかが　空きました。肚子餓了。
⑤ 空 <ruby>そら</ruby>	名 天空

08 牛

① 牛肉 <ruby>ぎゅうにく</ruby>	名 牛肉
② 牛乳 <ruby>ぎゅうにゅう</ruby>	名 牛奶

09 犬

① 犬 <ruby>いぬ</ruby>	名 狗

⑩ 鳥

① 小鳥 ことり	名 小鳥
② 鳥 とり	名 鳥、雞
③ 鳥肉 とりにく	名 雞肉

⑪ 天

① 天気 てんき	名 天氣
② 天気予報 てんきよほう	名 天氣預報

⑫ 春

① 春 はる	名 春天

⑬ 夏

① 夏 なつ	名 夏天
② 夏休み なつやす	名 暑假

⑭ 秋

① 秋 あき	名 秋天

⑮ 冬

① 冬 ふゆ	名 冬天

⑯ 木

① 木 き	名 樹

② 木曜日 （もくようび）　**名** 星期四

③ 木綿 （もめん）　**名** 棉花

⑰ 林

① 林 （はやし）　**名** 樹林

⑱ 森

① 森 （もり）　**名** 森林

⑲ 花

① 花瓶 （かびん）　**名** 花瓶

② 花 （はな）　**名** 花

③ 花見 （はなみ）　**名** 賞花

⑳ 飯

① 朝ご飯 （あさごはん）　**名** 早飯

② ご飯 （ごはん）　**名** 飯

③ 昼ご飯 （ひるごはん）　**名** 午飯

④ 夕飯 （ゆうはん）　**名** 晚飯

㉑ 肉

① 牛肉 （ぎゅうにく）　**名** 牛肉

② 鳥肉 （とりにく）　**名** 雞肉

③ 肉　にく　**名** 肉

④ 豚肉　ぶたにく　**名** 豬肉

㉒ 菜

① 野菜　やさい　**名** 蔬菜

㉓ 茶

① お茶　ちゃ　**名** 茶

② 喫茶店　きっさてん　**名** 咖啡廳

③ 紅茶　こうちゃ　**名** 紅茶

④ 茶色　ちゃいろ　**名** 咖啡色

⑤ 茶碗　ちゃわん　**名** 碗、飯碗

㉔ 田

① 田舎　いなか　**名** 鄉下、故鄉

㉕ 野

① 野菜　やさい　**名** 蔬菜

15 其他

01 以

① 以下　いか　**名** 以下

② 以外　名 以外

③ 以上　名 以上

④ 以内　名 以內

02 音

① 音　名 （非生命體所發出的）聲音

② 音楽　名 音樂

③ 発音　名 發音

03 金

① お金　名 錢

② お金持ち　名 有錢人

③ 金曜日　名 星期五

04 銀

① 銀行　名 銀行

05 京

① 東京　名 東京（地名）

06 業

① 工業　名 工業

② 産業　名 產業

③ 授業 (じゅぎょう)	名 上課
④ 卒業する (そつぎょう)	III他動 畢業 今年 (ことし) 大学 (だいがく) を 卒業 (そつぎょう) しました。今年大學畢業了。

07 仕

① 仕方 (しかた)	名 方法
② 仕事 (しごと)	名 工作

08 紙

① 紙 (かみ)	名 紙
② 手紙 (てがみ)	名 信

09 自

① 自転車 (じてんしゃ)	名 腳踏車
② 自動車 (じどうしゃ)	名 汽車
③ 自分 (じぶん)	名 自己
④ 自由 (じゆう)	名 自由

10 事

① 火事 (かじ)	名 火災
② 事 (こと)	名 事情
③ 事故 (じこ)	名 意外
④ 仕事 (しごと)	名 工作

⑤ 事務所 <small>じ む しょ</small>	名 辦公室
⑥ 食事する <small>しょく じ</small>	Ⅲ自動 用餐 来週　一緒に　食事しましょう。 下個星期一起吃飯吧。
⑦ 大事 <small>だい じ</small>	名 ナ形 重要（的）
⑧ 返事する <small>へん じ</small>	Ⅲ自動 回覆、回話 名前を　呼ばれたら　返事しなさい。 如果被叫到名字，請回話。
⑨ 用事 <small>よう じ</small>	名 事情

⑪ 図

| ① 地図
<small>ち ず</small> | 名 地圖 |
| ② 図書館
<small>と しょかん</small> | 名 圖書館 |

⑫ 代

① 代わりに <small>か</small>	連語 代替 姉の　代わりに　私が　来ました。我代替家姉來了。
② 時代 <small>じ だい</small>	名 時代
③ ～代 <small>だい</small>	接尾 年齡的範圍 この店は　二十代の　人に　人気が　あります。 這間店受到二十多歲人的歡迎。

⑬ 度

| ① 一度
<small>いち ど</small> | 名 一次 |

② 今度 こんど	名 這次 今度<ruby>こん<rt></rt></ruby>だけは　許して　あげます。就這次原諒你（們）。 名 下次 今度から　気を　つけます。下次會注意。
③ 支度する したく	Ⅲ自動 預備 もう　遅いですから、早く　支度しなさい。 因為已經晚了，快點準備！

⑭ 特

① 特に とく	副 特別
② 特急 とっきゅう	名 特快
③ 特別 とくべつ	名 ナ形 副 特別（的）

⑮ 病

① 病院 びょういん	名 醫院
② 病気 びょうき	名 生病

⑯ 品

① 品物 しなもの	名 物品
② 食料品 しょくりょうひん	名 食品

⑰ 不

① 不便 ふべん	名 ナ形 不方便（的）

⑱ 服

① 服 ふく	**名** 衣服
② 洋服 ようふく	**名** 衣服

⑲ 物

① 贈り物 おく もの	**名** 禮物
② 買い物する か もの	**III自動** 購物 これから　一緒に　買い物しませんか。 　　　　　いっしょ　　か もの 等一下要不要一起去買東西呢？
③ 着物 き もの	**名** 和服
④ 果物 くだもの	**名** 水果
⑤ 見物する けんぶつ	**III他動** 遊覽 京都で　いろいろ　見物しました。在京都遊覽了很多地方。 きょうと　　　　　けんぶつ
⑥ 品物 しなもの	**名** 物品
⑦ 建物 たてもの	**名** 建築物
⑧ 食べ物 た もの	**名** 食物
⑨ 荷物 に もつ	**名** 行李
⑨ 乗り物 の もの	**名** 交通工具、（遊樂園的）遊樂設施
⑩ 物 もの	**名** 東西
⑪ 忘れ物 わす もの	**名** 遺忘的東西

⑳ 別

① 特別 とくべつ	**名** **ナ形** **副** 特別（的）

② 別^{べつ}	**名 ナ形** 另外（的）
③ 別れる^{わか}	**II自動** 分開、分手 彼と 一年前に 別れました。和男朋友一年前分手了。

㉑ 味

① 味^{あじ}	**名** 味道
② 意味^{いみ}	**名** 意思
③ 趣味^{しゅみ}	**名** 興趣

㉒ 門

① 専門^{せんもん}	**名** 專門、專業
② 門^{もん}	**名** 門

㉓ 薬

① 薬^{くすり}	**名** 藥

㉔ 用

① 用^{よう}	**名** 事情 用が 済んだら 返りましょう。 如果事情辦完了，就回去吧。
② 用意する^{ようい}	**III他動** 準備 来週までに お金を 用意します。下個星期前準備好錢。
③ 用事^{ようじ}	**名** 事情

④ 利用する
りょう

III他動 利用
要らないものを　利用して　ください。請利用不要的東西。
い　　　　　　　りょう

㉕ 洋

① 西洋
せいよう
名 西洋

② 洋服
ようふく
名 衣服

㉖ 旅

① 旅行する
りょこう
III自動 旅行
今度　一緒に　旅行しましょう。下次一起去旅行吧。
こん　ど　　いっしょ　　　りょこう

㉗ 料

① 食料品
しょくりょうひん
名 食品

② 料理
りょう　り
名 料理

MEMO

第二單元

文字・語彙下
語彙篇

　　這個單元主要是針對平假名單字所做的整理，除了單字的背誦之外，漢字的表現方式也需要留意。因為檢定考有一單元，就是專門考單字的漢字或是片假名的寫法。

　　本單元「語彙篇」，將新日檢N4範圍中的平假名單字，扣除N5範圍的基本單字、必背漢字語彙後，依照音順做整理，除了可循序漸進背誦外，亦方便查詢。

　　此外，有漢字的平假名，亦附上漢字，並有詞性說明，方便讀者學習。而針對「動詞」和「一字多用途」的複雜語彙，亦佐以例句說明，讓考生易於理解的同時，更可達到舉一反三，擺脫死記和無效率的單字記憶夢魘。

　　相信只要熟記這些單字，必能輕鬆拿下高分！

あいさつする	**III自動** 打招呼 せんせい 先生に　あいさつします。跟老師打招呼。
あげる	**II他動** 給 いわ お祝いを　あげます。送禮。
あさい（浅い）	**イ形** 淺的
あそび（遊び）	**名** 遊玩
あやまる（謝る）	**I他動** 道歉 あたま　　　　さ　　　　　あやま 頭を　下げて　謝ります。低頭道歉。

いし（石）	**名** 石頭
いじめる	**II他動** 欺負、虐待 あに 兄に　いじめられました。被兄長欺負了。
いたす（致す）	**I他動** 做（「する」的謙讓語） わたし　　　　はなし 私から　話を　いたしましょう。由我開始說吧。

いただく	**I他動** 受領（「もらう」的謙讓語） 部長から　お土産を　いただきました。收到部長的土產了。
いと（糸）	**名** 線
いのる（祈る）	**I他動** 祈求 神様に　祈ります。向神明祈求。
いらっしゃる	**I自動** 在/來/去（「いる」/「来る」/「行く」的尊敬語） 社長さんは　会議室に　いらっしゃいますか。 社長在會議室嗎？

 MP3-18

うえる（植える）	**II他動** 種植 庭に　花を　植えます。在庭院種花。
うかがう	**I他動** 拜訪（「訪ねる」的謙讓語） 今度　お宅を　うかがいます。下次拜訪貴府。 **I他動** 請教（「尋ねる」的謙讓語） 先輩に　意見を　うかがいます。向前輩請教意見。
うけつけ（受付）	**名** 櫃檯
うける（受ける）	**II他動** 接受 ボールを　手で　受けました。用手接了球。
うそ	**名** 謊話
うつ（打つ）	**I他動** 打 お祭りで　太鼓を　打ちます。在祭典上打太鼓。
うつくしい（美しい）	**イ形** 美麗的

うつる（移る）	**I自動** 遷移 教室は　向こうの　ビルに　移りました。 教室搬到對面大樓了。
うで（腕）	**名** 手腕、胳臂 父の　腕は　太いです。父親的胳臂很粗。 **名** 本事 彼は　腕の　ある人です。他是個有本事的人。
うまい	**イ形** 好吃的 このレストランの　料理は　とても　うまいです。 這間餐廳的料理非常好吃。 **イ形** 巧妙的 彼女の　英語は　うまいです。她的英語很好。
うら（裏）	**名** 背面
うれしい	**イ形** 高興的
うん	**感** 是、對（「はい」的口語表現）

えだ（枝）	**名** 樹枝
えらぶ（選ぶ）	**I他動** 選擇 好きな色を　選びます。選擇喜歡的顏色。

 MP3-20

おいでになる	連語 在 / 來 / 去（「いる」/「来る」/「行く」的尊敬語） 今度の　会議は　おいでに　なりますか。 您會來這次會議嗎？
おいわい（お祝い）	名 慶祝 卒業の　お祝いを　しましょう。祝賀畢業吧。 名 賀禮 お祝いを　あげます。送賀禮。
おかげ	名 託福 おかげで　病気は　もう　治りました。 託福病已經痊癒了。
おかしい	イ形 奇怪的
～おき	接尾 每隔～ この薬は　四時間おきに　飲みます。 這個藥每隔四小時服用。
おくれる（遅れる）	II自動 遲到、晚了 雨で　電車が　遅れました。因為下雨，電車晚了。
おこる（怒る）	I自動 生氣 彼は　いつも　つまらないことで　怒ります。 他總是因為無聊的事生氣。
おしいれ（押入れ）	名 日式壁櫥
おじょうさん（お嬢さん）	名 令媛
おたく（お宅）	名 府上

おちる（落ちる）	**II自動** 落下 秋に　なると　葉が　落ちます。 一到秋天，葉子就掉落。
おっしゃる	**I他動** 說（「言う」的尊敬語） お名前は　何と　おっしゃいますか。請問貴姓大名？
おっと（夫）	**名** 丈夫、外子（謙稱自己的先生）
おつり	**名** 找錢 五十円の　おつりです。找五十日圓。
おとす（落とす）	**I他動** 掉落 財布を　落としました。錢包掉了。
おどり（踊り）	**名** 舞蹈
おどる（踊る）	**I自動** 跳舞 歌を　歌いながら　踊ります。邊唱歌邊跳舞。
おどろく（驚く）	**I自動** 驚嚇 驚いて　何も　言えません。 因為驚嚇，什麼都說不出來。
おまつり（お祭り）	**名** 祭典
おもちゃ	**名** 玩具
おもて（表）	**名** 正面
おる	**I自動**（生命體的）擁有、存在（「いる」的謙讓語） 母は　家に　おります。家母在家。
おる（折る）	**I他動** 折 紙で　つるを　折ります。用紙折鶴。
おれい（お礼）	**名** 答謝

| おれる（折れる） | II自動 折斷
強い風で　木が　折れました。因為強風，樹都折斷了。 |

 MP3-21))

かえる（変える）	II他動 改變 位置を　変えます。換位置。
かがみ（鏡）	名 鏡子
かける	I他動 坐 いすに　こしを　かけます。坐在椅子上。 I他動 讓人遭受～ 心配を　かけました。讓人擔心了。 I他動 掛 かべに　絵を　かけます。把畫掛在牆上。 I他動 打電話 電話を　かけます。打電話。 I他動 戴 めがねを　かけます。戴眼鏡。
かざる（飾る）	I他動 裝飾 部屋を　きれいに　飾りました。 將房間裝飾得很漂亮了。
～かた（～方）	接尾 ～方法 この漢字の　読み方を　教えて　ください。 請教我這個漢字的讀法。
かたい（堅い、硬い、固い）	イ形 堅固的、硬的、固執的
かたち（形）	名 形狀

かたづける（片付ける）	**II他動** 整理、收拾 本を　片付けて　ください。請整理書。
かつ（勝つ）	**I自動** 贏 試合に　勝ちました。贏了比賽。
かっこう	**名** 樣子 はでなかっこうは　きらいです。 討厭華麗的裝扮。
かなしい（悲しい）	**イ形** 悲傷的
かならず（必ず）	**副** 一定、必定
かべ（壁）	**名** 牆壁
かまう	**I自動** 關係、介意 ぜんぜん　かまいません。 完全沒關係、完全不在乎。
かみ（髪）	**名** 頭髮
かむ	**I他動** 咬 犬に　かまれました。被狗咬了。
かれ（彼）	**名**（男性的）他
かれら（彼ら）	**名**（男性的）他們
かわく（乾く）	**I自動** 乾 洗濯ものが　乾きました。洗的衣服乾了。
かわる（変わる）	**I自動** 變化 信号が　変わりました。號誌燈變了。
かんけい（関係）	**名** 關係
かんごし（看護師）	**名** 護士

かんたん（簡単）	名 ナ形 簡単（的）
がんばる	I自動 堅持、努力 試験の　ために　がんばりなさい。 為了考試努力。

 **き** MP3-22

きかい（機械）	名 機械
きけん（危険）	名 ナ形 危険（的）
きこえる（聞こえる）	II自動 聽得見 遠くから　音楽が　聞こえます。 從遠方可以聽得到音樂。
ぎじゅつ（技術）	名 技術
きせつ（季節）	名 季節
きそく（規則）	名 規則
きっと	副 一定、肯定
きぬ（絹）	名 絲綢
きびしい（厳しい）	イ形 嚴厲的
きまる（決まる）	I自動 決定 旅行の　にっていが　決まりました。 旅行的日程決定了。
きみ（君）	名 你（男性對平輩或晚輩的稱呼）
きめる（決める）	II他動 決定 心を　決めました。心意已決。

きゃく（客）	**名** 客人
きょうそうする （競争する）	**III自動** 競爭 外国の　しょうひんと　競争します。 _{がいこく}　　　　　　　　　　　　_{きょうそう} 和國外的商品競爭。

 MP3-23

ぐあい（具合）	**名** 身體狀況
くさ（草）	**名** 草
くださる	**I他動** 給（「くれる」的尊敬語） これは　課長が　くださったプレゼントです。 　　　　_{かちょう} 這是課長給我的禮物。
くも（雲）	**名** 雲
くらべる（比べる）	**II他動** 比較 東洋と　西洋を　比べます。比較東、西方。 _{とうよう}　_{せいよう}　_{くら}
くれる	**II他動** 給予 父は　私に　お金を　くれました。家父給了我錢。 _{ちち}　_{わたし}　_{かね}
くれる（暮れる）	**II自動** 天黑 冬は　早く　日が　暮れます。冬天太陽早下山。 _{ふゆ}　_{はや}　_ひ　_く **II自動** 歲暮 あと　三日で　年が　暮れます。再三天就年終了。 　　　_{みっか}　_{とし}　_く
～くん（～君）	**接尾** ～君（對男性的稱呼）

 MP3-24

け（毛）	名 毛髮
けいざい（経済）	名 經濟
けいさつ（警察）	名 警察
けがする	Ⅲ自動 受傷 高い所から　落ちて　けがしました。 從高處掉下來受了傷。
けしゴム（消しゴム）	名 橡皮擦
けっして（決して）	副 絶（不）～（接否定） 大切なものは　決して　売りません。 重要的東西絕對不賣。
けれど / けれども	接續 然而、但是 一生懸命　勉強しました。けれども　合格しませんでした。拚命地唸書了。但是沒有考上。
～けん（～軒）	接尾 ～間（房子的單位）
げんいん（原因）	名 原因
けんかする	Ⅲ自動 爭吵、打架 二人は　いつも　けんかして　います。 二個人總是在吵架。

 MP3-25

こうぎ（講義）	名 講課

109

～ございます	自・サ特殊型 「ある」（有）以及補助動詞「ある」「です」的客氣說法 まだ　たくさん　ございますので、遠慮（えんりょ）しないで　ください。還有很多，所以請別客氣。 ありがとう　ございます。謝謝您。 そうで　ございます。是這樣的。
こしょうする （故障する）	III自動 故障 車（くるま）が　故障（こしょう）しました。車子故障了。
ごぞんじ（ご存じ）	連語 知曉（「知（し）る」的尊敬語） この件（けん）に　ついて　ご存（ぞん）じですか。 這件事您知道嗎？
ごちそう	名 佳餚 パーティーで　ごちそうを　たくさん　いただきました。在宴會上享用了許多佳餚。
このごろ	名 近來 このごろの　学生（がくせい）は　頭（あたま）が　いいです。 近來的學生，腦筋很好。
こまかい（細かい）	イ形 細微的、詳細的
ごみ	名 垃圾
こむ（込む）	I自動 擁擠 日曜日（にちようび）の　映画館（えいがかん）は　込（こ）んで　います。 星期天的電影院很擠。
こめ（米）	名 米
ごらんになる	連語 看（「見（み）る」的尊敬語） 手紙（てがみ）は　もう　ごらんに　なりましたか。 您已經看過信了嗎？

これから	接續 今後、從現在起
こわい（怖い）	イ形 可怕的
こわす（壊す）	I他動 弄壞 どろぼうは　ドアを　壊しました。 小偷把門弄壞了。
こわれる（壊れる）	II自動 毀壞 地震で　家が　壊れました。 因為地震，房子毀壞了。

 MP3-26

さいしょ（最初）	名 最初
さか（坂）	名 坡、斜坡
さがす（探す）	I他動 尋找 仕事を　探します。找工作。
さかん（盛ん）	ナ形 繁榮（的）、盛行（的） 日本では　サッカーが　盛んです。 在日本足球很盛行。
さっき	名 副 剛才
さびしい（寂しい）	イ形 寂寞的
～さま（～様）	接尾 （「～さん」的敬語）～先生 / 小姐
さわぐ（騒ぐ）	I自動 吵鬧、喧嚷 公園で　子供たちが　騒いで　います。 公園裡的孩子們嬉鬧著。

| さわる（触る） | **I自動** 觸摸
絵に 触らないで ください。請不要觸摸畫。 |
| ざんねん（残念） | **名** **ナ形** 遺憾（的）、可惜（的） |

しかる	**I他動** 責罵 その事で しかられました。 因為那件事情，被罵了。
～しき（～式）	**接尾** ～式 日本式の やり方で 行います。 以日本式的做法進行。
しっかり	**副** 結實地、牢牢地
しっぱいする （失敗する）	**III自動** 失敗 計画が 失敗しました。計畫失敗了。
しつれいする （失礼する）	**III自動** 失禮 図書館で 騒いで 失礼しました。 在圖書館嬉鬧，失禮了。 **III自動** 告辭 お先に 失礼します。我先走了。
じてん（辞典）	**名** 字典
しばらく	**副** 暫時
しま（島）	**名** 島嶼

（〜て形）しまう	補動 表示動作完了、無法挽回 弟が　私の　ケーキを　食べて　しまいました。 弟弟把我的蛋糕吃光了。
じゃま	名 ナ形 打擾（的）、妨礙（的）
じゅうどう（柔道）	名 柔道
じゅんびする （準備する）	Ⅲ他動 準備 試験に　向けて　準備して　います。 朝考試準備著。
しょうかいする （紹介する）	Ⅲ他動 介紹 私の　大学の　先生を　紹介します。 介紹我大學的老師。
しらせる（知らせる）	Ⅱ他動 通知 試験の　結果を　知らせます。通知考試的結果。
しらべる（調べる）	Ⅱ他動 調查 火事の　原因を　調べて　います。 正在調查火災的原因。

すぎる（過ぎる）	Ⅱ自動 經過、超過 もう　約束の　時間を　過ぎました。 已經過了約定的時間了。
〜すぎる	補動 〜過多（接在動詞ます形去ます之後） 食べすぎて　おなかが　いたいです。吃太多肚子痛。
すごい	イ形 厲害的

すっかり	副 完全
ずっと	副 一直
すてる（捨てる）	II他動 丟棄 ごみを 捨^すてます。丟垃圾。
すな（砂）	名 沙子
すばらしい	イ形 精采的、了不起的
すべる	II自動 滑 道^{みち}が すべるから、注意^{ちゅうい}しなさい。因為路滑，要小心！
すみ（隅）	名 角落
すむ（済む）	I自動 了結、結束 仕事^{しごと}が ぶじに 済^すみました。工作順利結束了。
すり	名 扒手
すると	接續 於是 電気^{でんき}を 消^けしました。すると 何^{なに}も 見^みえなくなりました。 把電燈關了。於是變得什麼都看不見了。

せ MP3-29

～せい（～製）	接尾 ～製 あの自動車^{じどうしゃ}は ドイツ製^{せい}です。 那台車是德國製。
せいじ（政治）	名 政治
せき（席）	名 位置

ぜひ	副 務必、一定 ぜひ 一度 遊びに 来て ください。 請務必來玩一趟。
せん（線）	名 線
ぜんぜん	副 完全（不）〜（須接否定） 英語は ぜんぜん できません。完全不會英語。
せんそうする （戦争する）	III自動 戦争 戦争するのは よくないことです。 戦爭是不好的事情。

そうだんする （相談する）	III他動 商量 両親と 相談して ください。 請和雙親討論。
そだてる（育てる）	II他動 養育 子供を 育てます。養育小孩。
それで	接續 因此、所以 雨が 降りました。それで 試合は 中止に なりました。下雨了。因此比賽中止了。 接續 後來、那麼 それで 社長は 何と 言いましたか。 那麼社長說了什麼呢？
それに	接續 而且 のどが かわきました。それに おなかも 空きました。口渴了。而且肚子也餓了。

115

それほど	副 那麼地 それほど　ひどい病気でも　ありません。 並非那麼嚴重的病。
そろそろ	副 就要、差不多 そろそろ　失礼します。差不多該告辭了。

たおれる（倒れる）	II自動 倒塌 地震で　家が　倒れました。 因為地震，屋子倒了。 II自動 病倒 彼は　仕事の　時に　倒れました。 他在工作的時候病倒了。
だから	接續 因此、所以 台風が　来ました。だから　学校は　休みです。 因為颱風來了。所以學校放假。
たしか（確か）	ナ形 確實（的） 確かなことは　まだ　分かりません。 確實的情況還不清楚。 副 的確 彼は　確かに　いい人です。他的確是好人。
たずねる（訪ねる）	II他動 拜訪 先生の　お宅を　訪ねます。拜訪老師的府上。
たずねる（尋ねる）	II他動 詢問、找尋 駅の　方向を　尋ねます。詢問車站的方向。

たたみ（畳）	名 榻榻米
たとえば（例えば）	副 例如 スポーツでは　例えば　テニスが　好きです。 運動裡，例如網球我就喜歡。
たな（棚）	名 架子
たまに（偶に）	連語 偶爾
ため	名 利益、目的、原因
だめ	名 ナ形 不可以（的）、沒用（的）
だんぼう（暖房）	名 暖氣

 MP3-32))

ち（血）	名 血液
ちっとも	副 一點也（不）～（接否定） このお菓子は　ちっとも　甘くないです。 這點心一點都不甜。
～ちゃん	接尾 ～先生、小姐（「～さん」的暱稱）

 MP3-33))

～（に）ついて	連體 就～而言 この問題に　ついて　質問が　ありますか。 就這個問題而言，有疑問嗎？
つかまえる（捕まえる）	II他動 捕捉 すりを　捕まえました。抓到扒手了。

つく	**I自動** 點、開（電器類） 電気（でんき）が　つきました。燈亮了。
つける（付ける）	**II他動** 打開（電器類） 暖房（だんぼう）を　付（つ）けます。打開暖氣。 **II他動** 加諸 気（き）を　付（つ）けます。小心。
つける（漬ける）	**II他動** 浸泡 下着（したぎ）を　水（みず）に　漬（つ）けましょう。將內衣泡水吧。
つごう（都合）	**名** 情況、方便
つたえる（伝える）	**II他動** 傳達 よろしく　伝（つた）えて　ください。請代為問候。
つづく（続く）	**I自動** 繼續 雨（あめ）の　日（ひ）が　続（つづ）いて　います。 下雨的日子持續著。
つづける（続ける）	**II他動** 繼續 日本語（にほんご）の　勉強（べんきょう）を　続（つづ）けます。繼續學日語。
～つづける （～続ける）	**補動** 繼續～（接在動詞ます形去ます之後） これからも　ピアノを　練習（れんしゅう）し続（つづ）けます。 今後也會繼續練習鋼琴。
つつむ（包む）	**I他動** 包裹 きれいな紙（かみ）で　プレゼントを　包（つつ）みます。 用漂亮的紙包裝禮物。
つま（妻）	**名** 妻子
つもり	**名** 意圖、打算

| つる（釣る） | I他動 釣
 魚を　釣ります。釣魚。 |
| つれる（連れる） | II他動 帶著
 子供を　連れて　行きました。帶著小孩去了。 |

 MP3-34

ていねい（丁寧）	名 ナ形 慎重（的）、禮貌（的）
てきとう（適当）	名 ナ形 適合（的） 適当な仕事が　見つかりました。 找到適合的工作了。 名 ナ形 隨便（的）、斟酌情形（的） 彼女は　いつも　適当な返事を　します。 她總是隨便回答。
できる	II自動 能夠、會 日本語が　できます。會日語。 II自動 開設 家の　近くに　銀行が　できました。家裡附近開了銀行。
できるだけ	連語 盡可能 できるだけ　急いで　ください。請盡可能快點。
てら（寺）	名 寺廟
てん（点）	名 點

119

 MP3-35

とうとう	副 到頭來、終究（用於負面結果） 彼は　とうとう　倒れました。 他終究還是病倒了。
どうぶつえん（動物園）	名 動物園
とどける（届ける）	II他動 送抵 荷物を　午前中に　届けて　ください。 行李請在上午送抵。
とまる（泊まる）	I自動 住宿 昨日　ホテルに　泊まりました。昨天住在飯店。
とりかえる （取り替える）	II他動 交換 姉と　かばんを　取り替えます。 和姊姊交換包包。
どろぼう（泥棒）	名 小偷
どんどん	副 接連不斷、依序地 仕事を　どんどん　片付けました。 工作依序解決了。

 MP3-36

なおす（直す）	I他動 改正 間違いを　直します。改正錯誤。
なおる（直る）	I自動 修正 息子の　悪いくせが　直りました。 兒子的壞習慣改正了。

なおる（治る）	**I自動** 治療 病気が　治りました。病治好了。
なかなか	**副** 頗、很 なかなか　難しい問題です。相當困難的問題。
なく（泣く）	**I自動** 哭泣 赤ちゃんが　泣いて　います。嬰兒在哭泣。
なくなる （無くなる）	**I自動** 沒有 食べ物が　無くなりました。吃的東西沒了。 **I自動** 遺失 帽子が　無くなりました。帽子丟了。
なくなる （亡くなる）	**I自動** 死亡 彼女の　おじいさんが　亡くなりました。 她的爺爺去世了。
なげる（投げる）	**II他動** 投擲 ピッチャーが　ボールを　投げました。投手投了球。
なさる	**I自動** 做（「する」的尊敬語） どうぞ　ご心配　なさらないで　ください。 請您不要擔心。
なる（鳴る）	**I自動** 發出聲響 電話が　鳴って　います。電話正在響。
なるべく	**副** 盡量 なるべく　傘を　もって　来なさい。 盡可能帶傘來。
なるほど	**副** 果然、原來如此

なれる（慣れる）	Ⅱ自動 習慣 大学の 生活に 慣れました。習慣大學的生活了。

 MP3-37

におい	名 味道、香味
にがい（苦い）	イ形 苦的
～にくい	接尾 難於～、不方便～ 新しい靴は 歩きにくいです。新鞋子難走。
にげる（逃げる）	Ⅱ自動 逃跑 とらが 動物園から 逃げました。 老虎從動物園逃跑了。
にる（似る）	Ⅱ自動 相似 娘さんは お母さんに 似て います。 令嬡長得很像她母親。

ぬ MP3-38

ぬすむ（盗む）	Ⅰ他動 偷 お金を 盗まれました。錢被偷了。
ぬる（塗る）	Ⅰ他動 塗抹 バターを パンに 塗ります。將奶油塗在麵包上。
ぬれる	Ⅱ自動 弄濕 雨に ぬれました。被雨弄濕了。

 MP3-39))

ねだん	名 價錢
ねつ（熱）	名 熱、發燒
ねっしん（熱心）	名 ナ形 熱衷（的）
ねぼう（寝坊）	名 睡過頭、貪睡者 息子は　寝坊で　こまります。兒子貪睡，真傷腦筋。
ねむい（眠い）	イ形 想睡的
ねむる（眠る）	I自動 睡覺 猫が　眠って　います。貓正在睡覺。

 MP3-40))

| のこる（残る） | I自動 剩下
お金は　いくら　残って　いますか。
還剩多少錢呢？ |
| のど | 名 喉嚨 |

 MP3-41))

| は（葉） | 名 葉子 |
| ～ばい（～倍） | 接尾 ～倍 |

〜ばかり	副助 光〜 肉ばかり 食べないで 野菜も 食べなさい。 不要光吃肉，也要吃蔬菜。 副助 剛〜 今 帰ったばかりです。現在剛回來。
はず	名 應該 先生は もう 来て いるはずです。 老師應該已經來了。
はずかしい（恥ずかしい）	イ形 羞恥的、丟臉的
はっきり	副 清楚地
はらう（払う）	I他動 支付 レジで お金を 払います。在收銀台付款。
ばんぐみ（番組）	名 節目
はんたいする（反対する）	III自動 反對 彼は 学校の 規則に 反対して います。他在反對學校的規定。

ひえる（冷える）	II自動 變冷、著涼 体が 冷えました。身體變涼了。
ひげ	名 鬍鬚
ひさしぶり（久しぶり）	名 ナ形（隔了）好久（的）、許久（的）
ひじょうに（非常に）	副 非常

びっくりする	**III自動** 驚嚇 火事の　ニュースを　聞いて　びっくりしました。 聽到火災的新聞嚇了一跳。
ひつよう（必要）	**名 ナ形** 必要（的）
ひどい	**イ形** 殘酷的、慘不忍睹的
ひろう（拾う）	**I他動** 撿拾 道で　財布を　拾いました。在路上撿到了錢包。

 MP3-43

ふえる（増える）	**II自動** 增加 人口が　増えました。人口增加了。
ふかい（深い）	**イ形** 深的
ふくざつ（複雑）	**名 ナ形** 複雜（的）
ぶどう	**名** 葡萄
ふとん（布団）	**名** 棉被
ふね（船 / 舟）	**名** 船、舟
ふむ（踏む）	**I他動** 踐踏 しばふを　踏まないで　ください。 請勿踐踏草坪。

MP3-44

へん（変）	**名 ナ形** 奇怪（的）

ほ MP3-45))

ぼうえき（貿易）	名 貿易
ほうりつ（法律）	名 法律
ぼく（僕）	名 我（男生自稱）
ほし（星）	名 星星
ほど	副助 限度、程度 会議は　一時間ほどで　終わりました。 會議大約一個小時就結束了。
ほとんど	副 幾乎
ほめる	II他動 讚美 今日、先生に　ほめられました。今天，被老師誇獎了。
ほんやくする （翻訳する）	III他動 翻譯 英語を　日本語に　翻訳します。把英語翻譯成日語。

ま MP3-46))

まいる（参る）	I自動 來／去（「来る」／「行く」的謙讓語） まもなく　電車が　参ります。電車不久就要進站了。 I自動 投降 彼の　強さには　すっかり　参りました。 被他的堅強徹底打敗了。
まける（負ける）	II自動 輸 野球の　試合で　負けました。棒球的比賽輸了。

まず	副 首先
または	接續 或是 ペン　または　えんぴつで　書^かいて　ください。 請用鋼筆或鉛筆寫。
まま	名 一如～様子 靴^{くつ}の　まま　上^あがって　ください。請穿著鞋上來吧。
まわり（周り）	名 週遭、附近

みずうみ（湖）	名 湖
みそ	名 味噌
みな（皆）	名 大家 皆^{みな}さん　静^{しず}かに　して　ください。大家請安靜。
みなと（港）	名 港口

むかう（向かう）	I自動 對著、朝向 かがみに　向^むかって　けしょうを　します。 對著鏡化妝。
むかえる（迎える）	II他動 迎接 えがおで　お客^{きゃく}さんを　迎^{むか}えましょう。 用笑臉迎接客人吧。
むかし（昔）	名 古時候、從前

むし（虫）	名 蟲
むすめさん（娘さん）	名 令嬡

め MP3-49))

めずらしい（珍しい）	イ形 珍貴的、罕見的

も MP3-50))

もうす（申す）	I他動 說（「言う」的謙讓語） 張と 申します。敝姓張。
もうすぐ	連語 即將、就要
もし	副 如果
もちろん	副 當然、不用說
もっとも（最も）	副 最～ 一年で 最も 寒いのは 二月です。 一年之中，最冷的是二月。
もどる（戻る）	I自動 返回 席に 戻りなさい。回座位。
もらう	I他動 得到 すてきなプレゼントを もらいました。 得到了很棒的禮物。

MP3-51

やく（焼く）	I他動 燒、烤
	家族と　公園で　肉を　焼きます。
	和家人在公園烤肉。

やくそくする （約束する）	III他動 約定
	せいこうを　約束します。約定要成功。

やける（焼ける）	II自動 著火
	家が　焼けました。房子著火了。

やさしい（優しい）	イ形 溫柔的

～やすい	接尾 易於～、方便～
	この本は　分かりやすいです。這本書很容易懂。

やせる	II自動 瘦
	夏が　来る前に　もう少し　やせたいです。
	夏天來臨之前，想再瘦一點。

やっと	副 好不容易、終於（用於正面的結果）
	夏休みが　やっと　来ました。暑假終於來了。

やはり / やっぱり	副 仍然、還是
	彼女の　ことが　やはり　忘れられません。
	還是無法忘記她。

やる	I他動 做（「する」較不客氣的說法）
	仕事を　やります。工作我來做。
	I他動 餵、澆水
	花に　水を　やります。給花澆水。
	I他動 給（「あげる」較不客氣的說法，用於晚輩）
	弟に　本を　やります。給弟弟書。

やわらかい（柔らかい）	イ形 柔軟的

 MP3-52

ゆ（湯）	名 熱水
ゆび（指）	名 手指
ゆびわ（指輪）	名 戒指
ゆめ（夢）	名 夢想
ゆれる（揺れる）	II自動 搖晃 船が 揺れて います。船搖晃著。

よ MP3-53

よう（様）	名 様子 兄弟の ように なかが いいです。 像手足般，感情很好。
よごれる（汚れる）	II自動 弄髒 白い服は 汚れやすいです。白色衣服容易髒。
よてい（予定）	名 預定
よやく（予約）	名 預約
よる（寄る）	I自動 靠近 近くに 寄って みましょう。靠近點看吧。

～（に）よると	連語 根據～ 天気予報に　よると　明日は　晴れです。 根據氣象報告，明天是晴天。
よろこぶ（喜ぶ）	I自動 高興 姉が　結婚するので、みんな　喜んで　います。 因為姊姊結婚的事情，大家都很高興。
よろしい	イ形 妥當的、好的

 MP3-54

| りょかん（旅館） | 名 旅館 |

 MP3-55

| るす（留守） | 名 不在家、看家
父は　ただいま　留守です。家父目前不在家。 |

 MP3-56

れいぼう（冷房）	名 冷氣
れきし（歴史）	名 歴史
れんらくする（連絡する）	III他動 聯絡 会社に　連絡しなさい。和公司聯絡。

 **MP3-57**

わかす（沸かす）	**I他動** 煮開、燒開 お風呂を　沸かして　ください。請燒熱洗澡水。
わく（沸く）	**I自動** 沸騰 お湯が　沸きました。熱水開了。
わけ（訳）	**名** 理由、原因
わらう（笑う）	**I自動** 笑 笑ったら　顔が　赤く　なりました。 一笑臉就變紅了。
われる（割れる）	**II自動** 裂開、碎 ガラスが　割れて　しまいました。 玻璃碎掉了。

文字・語彙　補充

　　有關新日檢N4文字・語彙部分的考試範圍，除了第一單元的「漢字」以及第二單元的「語彙」之外，還有「外來語」和「招呼用語」二部分，篇幅雖少，但歷屆考題從不缺席，所以千萬別輕忽了！

〈外來語〉 MP3-58))

01 食物

アルコール	酒精、含酒精飲料	ジャム	果醬
ケーキ	蛋糕	ステーキ	牛排
サラダ	沙拉	ハンバーグ	漢堡排
サンドイッチ	三明治		

02 稱謂

| パパ | 爸爸（小孩用語） | ママ | 媽媽（小孩用語） |

03 衣物

| アクセサリー | 飾品 | サンダル | 涼鞋 |
| オーバー | 外套 | スーツ | 套裝 |

04 建築物及設施

エスカレーター	手扶梯	ピアノ	鋼琴
エレベーター	電梯	ビル	大樓
カーテン	窗簾	ベル	電鈴、鈴聲
ガソリンスタンド	加油站	レジ	收銀台
スーパー（マーケット）	超級市場	レストラン	餐廳
スクリーン	螢幕		

05 日常生活

アナウンサー	播報員	ソフト	軟體
アルバイト	打工	タイプ	類型
ガス	瓦斯	チェックする	確認
ガソリン	汽油	テニス	網球
ガラス	玻璃	パート（タイム）	排班工作
コンサート	演唱會、演奏會	プレゼント	禮物
スーツケース	行李箱		

06 學校生活

テキスト	教材	レポート / リポート	報告

07 電器及交通工具

オートバイ	摩托車	ステレオ	音響
コンピューター /	電腦	パソコン	個人電腦
コンピュータ		ファックス	傳真機

08 國名、地域名

アジア	亞洲	アメリカ	美國
アフリカ	非洲		

〈招呼用語〉 MP3-59)))

　　雖都是日常的招呼用語，但其實也各有其主題性，以下整理成十一類，分別是「日常問候」、「自我介紹」、「道別」、「進出門」、「道歉」、「拜訪」、「用餐」、「寒暄」、「禁止」、「恭賀」、「致謝」，請搭配MP3好好學習。因為這些招呼用語，不僅是新日檢必考內容，在日常生活會話中，也經常會使用到，所以，請好好記下來吧！

01 日常問候

おはよう　ございます。	早安。
こんにちは。	午安。
こんばんは。	晚安。
おやすみなさい。	（睡覺前的）晚安。

02 自我介紹

はじめまして。	初次見面。
（どうぞ）よろしく。	請多指教。
お願いします。	拜託您、麻煩您。
こちらこそ。	彼此彼此（我才請您多指教）。

03 道別

（では）おげんきで。	（那麼）請多保重。
さよなら。／さようなら。	再見。
では、また。	再見（用於熟人）。

04 進出門

いって　きます。	我走了。
いって　まいります。	我走了（比「いってきます」有禮貌）。
いってらっしゃい。	請慢走。
お帰りなさい。	歡迎回來。
ただいま。	我回來了。

05 道歉

ごめんなさい。	抱歉（用於熟人）。
すみません。	對不起。

06 拜訪

ごめんください。	（進門前）有人在嗎？
いらっしゃいませ。	歡迎光臨。
よく　いらっしゃいました。	很高興您的到來。
失礼します。 ／ 失礼しました。	打擾。／打擾了。

07 用餐

いただきます。	開動。
ごちそうさまでした。	謝謝招待（用餐後使用）。

08 寒暄

おかげさまで。	託您的福。
おだいじに。	請保重（探病時使用）。
お待たせしました。	讓您久等了。
かしこまりました。	知道了（謙讓語）。

⑨ 禁止

それは　いけませんね。	那可不行啊！

⑩ 恭賀

おめでとう。	恭喜。
おめでとう　ございます。	恭喜您。

⑪ 致謝

ありがとう。	謝謝。
どうも　ありがとう　ございます。／	謝謝您。／
どうも　ありがとう　ございました。	謝謝您了。
（いいえ）どういたしまして。	（不）不客氣。

MEMO

句型・文法（上）
基本文法

　　新的日語能力試驗型態，已經不同以往，靠死背就可以過關。新的題型更加著重於「脈絡的理解」以及「句型、文法的活用」。為了可以從容面對這樣的轉變，本書不僅是縱向的整理，列舉出所有詞性的基本文法（第三單元），更加入了橫向的歸納，依照文意，整理出各類的相關句型（第四單元）。如此一來，不管是單句的文法測驗，或是文章式的理解測驗，都能輕鬆搞定！

　　新日檢N4的基本文法，仍偏向日語的入門文法。在學習上有二個比較大的重點，首先動詞變化上，多了一些與人互動時所需的型態，較為複雜。再者，句型除了應用範圍變廣之外，句子的長度也變長，因此名詞、疑問詞子句所佔的份量大大增加。

　　在「基本文法」這個單元中，我們以「一、助詞與接尾語，二、指示語，三、疑問詞，四、名詞，五、形容詞，六、動詞」之順序，依照各詞性的基本重點，分門別類列舉說明，配合例句解說，以加深學習印象。

　　相信只要依照此順序學習，對日語基礎文法，必有通盤的了解。當然，對新日檢N4的言語知識、讀解、聽解各個科目，也會有極大的助益。

1 助詞與接尾語

　　助詞可說是日語的一大特色，種類眾多且各具功能，往往是考試的重點。

　　以下解說除了依照文法定義做「1.格助詞類」、「2.副助詞類」、「3.接續助詞類」、「4.並立助詞類」、「5.終助詞類」和「6.接尾語類」等區隔外，同一個助詞的多種用途，也是歸納的重點。在學習時，請務必注意在何種場合和狀況下，要運用哪一種助詞。

1.格助詞類

　　在新日檢N4中，必須學習的「格助詞類」的助詞有「が」、「を」、「に」、「で」、「へ」、「と」、「から／まで」、「や」、「の」，分別介紹如下：

01　が　MP3-60))

①疑問詞＋が的疑問句

　　放在疑問詞後面的「が」，除了當主詞使用外，同時也藉以強調詢問
的主詞。（參考P.171「疑問詞」的用法②）

▶ 誰_{だれ}が　一緒_{いっしょ}に　行_いきますか。誰一起去呢？

②～が＋自動詞

　　「が」多與自動詞一起使用。

▶ 雨_{あめ}が　降_ふりました。下雨了。

③～は～が～

　　此時的「が」用以表示第二主詞的助詞。

▶ 私_{わたし}は　喉_{のど}が　かわきました。我渴了。

　　第一主詞為「私_{わたし}」，而所講述的內容「喉_{のど}」則成為第二主詞。只要是
身體上的任何部分，皆適用本句型，所以只要是身體的部位，其後的助詞
一定是「が」。

▶ この公園_{こうえん}は　鳥_{とり}が　多_{おお}いです。這個公園的鳥很多。

④～が＋能力動詞（分_わかります、できます）

　　表示能夠、會做什麼的句型。這裡所指的能力動詞，常見的有「分_わか
ります」（懂、知道）、「できます」（會）等。

▶ 英語_{えいご}が　分_わかります。我懂英語。

▶ テニスが　できます。我會網球。

⑤～が＋程度和感覺形容詞

▶ 林_{りん}さんは　歌_{うた}が　好_すきです。林先生喜歡歌唱。

▶ 私_{わたし}は　新_{あたら}しいパソコンが　ほしいです。我想要新的個人電腦。

常見的程度形容詞如「上手」（擅長）、「下手」（不擅長）、「好き」（喜歡）和「きらい」（討厭）等，而感覺方面的形容詞則有「痛い」（痛）和「ほしい」（想要）等。

⑥～が＋存在動詞（います、あります）

表示「存在」的句型，「います」用於表示有生命、有感情的人或動物之存在，「あります」則用於非生命、無感情物品之存在。

▶ 庭に　鳥が　います。院子有鳥。

▶ かばんの　中に　傘が　あります。包包裡有傘。

⑦授與者＋が＋くれます／くださいます。

「くれます」和「くださいます」意為「～幫我～」。授與動詞中，若涉及第三者時，則以「が」來提示主詞的地位。

▶ 友達が　掃除を　手伝って　くれました。朋友幫忙打掃了。

▶ 先輩が　私に　プレゼントを　くださいました。前輩給我禮物了。

⑧～が＋受身形

當被動句型中，主詞是「事」或「物」的時候，用「が」來提示主詞。

▶ 日本の　漫画が　大勢の　人に　読まれて　います。

很多人看日本的漫畫。

▶ さっき　火事の　ニュースが　伝えられました。

剛才火災的新聞被傳遞了。

⑨～が　します。

用「が」來提示五感，即視覺、嗅覺、味覺、聽覺和觸覺。

▶ 教室で　大きい音が　しました。教室裡發出了大的聲響。

▶ この花は　いいにおいが　します。這花發出香味。

02　を MP3-61))）

① ～を＋他動詞

相較於自動詞的助詞多為「が」，「を」則多伴隨他動詞使用，藉以表示他動詞的受詞。

▶ 本を　読みます。看書。

② 表示「離開特定的範圍」

常見的配合動詞除了「出ます」（出去、出來）、「降ります」（下車）之外，「やめます」（停止、作罷）也屬此用法。

▶ バスを　降ります。下公車。
▶ 大学を　出ます。／卒業します。離開大學。／從大學畢業。
▶ 会社を　やめます。辭職。

③ ～を＋移動性自動詞

用此句型表示「經由～地點」。移動性自動詞有「散歩します」（散步）、「飛びます」（飛）、「歩きます」（走）和「通ります」（經過）等。

▶ 公園を　散歩します。在公園散步。
▶ 鳥が　空を　飛んで　います。鳥在天上飛著。

④ ～を＋他動詞的受身形 / 使役形

當他動詞變化成「受身形」或「使役形」時，用「を」來當其受詞助詞。（參考P.221「動詞受身形」重點文法②、P.224「動詞使役形」重點文法②）

▶ 誰かに　財布を　取られました。被人拿走了錢包。
▶ 買ったばかりの　傘を　盗まれて　しまいました。
剛買的傘被偷了。

⑤人物＋を＋自動詞的使役形（參考P.223「動詞使役形」重點文法①）

▶ 彼女を　泣かせるようなことは　しないで　ください。

　　請別做出讓她哭泣的事。

▶ 弟は　両親を　心配させて　ばかり　います。弟弟盡是讓雙親擔心。

03　に　MP3-62))

①時間＋に＋瞬間動詞

　　「に」表示動作發生的時間點，瞬間動詞有「起きます」（起床）、「寝ます」（睡覺）和「終わります」（結束）等。

▶ 十二時に　寝ます。十二點睡覺。

②含數字的時間＋に＋動作句

　　「に」表示動作發生的時間，須注意的是，諸如「今日」（今天）、「昨日の晩」（昨晚）、「あさっての朝」（後天早上）、「来月」（下個月）等，這類不含數字的時間語彙，其後不可以加「に」。至於「～曜日」（星期～），則是加或不加皆可。

▶ 九月九日に　結婚します。將於九月九日結婚。

③表示授與、單方向互動的對象

　　授與性質的動詞和單方向間的動作，用「に」來表示對象。

▶ 友達に　会います。和朋友見面。

▶ 母に　スーツを　あげます。送套裝給家母。

　　若是「に」的後面，接續屬於「得到」性質的授與動詞，例如「もらいます」（得到）、「借ります」（借）和「習います」（學習），則可與「から」互用。（參考P.149格助詞「から」用法②）

▶ 先輩に／から　辞書を　借りました。向前輩借了字典。

④表示人或物，存在的場所

▶ ここに　雑誌が　あります。這裡有雜誌。

▶ 池に　かめが　います。池塘裡有烏龜。

⑤表示「進入特定的範圍」

　　常用的動詞有「乗ります」（搭乘）、「入ります」（進入）。

▶ 車に　乗ります。搭車。

▶ あの店に　入りましょう。進去那間店吧。

⑥名詞
動詞ます形去ます ｝＋に＋移動動詞

　　用「に」來表示此行的「目的」。

▶ スペインへ　ダンスの　勉強に　行きます。去西班牙學習舞蹈。

▶ ホテルの　プールへ　泳ぎに　行きます。去飯店的泳池游泳。

⑦名詞
ナ形容詞 ｝＋に＋します / なります。

　　這個句型主要是表示「狀況的轉變」。差別在於「する」的場合，強調「使～變化了」，含有人為因素的關係。另外，「～にする」也有「決定～」的意思。而「～になる」雖也是表示變化，但單指狀況的改變。

▶ トイレを　きれいに　しました。將廁所弄乾淨了。

▶ 私は　ラーメンに　します。我決定拉麵。

▶ 大人に　なりました。變成大人了。

⑧ナ形容詞＋に＋一般動詞

　　「ナ形容詞」副詞化的方法，是要先加「に」之後，才可接動詞。（參考P.181「形容詞」句型③）

▶ 親切に　案内します。親切地導引。

⑨期間＋に＋次數，表示頻率

▶ 週に 三回 運動します。一個禮拜運動三次。

⑩人物＋に＋受身形

　　「受身形」的互動人物，以「に」來表示。（參考P.221「動詞受身形」重點文法②）

▶ 林さんは 授業に 遅れて、先生に 注意されました。

林同學上課遲到，被老師唸了。

▶ 電話を 弟に 壊されて 困りました。電話被弟弟弄壞，真傷腦筋。

⑪人物＋に＋他動詞的使役形

　　他動詞的使役形，須用「に」來表示使役的對象。（參考P.224「動詞使役形」重點文法②）

▶ それは 私に 説明させて ください。那個請讓我來說明。

▶ 弟に 私の 服を 洗濯させました。讓弟弟洗了我的衣服。

⑫ 〜に＋ { 近い / 遠い } です。

　　這裡的「に」表示基準點的意思，口語中可替換成「から」。（參考P.149格助詞「から」重點文法③）

▶ 私の 学校は 寮に ／ から 近いです。我的學校離宿舍很近。

▶ あのアパートは 駅に ／ から 遠いです。那間公寓離車站很遠。

04 で MP3-63))

①表示方法手段

▶ タクシーで 行きます。搭計程車去。

▶ 日本語で レポートを 書きます。用日語寫報告。

②表示動作發生的場所

▶ 学校の　本屋で　本を　買いました。在學校的書店買了書。

③表示材料

▶ 麦で　ビールを　作ります。用小麥做成啤酒。

④表示數量的總合

▶ みかんは　全部で　五つです。橘子全部總共五個。
▶ 切符は　五枚で　三百円です。五張票共三百日圓。

⑤表示期限

▶ この宿題は　一時間で　出して　ください。

這個作業請在一小時內交出來。

⑥表示原因

▶ 雨で　洗濯しませんでした。因為下雨，所以沒洗衣服。

05　へ MP3-64))

①地方＋へ＋移動動詞

　　多用於「方向、目的地」的提示，其後的移動動詞有「行きます」
（去）、「来ます」（來）、「帰ります」（回去）等。
▶ 家へ　帰ります。回家。

06　と MP3-65))

①名詞＋と＋名詞，表示「全部列舉」

▶ 朝ご飯は　パンと　コーヒーです。早餐是麵包和咖啡。

②表示「共同動作的對象」

▶ 母<u>と</u>　スーパーへ　行きます。和母親去超市。

③〜と　言う

　　用此句型來「引述內容、導入名詞」。

▶ 「ありがとう」は　中国語で　何と　言いますか。

「ありがとう」用中文怎麼說？

▶ 「テレサ・テン」と　言う歌手は　有名です。

叫「鄧麗君」的歌手很有名。

④〜と　思います / 考えます。

　　提示「想法或考慮的內容」，前面多為普通體。

▶ 明日は　晴れると　思います。我想明天是晴天。

▶ 卒業した後、留学しようと　考えて　います。畢業之後想去留學。

⑤〜と〜

　　意思是「一〜就〜」，屬條件、假設的用法。「と」表示前後二句有必然性。（參考P.246第四單元「條件與假設」用法④）

▶ 夏に　なると　暑く　なります。一到夏天就變熱。

▶ 右へ　曲がると　銀行が　あります。一右轉就有銀行。

07　から / まで　MP3-66

①〜から / 〜まで

　　「から」和「まで」二者皆可接於時間和地方之後，「から」表示起始點，「まで」則是終止點。

▶ 郵便局は　八時<u>から</u>です。郵局從八點開始。

▶ 駅<u>まで</u>　歩いて　行きます。走到車站為止。

②授與對象＋から＋得到屬性的授與動詞

　　用此句型表示「獲得的來源」。可與「に」互用。屬於「得到」屬性的授與動詞有「もらいます」（得到）、「借ります」（借）和「習います」（學習）等。（參考P.144格助詞「に」的用法③）

▶ 父から　けいたいを　もらいました。（「から」可替換成「に」）

從家父那得到了手機。

▶ 友達から　スーツケースを　借りました。（「から」可替換成「に」）

從朋友那借了行李箱。

▶ 先生から　料理を　習います。（「から」可替換成「に」）

從老師那學習做菜。

③ 　～から＋{ 近い
　　　　　 遠い } です。

　　口語表現時，「から」表示基準點的意思，也可使用「に」。（參考P.146格助詞「に」的用法⑫）

▶ 私の　学校は　家に / から　近いです。我的學校離家很近。

▶ 寮は　駅に / から　遠いです。宿舍離車站很遠。

08 や MP3-67))

①名詞＋や＋名詞

　　用此句型表示「部分列舉」，有時會與「など」（等）連用。（參考P.154副助詞「など」）

▶ かばんの　中に　本や　ペンが　あります。包包裡有書和筆等。

09 の MP3-68))

①名詞＋の＋名詞

　　屬連接詞，用「の」連接二個名詞，相當於中文「的」。

▶ これは　日本語の　本です。這是日語的書。

②表示「所有格」，其後所接的名詞經常被省略。

▶ それは　林さんの　つくえです。那是林先生的桌子。

▶ あのかばんは　私のです。那個包包是我的。

③イ形容詞
　ナ形容詞＋な｝＋の

　　　此處的「の」代替名詞使用。

▶ 赤いのは　いくらですか。紅的那個多少錢？

▶ すてきなのを　買いました。買了很棒的那個。

④修飾句中，與「が」相通，可互相取代使用

▶ 目の／が　きれいな人は　マリアさんです。

　　眼睛漂亮的人，是瑪莉亞小姐。

▶ 姉の／が　作った服を　着ました。穿了姊姊做的衣服。

⑤動詞普通體＋の

　　　屬名詞子句的做法之一，「の」可換成「こと」。（參考P.174「名詞」用法①）

▶ 宿題を　するのを　忘れて　しまいました。忘記寫作業了。

▶ 音楽を　聞くのが　好きです。喜歡聽音樂。

⑥動詞辭書形＋の＋に

　　　表示「目的」。（參考P.260第四單元「目的」用法④）

▶ 料理するのに　一時間も　かかりました。為了做菜，花了一個小時。

▶ プレゼントを　買うのに　デパートまで　行きました。

　　為了買禮物，還去了百貨公司。

⑦～の＋が＋可能形

　　　這裡的「～の」屬於名詞子句，由於後面接可能形動詞，所以習慣會和「が」一起使用。（參考P.174「名詞」用法①）

▶ 空を　鳥が　飛んで　いるのが　見えます。看得見鳥在天上飛。
▶ 誰かが　ピアノを　弾いて　いるのが　聞こえます。
　可以聽到誰在彈鋼琴。

⑧普通體＋の。

　　這裡的「の」表疑問的意思，通常用於會話中，放在句子的最後，相
當疑問句的「か」。
▶ いつ　家へ　帰るの。什麼時候要回家？
▶ どうして　昨日　学校を　休んだの。為什麼昨天沒去學校？

2. 副助詞類

　　在新日檢N4中，必須學習的「副助詞類」的助詞有「は」、「も」、「格
助詞＋は」、「格助詞＋も」、「か」、「など」、「くらい／ぐらい」、
「だけ」、「しか＋否定」、「までに」和「ばかり」，分別介紹如下：

01　は MP3-69))

①作為第一主詞的助詞

　　「は」當作第一主詞的助詞時，須緊接於名詞主詞之後，提示該句的
重點。主詞的內容範圍廣泛，談論的內容不論人、事、物皆可。
▶ 私は　張です。我姓張。
▶ あの映画は　おもしろくないです。那部電影不有趣。

②名詞＋は

　　用來強調敘述的事物。
▶ タバコは　外で　吸って　ください。香菸請到外面抽。

③與「否定」連用

　　多數的句子中，通常只有一個「は」，不過遇到否定的時候，為了加
以強調，會出現二個「は」的情形。

▶ 私は　お酒は　飲みません。我是不喝酒的。

④表現「對比」

▶ 林さんは　買いますが、張さんは　買いません。

林先生要買，可是張先生不買。

02 も MP3-70))

①提示「同類事物」

▶ 肉も　野菜も　買いました。肉也買了，蔬菜也買了。
▶ 部屋を　掃除しました。そして、洗濯も　しました。

打掃了房間，然後也洗了衣服。

②疑問詞＋も＋否定

用此句型表示全盤否定。（參考P.171「疑問詞」句型③）
▶ 休みの　時、どこも　行きませんでした。休假的時候，哪裡都沒去。

③數量詞＋も

數量詞後面加「も」，表示數量超過心中所預期的。
▶ 彼は　お酒を　五杯も　飲みました。他喝了五杯之多的酒。
▶ あの本は　もう　三回も　読みました。那本書已經讀了三次之多。

03 には / へは / とは
からも / でも MP3-71))

①格助詞（に / へ / と）＋は

為「強調」的用法。
▶ 九時には　ここに　いて　ください。九點的時候請在這裡。
▶ この電車は　東京駅へは　行きません。

這電車不到東京車站。

▶林さん**とは**　話しましたが、張さん**とは**　話しませんでした。

和林先生說話了，但沒和張先生說話。

②格助詞（から）＋も

「格助詞＋も」和「格助詞＋は」一樣，同為強調的用法。

▶彼は　ほかの　人**からも**　お金を　もらって　いました。

他也從其他的人那邊拿到了錢。

③格助詞（で）＋も

「でも」可以表現「列舉」或「讓步」的意思，用於「疑問詞」之後，還可以表示全面的肯定。

▶家**でも**　学校**でも**　よく　勉強しましょう。（列舉）

不管在家裡，不管在學校，都好好唸書吧！

▶これなら　子供**でも**　分かります。（列舉）

如果是這個，連小孩都懂。

▶雨**でも**　でかけます。（讓步）

就算下雨也要出去。

▶あの人は　どこ**でも**　寝られます。（全面的肯定）

那個人不管在哪裡都可以睡。

▶ほしいものなら、たとえ　いくら**でも**　買います。（全面的肯定）

想要的東西，不論多少也買。

04 か MP3-72))

①「二者擇其一」的表現方式

▶赤**か**　黒を　選びなさい。選擇紅色或黑色。

②疑問詞＋か

表示不確定的某人、事、物和時間。（參考P.172「疑問詞」句型④）

▶そこに　何**か**　ありますか。那裡有什麼東西呢？

③～か＋どうか

表示不明確的正反選項。

▶ 行くか　どうか　まよって　います。正猶豫是否要去。

▶ 林さんが　大学を　卒業できたか　どうか　知って　いますか。

知道林同學大學能否畢業了嗎？

④**置於句尾表示「問句」**

▶ 日曜日は　暇ですか。星期天有空嗎？

▶ 今度の　会議は　いつですか。下次會議是何時呢？

05　など　MP3-73))

①**表示「部分列舉」**

多以「～や～や～など」（～或～或～等等）的方式呈現，表示部分列舉。（參考P.149格助詞「や」）

▶ 好きな料理は　さしみや　天ぷらや　茶碗蒸しなどです。

喜歡的料理是生魚片、天婦羅和茶碗蒸等。

06　くらい / ぐらい　MP3-73))

「くらい」是基本的唸法，也可以唸成「ぐらい」。

①**數量詞＋くらい / ぐらい**

表示「大約的數量」。此外，也具有接尾語的功能。（參考P.161本單元接尾語「くらい / ぐらい」）

▶ 一時間ぐらい　寝ました。睡了一個小時左右。

07　だけ　MP3-73))

①**名詞＋だけ**

表示「只有」，用於肯定句。

▶ サラダだけ　食^たべました。只吃了沙拉。

08 しか MP3-73))

①しか＋否定

表示「只有」，限用於否定句。

▶ スカートは　一枚^{いちまい}しか　持^もって　いません。只有一件裙子。

09 までに MP3-73))

①表示「期限」

用「までに」來表示期限，表示必須在此期限之前完成某動作。與「まで」的不同處為，所接續的動作，必須是一次性的動詞，不可以使用持續性質的動作。

▶ 三時^{さんじ}までに　レポートを　出^だして　ください。

請在三點之前，交出報告。

▶ 明日^{あした}は　九時^{くじ}までに　学校^{がっこう}へ　来^きなさい。明天九點之前來學校！

▶ 三時^{さんじ}まで　勉強^{べんきょう}して　ください。到三點為止，請唸書。

（這邊不使用「までに」，因為「勉強^{べんきょう}する」屬於持續性的動作）

10 ばかり MP3-73))

①名詞
　動詞て形 }＋ばかり

屬於強調的用法，中文翻譯成「光～」、「只～」。

▶ 肉^{にく}ばかり　食^たべないで、野菜^{やさい}も　食^たべなさい。

不要光吃肉，也要吃點蔬菜！

▶ 毎日^{まいにち}　遊^{あそ}んで　ばかりで、全然^{ぜんぜん}　勉強^{べんきょう}しません。

每天光是玩，完全不唸書。

3. 接續助詞類

在新日檢N4中，必須學習的「接續助詞類」的助詞有「が」、「ので」、「のに」和「し」，介紹如下：

01 が MP3-74))

①屬於逆接的接續助詞

表示前後二句立場相反，意為「雖然～但是～」。

▶ あのデジカメは　軽いです<u>が</u>、高いです。
かる　　　　　　たか

那台數位相機很輕，可是很貴。

02 ので MP3-74))

①名詞＋な
　ナ形容詞＋な
　動詞普通體　　}＋ので
　イ形容詞普通體

屬於因果的接續助詞，表示客觀的原因，中文為「因為～」。

「ので」後面所接的句子，多半是既定的狀況，所以「過去式」或「て形＋いる」的句型居多。

另外，委託、希望或道歉時使用「ので」，可體現禮貌感，但不可用於命令或是禁止的場合，例如「～しなさい」（命令～）、「～しろ」（命令～）、「～するな」（禁止～）等。

▶ 昨日は　頭が　痛かった<u>ので</u>、会社を　休みました。
きのう　あたま　いた　　　　　　かいしゃ　　やす

昨天因為頭痛，向公司請了假。

▶ 事故が あった<u>の</u>で、会議に 間に合いませんでした。

因為發生了事故，所以沒趕上會議。

（為了遲到說明原因，此句不可用「から」）

03　のに MP3-74))

①**名詞＋な**

　ナ形容詞＋な

　動詞通體 ⎫＋のに

　イ形容詞普通體 ⎭

　　屬於「逆接」的接續助詞，表示前後二句的立場相反，或是不如預期的狀況。

▶ いろいろ 捜した<u>のに</u>、見つかりません。已經到處找了，還是找不到。

▶ 雨が 降って いる<u>のに</u>、彼は 傘を 持たずに 出かけました。

在下雨，他卻不帶傘就出門了。

04　し MP3-74))

①**普通體＋し**

　　屬於並列的接續助詞，可用來列舉條件等。

▶ 林さんの 家は きれいだ<u>し</u>、広い<u>し</u>、庭も あります。

林先生的家，又漂亮又寬廣，還有庭院。

▶ 病気だ<u>し</u>、お金も ない<u>し</u>、どこへも 行きたくないです。

又生病又沒錢，哪裡都不想去。

4. 並立助詞類

在新日檢N4中，必須學習的「並立助詞類」的助詞只有「とか」，介紹如下：

01 とか MP3-75))

①表示「部分列舉」

屬於部分列舉的助詞，和助詞「〜や〜（など）」用法相似，不過「とか」比「〜や〜」較口語。

▶ 押入れには　布団とか　まくらとかが　入って　います。

日式壁櫥裡有棉被、枕頭等等。

▶ スーパーで　肉とか　野菜とか　いろいろ　買いました。

在超市買了各種肉和蔬菜等等。

5. 終助詞類

在新日檢N4中，必須學習的「終助詞類」的助詞有「ね」、「よ」、「わ」、「だい／かい」和「な」，介紹如下：

01 ね MP3-76))

①希望取得對方的附和或確認

▶ 今日は　暑いですね。今天很熱呢！

02 よ MP3-76))

①用於告知對方新的情報

▶ テストは　明日ですよ。考試是明天喔！

03 わ MP3-76

①表示「吃驚或列舉的語氣」

女生使用則有委婉或撒嬌的口氣。

▶ 私は　ラーメンも　食べたいですわ。（列舉）

我也想要吃拉麵耶。

▶ そんなことを　したら、いけませんわ。（撒嬌）

如果那樣做的話，不行耶。

04 だい／かい MP3-76

①表示疑問

屬於會話的表現方式，多使用於普通體的句型中，皆含有疑問的語
氣。

▶ どうしたんだい。怎麼了？

▶ このケーキ、食べるかい。這蛋糕，要吃嗎？

05 な MP3-76

①動詞辭書形＋な

為「禁止形」，表示禁止的意思。（參考P.217本單元「動詞禁止
形」、P.239第四單元「禁止」的用法②）

▶ 寝るな。不准睡。

▶ 泣くな。不准哭。

6.接尾語類

在新日檢N4中，必須學習的「接尾語類」的有「中／中」、「たち／がた」、「ごろ」、「くらい／ぐらい」和「らしい」，介紹如下：

01 中 ／ 中 MP3-77))

①名詞＋中

表示在「～之中」。

▶ 台湾は　一年中　暑いです。台灣一整年都很熱。

②名詞＋中

表示「正在～」。

▶ 林さんは　ただいま　食事中です。林先生現在正在用餐中。

02 たち ／ がた MP3-77))

①稱謂＋たち／がた

表示「～們」。「がた」是「たち」的敬語表現。

▶ あの人たちは　みんな　先生です。那些人們全是老師。

▶ あなたがたは　何を　見学しましたか。您們參觀了什麼呢？

03 ごろ MP3-77))

①時間＋ごろ

表示「大約的時間」。

▶ 今日は　七時ごろ　学校へ　行きました。今天七點左右去了學校。

04 くらい / ぐらい MP3-77))

「くらい」是基本的唸法，也可以唸成「ぐらい」。

①數量詞＋くらい / ぐらい

表示「大約的數量」。

▶ ここから　学校までは　一時間ぐらい　かかります。

從這邊到學校，大約需要一個小時左右。

▶ おなかが　空いたので、おにぎりを　三つぐらい　食べました。

因為肚子餓了，大約吃了三個飯糰。

05 らしい MP3-77))

①名詞＋らしい

表示該類型中的典範。

▶ 彼は　男らしい人です。他是男人中的男人。

▶ 学生らしく　勉強しなさい。像個學生，去唸書。

（「らしい」去い＋く，成為副詞，修飾後面的動詞）

▶ 今日は　春らしい一日です。今天一天真像春天。

②動詞普通體
イ形容詞普通體
名詞
ナ形容詞
} ＋らしいです。

意思是「好像～」、「似乎～」。「らしい」是根據外部情報所做的
樣態描述，尤其是以「聽覺」，最為常見。如果是根據傳聞的時候，只能
使用本句型，即「～によると～らしい」。

▶ 彼女は　もう　卒業したらしいです。她好像已經畢業了。

▶ 新聞に　よると、今度の　台風は　大きいらしいです。

根據報紙，這次的颱風好像很強。

② 指示語 MP3-78))

　　「指示語」又被稱為「こ、そ、あ、ど」系統，因為這四個字巧妙地表達出說話者、聽話者以及話題內容三方的遠近關係。指示語除了表示「事物」和「地方」的代名詞外，還包含了連體詞，以下列表格做系統性的整理。

	こ（這～）	そ（那～）	あ（較遠或看不見的那～）	ど（哪～）（參考疑問詞）
代名詞	これ	それ	あれ	どれ
連體詞1	この＋名詞	その＋名詞	あの＋名詞	どの＋名詞
連體詞2	こんな＋名詞	そんな＋名詞	あんな＋名詞	どんな＋名詞
連體詞3（副詞）	こんなに＋形容詞、動詞	そんなに＋形容詞、動詞	あんなに＋形容詞、動詞	どんなに＋形容詞、動詞
副詞	こう＋形容詞、動詞	そう＋形容詞、動詞	ああ＋形容詞、動詞	どう＋動詞
場所	ここ	そこ	あそこ	どこ
方向（敬語）	こちら	そちら	あちら	どちら
方向（口語）	こっち	そっち	あっち	どっち

1. これ、それ、あれ、どれ
この、その、あの、どの
こんな、そんな、あんな、どんな

　　「これ、それ、あれ、どれ」、「この、その、あの、どの」以及「こんな、そんな、あんな、どんな」三組都是敘述物品或事情。

　　其中「これ、それ、あれ、どれ」意為「這個、那個、那個、哪個」，而另外二組連體詞雖然都須連接名詞使用，但意思上略有不同。「この、その、あの、どの」是「這、那、那、哪」；而「こんな、そんな、あんな、どんな」則是「這樣的、那樣的、那樣的、哪樣的」。

▶ <u>これ</u>は　えんぴつです。這是鉛筆。
▶ <u>その</u>手帳^{てちょう}は　私^{わたし}のです。那行事曆是我的。
▶ <u>あんな</u>本^{ほん}は　読^よみません。不看那樣的書。

2. こんなに、そんなに、あんなに、どんなに

　　「こんなに、そんなに、あんなに、どんなに」翻譯成「這樣地、那樣地、那樣地、哪樣地」。這組字和上面二組連體詞，最大的差異在於屬於副詞，所以後面可以加上形容詞或動詞，作為強調使用。其中，「どんなに」若是配合「ても」，大多會接續否定表現。意思是「不管如何地～還是不～」。

▶ <u>こんなに</u>　おいしいケーキを　食^たべたのは　初^{はじ}めてです。
　　吃到這樣地美味的蛋糕是第一次。
▶ <u>どんなに</u>　勉強^{べんきょう}しても、なかなか　読^よみ方^{かた}が　覚^{おぼ}えられません。
　　不管如何地學習，還是記不起讀法。

3. こう、そう、ああ、どう

　　「こう、そう、ああ、どう」中文意思是「像這樣地、像那樣地、像那樣地、怎樣地」。詞性上亦屬「副詞」，所以後面接續形容詞或動詞。主要用於講述身邊事物的表現方式。此外，「どう」屬疑問詞，主要是用於動詞前面。

▶ そういうことを　したら、必ず　しかられます。

　　如果做了那種事，一定會被罵。

▶ この件に　ついて　どう　思いますか。針對這件事，怎麼想？

4. ここ、そこ、あそこ、どこ

こちら、そちら、あちら、どちら

こっち、そっち、あっち、どっち

　　這三組字主要與地方有關，「ここ、そこ、あそこ、どこ」是「這裡、那裡、那裡、哪裡」。「こちら、そちら、あちら、どちら」是「這邊、那邊、那邊、哪邊」。「こっち、そっち、あっち、どっち」則是較口語的使用方式，意為「這、那、那、哪」。

　　「こちら、そちら、あちら、どちら」是「ここ、そこ、あそこ、どこ」的敬語表現，所以使用上可以互換，但有時「こちら、そちら、あちら、どちら」也可當人的代名詞，意思為「這位、那位、那位、哪位」。這時就無法與「ここ、そこ、あそこ、どこ」這組用字互換。而「こっち、そっち、あっち、どっち」則是相當口語的用字，同為表「地方」或「方向」。

▶ 教室は　ここです。教室是這裡。

▶ そちらは　郵便局です。那邊是郵局。

▶ あっちは　美術館です。那兒是美術館。

▶ こちらは　田中さんです。這位是田中先生。

　　（不可換成「ここ」）

③ 疑問詞

　　疑問詞在問句中是不可或缺的靈魂人物，日語的疑問詞可分為二大類，一類是「單字的疑問詞」，另一類則是由「何＋單位詞」構成的「單位的疑問詞」。

1. 單字的疑問詞 MP3-79))

疑問詞	說　　明
何 / 何 什麼	「何」這個日語，除了在單位疑問詞和接續「た、だ、な」行字時發音為「なん」，其餘的場合接發音為「なに」。 ▶ 何ですか。（接續だ行字時，發音為なん） 　什麼事情呢？ ▶ 何の　本ですか。（接續な行字時，發音為なん） 　什麼書呢？ ▶ 何と　言いますか。（接續た行字時，發音為なん） 　怎麼說呢？ ▶ 今朝　何を　食べましたか。 　今天早上吃了什麼呢？
誰 誰	「どなた」是「誰」的敬語。 ▶ 誰が　来ましたか。 　誰來了呢？
どなた 哪位	▶ あの方は　どなたですか。 　那位是哪位呢？

いつ 何時	「いつ」是時間的疑問詞，和其他時間相關的疑問詞最大的差異，是其後不需加助詞「に」。 ▶ 林さんは　いつ　出張しますか。 林先生何時出差呢？ ▶ 林さんは　何月何日に　出張しますか。 林先生幾月幾號出差呢？ （「いつ」以外的時間疑問詞，都需要加「に」）
いくつ 幾個	▶ りんごは　いくつ　ありますか。 蘋果有幾個呢？
おいくつ 貴庚	「おいくつ」是「何歳」的敬語。 ▶ リナちゃんは　おいくつですか。 麗娜小妹妹幾歲呢？
いくら 多少錢	▶ この梨は　一つ　いくらですか。 這梨子一個多少錢呢？
どう 怎樣 いかが 如何	「いかが」是「どう」的敬語，多用於到家裡或公司拜訪的客人身上。 ▶ 大学の　生活は　どうですか。 大學的生活怎樣呢？ ▶ ご飯を　もう　一杯　いかがですか。 再一碗飯如何呢？
どれ 哪一個	「どれ」用於三個選擇項以上。 ▶ あなたの　かばんは　どれですか。 你的包包是哪一個呢？

どの＋名詞 哪一個〜	「どの」也用於複數選項時，並且其後一定要接名詞使用。 ▶ <u>どの</u>デジカメが　いいですか。 哪台數位相機好呢？
どんな＋名詞 什麼樣的〜	「どんな」其後一定要接名詞使用，表示「什麼樣的〜」。 ▶ 彼は　<u>どんな</u>人ですか。 他是什麼樣的人呢？
どこ どちら どっち 哪邊、哪裡	「どちら」是「どこ」的敬語，「どっち」則是「どちら」的口語形式。當主語是地方或方向時，「どちら」和「どこ」可以互用，但若涉及對方個人情報時，則須使用「どちら」。 ▶ トイレは　<u>どこ ／ どちら ／ どっち</u>ですか。 廁所在哪裡呢？ ▶ お国（お家、学校、会社）は　<u>どちら</u>ですか。 您的國家（府上、學校、公司 ）是哪邊呢？ （此類主語皆屬個人情報）
どのくらい どのぐらい どれぐらい 多少、多久	「どのくらい」、「どのぐらい」和「どれぐらい」都是指花費多少時間、數量的意思。 ▶ 寮から　学校まで　<u>どのぐらい</u>　かかりますか。 從宿舍到學校要花多久時間呢？ ▶ 毎日　<u>どれぐらい</u>　働きますか。 每天工作多久呢？

なぜ 為何	「なぜ」和「どうして」都是問人家理由、原因的疑問詞，一般會話、口語上，較常使用「どうして」。
	▶ あなたは　なぜ　遅刻しましたか。
	你為何遲到了呢？
どうして 為什麼	▶ 昨日　どうして　勉強しませんでしたか。
	昨天為什麼沒有唸書呢？

2. 單位的疑問詞 MP3-80))

疑問詞	回　答
なんがつ 何月 幾月	いちがつ にがつ さんがつ しがつ ごがつ ろくがつ 一月、二月、三月、四月、五月、六月、 しちがつ はちがつ くがつ じゅうがつ じゅういちがつ じゅうにがつ 七月、八月、九月、十月、十一月、十二月
なんにち 何日 幾日	ついたち ふつか みっか よっか いつか むいか なのか 一日、二日、三日、四日、五日、六日、七日、 ようか ここのか とおか じゅうよっか じゅうくにち はつか 八日、九日、十日、十四日、十九日、二十日、 にじゅうよっか にじゅうくにち 二十四日、二十九日 ※ 其餘的日期發音為「～日」，例如：三十日、三十一日
なんじ 何時 幾點	いちじ にじ さんじ よじ ごじ ろくじ 一時、二時、三時、四時、五時、六時、 しちじ はちじ くじ じゅうじ じゅういちじ じゅうにじ 七時、八時、九時、十時、十一時、十二時
なんぷん 何分 幾分	いっぷん にふん さんぷん よんぷん ごふん ろっぷん 一分、二分、三分、四分、五分、六分、 しちふん ななふん はっぷん きゅうふん じゅっぷん じっぷん 七分（七分）、八分、九分、十分（十分）、 じゅうごふん さんじゅっぷん さんじっぷん 十五分、三十分（三十分）

何曜日 なんようび 星期幾	日曜日（星期日）、月曜日（星期一）、 火曜日（星期二）、水曜日（星期三）、 木曜日（星期四）、金曜日（星期五）、 土曜日（星期六）
何歳 なんさい 幾歳	一歳、二歳、三歳、四歳、五歳、六歳、七歳、 八歳、九歳、十歳（十歳）
何本 なんぼん （尖而長的東西 的）幾瓶、幾枝	一本、二本、三本、四本、五本、 六本、七本、八本、九本、十本（十本）
何回 なんかい 幾回、幾次	一回、二回、三回、四回、五回、 六回、七回、八回、九回、十回（十回）
何階 なんがい 幾樓	一階、二階、三階、四階、五階、 六階、七階、八階、九階、十階（十階）
何個 なんこ 幾個	一個、二個、三個、四個、五個、 六個、七個、八個、九個、十個（十個）
何冊 なんさつ （書和筆記本的） 幾冊	一冊、二冊、三冊、四冊、五冊、 六冊、七冊、八冊、九冊、十冊（十冊）
何足 なんぞく （鞋子或襪子的） 幾雙	一足、二足、三足、四足、五足、 六足、七足、八足、九足、十足（十足）

何台 （なんだい） （機器和車輛的） 幾台	一台 （いちだい）	二台 （にだい）	三台 （さんだい）	四台 （よんだい）	五台 （ごだい）
	六台 （ろくだい）	七台 （ななだい）	八台 （はちだい）	九台 （きゅうだい）	十台 （じゅうだい）
何着 （なんちゃく） （大衣或洋裝的） 幾套	一着 （いっちゃく）	二着 （にちゃく）	三着 （さんちゃく）	四着 （よんちゃく）	五着 （ごちゃく）
	六着 （ろくちゃく）	七着 （ななちゃく）	八着 （はっちゃく）	九着 （きゅうちゃく）	十着（十着） （じゅっちゃく）（じっちゃく）
何度 （なんど） 幾次	一度 （いちど）	二度 （にど）	三度 （さんど）	四度 （よんど）	五度 （ごど）
	六度 （ろくど）	七度 （ななど）	八度 （はちど）	九度 （きゅうど）	十度 （じゅうど）
何人 （なんにん） 幾個人	一人 （ひとり）	二人 （ふたり）	三人 （さんにん）	四人 （よにん）	五人 （ごにん）
	六人 （ろくにん）	七人（七人） （ななにん）（しちにん）	八人 （はちにん）	九人 （きゅうにん）	十人 （じゅうにん）
何杯 （なんばい） 幾杯、幾碗	一杯 （いっぱい）	二杯 （にはい）	三杯 （さんばい）	四杯 （よんはい）	五杯 （ごはい）
	六杯 （ろっぱい）	七杯 （ななはい）	八杯 （はっぱい）	九杯 （きゅうはい）	十杯（十杯） （じゅっぱい）（じっぱい）
何番 （なんばん） 幾號	一番 （いちばん）	二番 （にばん）	三番 （さんばん）	四番 （よんばん）	五番 （ごばん）
	六番 （ろくばん）	七番 （ななばん）	八番 （はちばん）	九番 （きゅうばん）	十番 （じゅうばん）
何匹 （なんびき） （小動物、魚和 昆蟲的）幾隻、 幾尾	一匹 （いっぴき）	二匹 （にひき）	三匹 （さんびき）	四匹 （よんひき）	五匹 （ごひき）
	六匹 （ろっぴき）	七匹 （ななひき）	八匹 （はっぴき）	九匹 （きゅうひき）	十匹（十匹） （じゅっぴき）（じっぴき）
何枚 （なんまい） （薄或扁平的 東西的）幾張、 幾件、幾片	一枚 （いちまい）	二枚 （にまい）	三枚 （さんまい）	四枚 （よんまい）	五枚 （ごまい）
	六枚 （ろくまい）	七枚 （ななまい）	八枚 （はちまい）	九枚 （きゅうまい）	十枚 （じゅうまい）
何億 （なんおく） 幾億	一億 （いちおく）	二億 （におく）	三億 （さんおく）	四億 （よんおく）	五億 （ごおく）
	六億 （ろくおく）	七億 （ななおく）	八億 （はちおく）	九億 （きゅうおく）	十億 （じゅうおく）

何軒 なんげん （建築物）幾間	一軒、二軒、三軒、四軒、五軒、 いっけん　にけん　さんげん　よんけん　ごけん 六軒、七軒、八軒、九軒、十軒（十軒） ろっけん　ななけん　はっけん　きゅうけん　じゅっけん　じっけん
何十代 なんじゅうだい （年齡的範圍） 幾十歲的人	十代、二十代、三十代、四十代、五十代、 じゅうだい　にじゅうだい　さんじゅうだい　よんじゅうだい　ごじゅうだい 六十代、七十代、八十代、九十代 ろくじゅうだい　ななじゅうだい　はちじゅうだい　きゅうじゅうだい
何倍 なんばい 幾倍	一倍、二倍、三倍、四倍、五倍、 いちばい　にばい　さんばい　よんばい　ごばい 六倍、七倍、八倍、九倍、十倍 ろくばい　ななばい　はちばい　きゅうばい　じゅうばい

3. 重點文法 MP3-81))

①〜は＋疑問詞〜か。

含有疑問詞的問句。

▶ あれは　何ですか。那是什麼呢？
▶ 先生は　どこに　いますか。老師在哪裡呢？

②疑問詞＋が

放在疑問詞後面的「が」，除了當主詞使用外，同時也藉以強調詢問的主詞。（參考P.141格助詞「が」的用法①）

▶ 外に　誰が　いますか。外面有誰呢？
▶ どれが　あなたの　傘ですか。哪一把是你的傘呢？

疑問詞相關的句型，除了基本的疑問句以外，還可以配合助詞「も」、「か」和「でも」，表現特定的意思。例如：

③疑問詞＋も＋否定

表全盤否定。（參考P.152副助詞「も」的用法②）

▶ 祖父の　体は　どこも　悪くありませんでした。

祖父的身體，沒有哪裡不好。

▶ 今朝は　何も　食べませんでした。今天早上什麼都沒吃。

④疑問詞＋か

表示不確定的某人、時、地或物。（參考P.153副助詞「か」的用法②）

▶ いつか　アメリカへ　留学したいです。總有一天，想去美國留學。

▶ 誰か　手伝って　くれませんか。有誰要幫忙嗎？

⑤疑問詞＋でも

表示「全面的肯定」。

▶ おなかが　空いて　いる時は、何でも　食べたいです。

肚子餓的時候，什麼都想吃。

▶ あの人は　いつでも　本を　読んで　います。

那個人不管何時，都在看書。

⑥疑問詞＋動詞て形＋も

讓步條件的表現，中文為「就算是～」、「不管～」。

▶ どんなことが　あっても、学校へ　行きます。

不管發生什麼事，都要去學校。

▶ 誰に　言われても、会社は　やめません。不管誰說，都不辭職。

⑦疑問詞＋～か

「疑問詞＋～か」為疑問詞子句，置於句子之中使用。

▶ 誰が　電話を　かけて　きたか、分かりますか。

知道是誰打電話來的嗎？

▶ どこへ　行くか、まだ　決めて　いません。

要去哪裡，還沒決定。

④ 名詞 MP3-82 🔊

　　名詞句型不論是敬語體（禮貌體）或是普通體（常體），皆有時態的變化。若配合肯定和否定，則總共可以衍變出四種語態。在學習名詞句型時，必須先熟記敬語體和普通體的四種語態，然後再學習重點文法。說明如下：

1. 敬語體

	敬語體（用於一般交情或年紀、位階高者）	
	現在式	過去式
肯定	～です	～でした
否定	～では　ありません ～じゃ　ありません	～では　ありませんでした ～じゃ　ありませんでした

※「じゃありません」是「ではありません」的口語表現。

2. 普通體

	普通體（用於熟人或年紀、位階低者）	
	現在式	過去式
肯定	～だ	～だった
否定	～では　ない ～じゃ　ない	～では　なかった ～じゃ　なかった

※「じゃない」是「ではない」的口語表現。

▶ 私は　先生です。／ 私は　先生だ。我是老師。

173

▶ 私は　会社員では　ありません。/

私は　会社員じゃ　ない。我不是上班族。

▶ 昨日は　曇りでした。/ 昨日は　曇りだった。昨天是陰天。

▶ 昨日は　月曜日では　ありませんでした。/

昨日は　月曜日では　なかった。昨天不是星期一。

3. 重點文法

在新日檢N4中，必須學習的名詞重點，除了基本的名詞句型外，「名詞子句」的運用，也是考試重點之一。「名詞子句」其實就是把某句話整個「名詞化」，然後再借由這個一長串的名詞來論述人、事、物等。重點文法如下：

①動詞普通體
　イ形容詞普通體
　名詞＋な　　　}＋の
　ナ形容詞＋な

屬於「名詞子句」的做法之一。名詞化之後的句子，可以當作句子的主詞或是受詞。尤其遇到「五感」的知覺動詞時，名詞化的方法只有加「の」。知覺動詞包含「見る / 見える」（看 / 看得到）、「聞く / 聞こえる」（聽 / 聽得到）和「感じる」（感覺）等。

▶ あんな服を　着るのは　嫌です。討厭穿那種衣服。

（此時用「あんな服を着る」＋「の」讓這個句子變成名詞，然後拿來當主詞使用）

▶ 弟が　走って　来るのが　見えました。看到弟弟跑過來了。

（此時用「弟が走って来る」＋「の」讓這個句子變成名詞，然後拿來當本句的主詞）

▶ ドアを　閉めるのを　忘れました。忘了關窗戶。

（此時用「ドアを閉める」＋「の」讓這個句子變成名詞，然後拿來當成句子的受詞）

▶ 一年で　一番　暑いのは　八月です。一年之中，最熱的是八月。

（此時用「一年で一番暑い」＋「の」讓整個句子變成名詞，然後拿來當成句子的主詞）

②動詞普通體＋こと

　　屬於「名詞子句」的做法之一。名詞化之後的句子，可以當作句子的主詞或是受詞。常用的句型有「～のは～ことだ」外，也習慣接續「～がある」、「～ができる」、「～にする」、「～になる」等。

▶ 富士山に　登ったことが　あります。曾經爬過富士山。

（此時用「富士山に登った」＋「こと」讓這個句子變成名詞，然後拿來當成句子的主詞）

▶ 彼が　留学することを　誰から　聞きましたか。

他要留學的事情，是從誰那聽到的呢？

（此時用「彼は留学する」＋「こと」讓這個句子變成名詞，然後拿來當成句子的受詞）

※文法①的「の」和文法②的「こと」有時雖可以互換，但是各有固定的用法。「の」多半用於「行為」或「五感」方面；「こと」則是用於「內容」方面。

▶ おもちゃを　壊したのは　誰ですか。弄壞玩具的是誰呢？

（「おもちゃを壊した」屬於行為）

▶ お土産を　買うことを　頼みました。託買土產了。

（「お土産を買う」屬於拜託的內容）

③普通體＋と　いうこと

　　　屬於「名詞子句」的做法之一。名詞化之後的句子，可以當做句子的主詞或是受詞。（參考P.148助詞「と」的用法③）

▶ お母さんが　元気に　なったと　いうことを　知って、安心しました。

知道令堂恢復健康，安心了。

（「お母さんが元気になった」＋「ということ」變成了名詞子句，用來當本句的受詞）

▶ 生きると　いうことは　難しいことでは　ありません。

活下去這件事，並不是難事。

（「生きる」＋「ということ」變成了名詞子句，用來當本句的主語）

⑤ 形容詞

　　日語的形容詞可分為二大類，分別為「イ形容詞」與「ナ形容詞」（又稱為「形容動詞」）。

　　由於「イ形容詞」與「ナ形容詞」各有其所屬的規則與用法，其差異性往往成為考題的設計重點，所以不僅要能清楚分類外，用法也得徹底了解。

　　以下分別說明「イ形容詞」與「ナ形容詞」的語態，並於最後詳列二種形容詞的重點文法。只要依序學習，必可對形容詞有通盤的了解。

1. イ形容詞 MP3-83))

　　形容詞句型不管是「イ形容詞」或「ナ形容詞」，架構皆與名詞句型相同，皆為「～は～です／だ」。不過當「イ形容詞」涉及過去、否定狀態，或是普通體時，則另有一套規則。

⓿① 敬語體

敬語體（用於一般交情或年紀、位階高者）	
現在式	過去式
肯定 ～いです ▶ おいしいです。 　美味的。	去い＋かったです ▶ おいしかったです。 　過去是美味的。
否定 ①去い＋くないです ▶ おいしくないです。 ②去い＋くありません ▶ おいしくありません。 　不美味的。	①去い＋くなかったです ▶ おいしくなかったです。 ②去い＋くありませんでした ▶ おいしくありませんでした。 　過去是不美味的。

如表格所示，由於「イ形容詞」本身負責了時態以及肯定、否定的變化，所以「イ形容詞」敬語體的肯定表現皆為「～です」。而敬語體的否定狀態，則有二種變化方式，不過以「去い＋くないです」和「去い＋くなかったです」為較常見的方式。

▶ あの建物は　古いです。那建築物是舊的。

▶ このコーヒーは　甘くないです。　/

　このコーヒーは　甘くありません。這杯咖啡不甜。

▶ 昨日は　楽しかったです。昨天很快樂。

▶ 昨日は　眠くなかったです。　/

　昨日は　眠くありませんでした。昨天不睏。

02 普通體

	普通體（用於熟人或年紀、位階低者）	
	現在式	過去式
肯定	～い ▶ いい / よい。 　好的。	去い＋かった ▶ よかった。 　過去是好的。
否定	去い＋くない ▶ よくない。 　不好的。	去い＋くなかった ▶ よくなかった。 　過去是不好的。

▶ あの建物は　古い。那建築物是舊的。

▶ このコーヒーは　甘くない。這杯咖啡不甜。

▶ 昨日は　楽しかった。昨天很快樂。

▶ 昨日は　眠くなかった。昨天不睏。

2. ナ形容詞 MP3-84))

　　「ナ形容詞」又稱為「形容動詞」。欲判斷哪些字是「ナ形容詞」之規
則為：只要結尾不是「い」的形容詞，皆屬「ナ形容詞」。但是「きれい」、
「きらい」和「有名」雖然結尾是「い」，仍屬於「ナ形容詞」的範圍。

　　另外，因為「ナ形容詞」字彙本身並無變化，所以其用法，不論敬語體
或普通體，皆與名詞相同。

---

01 敬語體

	敬語體（用於一般交情或年紀、位階高者）	
	現在式	過去式
肯定	～です ▶ きれいです。 　美麗。	～でした ▶ きれいでした。 　過去美麗。
否定	①～では　ありません ▶ きれいでは　ありません。 ②～じゃ　ありません ▶ きれいじゃ　ありません。 　不美麗。	①～では　ありませんでした ▶ きれいでは 　ありませんでした。 ②～じゃ　ありませんでした ▶ きれいじゃ 　ありませんでした。 　過去不美麗。

※「じゃありません」是「ではありません」的口語表現。

02 普通體

普通體（用於熟人或年紀、位階低者）		
	現在式	過去式
肯定	〜だ ▶ きれいだ。 美麗。	〜だった ▶ きれいだった。 過去美麗。
否定	①〜では　ない ▶ きれいでは　ない。 ②〜じゃ　ない ▶ きれいじゃ　ない。 不美麗。	①〜では　なかった ▶ きれいでは　なかった。 ②〜じゃ　なかった ▶ きれいじゃ　なかった。 過去不美麗。

※「じゃない」是「ではない」的口語表現。

▶ あの先生は　親切です。／
　 あの先生は　親切だ。那位老師很親切。

▶ 私は　料理が　上手では　ありません。／
　 私は　料理が　上手では　ない。我不擅長料理。

▶ そのトイレは　きれいでした。／
　 そのトイレは　きれいだった。那間廁所以前很乾淨。
　（意指廁所現在不乾淨）

▶ 私は　暇では　ありませんでした。　／
　 私は　暇じゃ　なかった。我之前沒有空。
　（意指現在有空了）

3.重點文法 MP3-85)))

　　「イ形容詞」和「ナ形容詞」除了上述基本的語態變化外，隨著之後所承接的詞性不同，也有不同的規則。說明如下：

①イ形容詞去い＋さ
ナ形容詞＋さ

　　「イ形容詞去い」、「ナ形容詞」，直接加「さ」之後，可變成名詞。

▶ この暑(あつ)さは　普通(ふ つう)では　ありません。這種熱度，非比尋常。
▶ 便利(べん り)さなら、こちらが　一番(いちばん)です。方便度的話，這邊是最好的。

②イ形容詞去い＋くて
ナ形容詞＋で 　　}＋形容詞

　　當使用複數的形容詞時，連接方式以第一個形容詞為基準，後面所連結的形容詞無須在意類別。若「イ形容詞」在前，則是「去い＋くて」，然後接上後續的形容詞；而「ナ形容詞」則和名詞連接形容詞的方法相同，都是以「で」來承接。

▶ この大学(だいがく)は　広(ひろ)くて、新(あたら)しいです。（イ形容詞＋イ形容詞）
　這大學既寬敞又新穎。
▶ この大学(だいがく)は　広(ひろ)くて、便利(べん り)です。（イ形容詞＋ナ形容詞）
　這大學既寬敞又方便。
▶ この大学(だいがく)は　立派(りっ ぱ)で、大(おお)きいです。（ナ形容詞＋イ形容詞）
　這大學既氣派又大。
▶ この大学(だいがく)は　きれいで、有名(ゆうめい)です。（ナ形容詞＋ナ形容詞）
　這大學既漂亮又有名。

③ イ形容詞去い＋く
　 ナ形容詞＋に ｝＋一般動詞

　　形容詞無法直接修飾動詞，需要先改成副詞，方可承接動詞。所以「イ形容詞」只要「去い＋く」即成為副詞，其後便可使用動詞；而「ナ形容詞」則須藉由格助詞「に」的輔助，才可與動詞連用。（參考P.145格助詞「に」的用法⑧）

▶ このパソコンは　高_{たか}く　売_うれました。這台個人電腦，以高價售出了。
▶ 先輩_{せんぱい}は　親切_{しんせつ}に　説明_{せつめい}して　くれました。學長很親切地為我說明了。

④ イ形容詞去い
　 ナ形容詞 ｝＋がります。

　　「イ形容詞去い」、「ナ形容詞」加上「がります」即變成他動詞，用來表現第三人稱的欲望、情緒。屬於感情的表現，是一種說話者以自己的眼光看他人表現在外的內心活動，舉凡心情、意願、期望等都包含在內。中文解釋為「想～、覺得～」。此外，如果要表達現在的狀態，則以「～がっています」。

▶ 妹_{いもうと}は　新_{あたら}しいかばんを　ほしがって　います。妹妹渴望有個新包包。
▶ 学生_{がくせい}は　試験_{しけん}を　嫌_{いや}がります。學生討厭考試。
▶ 先生_{せんせい}は　私_{わたし}が　合格_{ごうかく}したことを　不思議_{ふしぎ}がりました。
　老師覺得我能合格，很不可思議。

⑤ イ形容詞去い
　 ナ形容詞 ｝＋すぎます。

　　「イ形容詞去い」、「ナ形容詞」加上「すぎます」（超過），變成複合動詞（屬第二類動詞），意思為「過於～」。

▶ この服_{ふく}は　大_{おお}きすぎて、着_きられません。這件衣服過大，不能穿。
▶ ここは　静_{しず}かすぎて、眠_{ねむ}く　なりました。這邊過於安靜，變得想睡覺。

⑥ イ形容詞去い＋く ⎫
ナ形容詞＋に 　　⎬ ＋なります。

　　「なります」中文意思為「變得～」。以此句型表示狀態改變，而且是自然而然地改變。

▶ 日本語の　勉強は　おもしろく　なりました。日語學習變得有趣了。

▶ トイレが　きれいに　なりました。廁所變乾淨了。

⑦ イ形容詞去い＋く ⎫
ナ形容詞＋に 　　⎬ ＋します。

　　表示「讓狀態改變」，而且是有人為因素。中文意思為「讓～變得～」。

▶ 味を　もう　少し　うすく　して　ください。請將味道再調淡一點。

▶ 部屋を　きれいに　しました。讓房間變乾淨了。

⑧ イ形容詞普通體 ⎫ 　⎧ だろう / でしょう。
ナ形容詞 　　　　⎬ ＋⎨
　　　　　　　　　 　⎩ かもしれない / かもしれません。

　　意思是「大概～吧」。「だろう」是「でしょう」的普通體，皆用於表示推測的意思。通常會和副詞「たぶん」（大概）或「おそらく」（恐怕、大概）一起使用。

　　而「かもしれない」是「かもしれません」（可能、或許）的普通體，用於表示不確定時的推測。通常會和副詞「もしかして」（說不定）或「もしかしたら」（或許）一起使用。

▶ このかばんは　おそらく　高いだろう。這個包包，恐怕很貴吧。

▶ 彼女の　ご主人は　ハンサムでしょう。她的先生很帥吧。

▶ 明日は　忙しいかもしれません。明天可能很忙。

▶ 電車が　一番　便利かもしれない。電車可能最方便。

⑨（〜に　よると）$\left\{ \begin{array}{l} \text{イ形容詞普通體} \\ \text{ナ形容詞＋だ} \end{array} \right\}$＋そうです。（傳聞）

　　意思是「（根據〜）〜的樣子」、「聽說〜」。屬於「傳聞」的用法，說話者將間接得到的情報，傳達給第三人知道的表現。

▶ このケーキは　おいしいそうです。聽說這蛋糕很好吃。

▶ あの人は　親切だそうです。聽說那個人很親切。

⑩$\left. \begin{array}{l} \text{イ形容詞去い} \\ \text{ナ形容詞} \end{array} \right\}$＋そうです。（樣態）

　　意思是「看起來〜」，屬於「樣態」的用法。因為是用來形容看起來的樣子，所以「きれい」（漂亮的、乾淨的）、「赤い」（紅色的）、「美しい」（美麗的）這類一目瞭然的語彙，不適用本句型。通常是根據視覺觀感做描述，也可用於預想、預感，或是表現極限的生理狀態。並且只用於現在或未來的事情，不適用於過去式。

▶ このケーキは　おいしそうです。（視覺觀感）

　　這蛋糕看起來很好吃的樣子。

▶ 林さんは　元気そうです。（視覺觀感）

　　林先生看起來很健康的樣子。

※遇到否定和形容詞「いい」的時候，須變化為「〜なさそうだ」、「よさそうだ」。

▶ 問題が　なさそうです。看起來沒有問題的樣子。

▶ 彼は　頭が　よさそうです。他看起來頭腦很好的樣子。

⑪イ形容詞普通體
　ナ形容詞＋な ｝＋ようです。（樣態）

　　意思是「好像～」、「似乎～」。雖然也是形容樣態的句型，但必須是透過五感所做的樣態描述。即透過味覺、嗅覺、視覺、聽覺和觸覺等，對自己身體所感應到的主觀感覺加以描述。

▶ お湯は　あついようです。（觸覺）
　熱水好像很燙。

▶ ケーキは　甘いようです。（味覺）
　蛋糕好像很甜。

⑫イ形容詞普通體
　ナ形容詞 ｝＋らしいです。（樣態）

　　意思是「好像～」、「似乎～」。「らしい」是根據外部情報所做的樣態描述，尤其是以「聽覺」最為常見。如果是根據傳聞的時候，只能使用本句型，即「～によると～らしい」。

▶ 先輩に　よると　今度の　試験は　難しいらしいです。
　根據前輩的說法，這次考試好像很難。

▶ 林さんの　ご両親は　元気らしいです。林先生的雙親似乎很健康。

⑬イ形容詞去い＋ければ
　ナ形容詞＋であれば ｝＋肯定句

　イ形容詞ない形去い＋ければ
　ナ形容詞＋で　なければ ｝＋否定句

　　意思是「如果～就～」。以「ば形」所表現的條件句，主要是描寫內心想像的狀態，所以不適用實際發生的事情。

　　若為否定的狀態，イ形容詞使用「～ない形去い＋ければ、～」句型。ナ形容詞則使用「～でなければ、～」句型。翻譯成「如果不～就不～」。

▶ おいしければ、どんどん　食べて　ください。

如果好吃的話，請盡量吃。

▶ 静かで　なければ、寝られません。如果不安靜的話，就不能入睡。

⑭ イ形容詞去い＋かった
　　ナ形容詞＋だった ｝＋ら＋肯定句

　　意思是「如果～就～」，以「～たら」所表現的條件句，使用範圍較為廣泛，舉凡個人情況、偶發事件，或是意志、希望等人為的舉動皆可使用。

▶ その映画が　おもしろかったら、私も　見たいです。

那部電影如果有趣的話，我也想看。

▶ 嫌だったら、やめましょう。如果討厭的話，就作罷吧。

⑮ イ形容詞去い＋くても
　　ナ形容詞＋でも ｝＋否定句

　　意思是「就算是～也不要～」，和重點文法⑭的意思剛好相反。

▶ おなかが　もう　いっぱいだから、おいしくても　食べません。

因為肚子已經很飽了，就算好吃也不吃。

▶ お金が　ないから、好きでも　買えません。

因為沒錢，就算喜歡也不能買。

➏ 動詞

　　動詞在日語中，佔有不可或缺的重要性，新日檢N4範圍內的動詞變化，除了普通體的基本型態外，還多了與人互動所需的，諸如「被動」、「使役」、「意向」、「命令」和「禁止」等變化型態，並且各型態都有延伸的運用句型，因此熟記所有動詞的變化，將成為得分的關鍵之一。

　　以下，我們先學習動詞的「1.敬語體」，接著再學習「2.普通體」，並了解「3.動詞的分類」，最後便能輕而易舉地熟悉「4.動詞各種形態的變化」。

1. 敬語體 MP3-86))

　　敬語體動詞的結構皆為「～ます」。「ます」之前的部分，我們可視為本動詞的主幹，在「敬語體」的場合，不論動詞做了什麼樣的變化，主幹永遠都不受影響。而「ます」這個部分，則是動詞表達語態的部分，不管現在式、過去式，或是肯定、否定，完全依靠字尾「ます」的變化。因此日語的動詞，即使不了解該字的意思，變化依舊可以進行，因為只是替換「ます」這個字尾而已。

	敬語體（用於一般交情或年紀、位階高者）	
	現在式	過去式
肯定	～ます ▶行きます。 去。	～ました ▶行きました。 去了。
否定	～ません ▶行きません。 沒去。	～ませんでした ▶行きませんでした。 之前沒去。

▶ 私は　毎日　新聞を　読みます。我每天看報紙。

▶ 昨日、学校を　休みました。昨天跟學校請假。

▶ 私は　牛肉を　食べません。我不吃牛肉。

▶ 昨日は　運動しませんでした。昨天沒運動。

ます形（即「敬語體」）的重點文法：

①～ます形去ます＋たがります（たがって　います）。

　　中文意思為「～人想要～」。本句型主要表示「第三者」的意志，描述說話者看到別人所表現出來的心情、欲望、希望等。也可用「～たがっています」表達「目前正在想～」或「持續想要～」。（參考P.196本單元「動詞て形」句型①）

▶ 彼女は　出張したがりません。她不想去出差。

▶ 子供が　甘いものを　食べたがって　います。小孩子想吃甜的東西。

②～ます形去ます＋なさい。

　　屬「命令」的句型，雖是不准對方做某一動作，但口氣較「命令形」委婉許多。視為軟性的命令，雖不能用在「下對上」的場合，但女性也可使用。一般多為老師或家長對學生或小朋友使用。（參考P.255第四單元「命令」用法②）

▶ もう　遅いから、早く　寝なさい。已經晚了，快點睡覺！

▶ 質問に　答えなさい。回答問題！

③～ます形去ます＋そうだ。

　　意思是「看起來～」，屬於「樣態」的用法。因為是用來形容看起來的樣子，所以「きれい」（漂亮的、乾淨的）、「赤い」（紅色的）、「美しい」（美麗的）這類一目瞭然的語彙，不適用本句型。通常是根據視覺觀感做描述，也可用於預想、預感，或是表現極限的生理狀態。並且只用於現在或未來的事情，不適用於過去式。

▶ もうすぐ　暗く　なりそうです。看起來快要變暗了。

▶ 花が　咲きそうです。看起來花要開了。

▶ ゆうべは　停電しそうでした。

（×，不適用過去發生的事情）

　　ゆうべは　停電したらしいです。昨晚好像停電了。

（此時應該成「らしい」的句型）

④〜ます形去ます＋すぎます。

　　中文意思為「過於〜」，表示行為或狀態的程度，超過了容許範圍，多半是使用於較為負面的情況。「すぎます」是「超過」的意思，為第二類動詞。

▶ 昨日は　お酒を　飲みすぎました。昨天喝太多酒了。

▶ コーヒーに　砂糖を　入れすぎないで　ください。咖啡請別放太多糖。

⑤〜ます形去ます＋方

　　中文意思為「〜方法」，「方」是「方法」的意思。表示做某事的方法。

▶ 薬の　飲み方を　教えて　ください。請告訴我服藥的方法。

▶ この漢字の　読み方は　何ですか。這個漢字的讀法是什麼呢？

⑥〜ます形去ます＋ { やすい / にくい } です。

　　「やすい」是「簡單的」，整句意思是「易於〜」，表示很容易做某個動作。而「にくい」是「困難的」，整句意思是「難於〜」，表示不容易做某個動作。

▶ 冬は　風邪を　ひきやすいです。冬天容易感冒。

▶ 声が　小さいですから、聞きにくいです。因為聲音很小，很難聽清楚。

⑦(一緒に) ～ます形去ます＋ませんか / ましょう。

　　中文意思為「一起～好嗎」。為提出邀請的句型，但「～ませんか」採否定問句的方式，口氣更為委婉。而「～ましょう」中文意思為「一起～吧」。在邀請人家一起做某事時使用，習慣和「一緒に」（一起）共同使用。

▶ 一緒に 映画を 見に 行きませんか。一起去看電影好嗎？

▶ 一緒に ご飯を 食べましょう。一起吃飯吧！

2. 普通體 MP3-87 🔊

　　相對於敬語體，動詞的普通體變化各有其專屬形別，對照如下：

	敬語體	普通體	形態
現在肯定	～ます	──	辭書形
過去肯定	～ました	～た	た形
現在否定	～ません	～ない	ない形
過去否定	～ませんでした	～ない形去い＋かった	なかった形

▶ 私は 毎日 新聞を 読む。我每天看報紙。

▶ 昨日、学校を 休んだ。昨天跟學校請假。

▶ 私は 牛肉を 食べない。我不吃牛肉。

▶ 昨日は 運動しなかった。昨天沒運動。

普通體的重點文法：

①普通體＋の / ん＋です。

　　普通體之後加上「の」或是「ん」的時候，可用於❶強調說話者對事

情的主張和看法；⓫說話者對所獲得的情報要求更進一步的說明；⓬詢問或解釋原委。「ん」大多用在口語表現，書寫時建議用「の」。

▶ A：どうしたんですか。（詢問原委）怎麼了？

　B：ちょっと　気分が　悪いんです。（解釋原委）有一點不舒服。

▶ 電車で　あそこへ　行くのです。（強調說話者的主張）搭電車去那裡。

②普通體＋でしょう / だろう。

　　意思是「大概～吧」。「だろう」是「でしょう」的普通體，皆用於表示推測的意思。通常會和副詞「たぶん」（大概）或「おそらく」（恐怕、大概）一起使用。

▶ 今度の　試験は　合格できるだろう。這次的考試，大概能合格吧。

▶ 明日は　雨が　降るでしょう。明天恐怕會下雨吧。

③普通體＋かもしれません / かもしれない。

　　意思是「可能～」。「かもしれない」是「かもしれません」（可能、或許）的普通體，用於表示不確定時的推測。通常會和副詞「もしかして」（說不定）或「もしかしたら」（或許）一起使用。

▶ もしかしたら　授業に　間に合わないかもしれません。

　　或許趕不上上課。

▶ 彼は　もう　プレゼントを　買ったかもしれない。

　　說不定他已經買禮物了。

④普通體＋と

　　意思是「一～就～」、「若～就～」。以「と」所表現的條件句，主要是表達前述的條件，勢必引發後面的的狀態、結果，所以只能用在有必然性的時候，並且不能用於表達個人的意志、希望、勸告等。經常用於發現、自然現象、或是報路的時候。

▶ 冬に　なると　雪が　降ります。一到冬天，就下雪。

▶ ここを　押すと　お湯が　出ます。一按這裡，就會有熱水出來。

⑤普通體＋なら

意思是「如果～」。以「なら」所表現的條件句，主要是表達因前述條件，而有後面的現象、狀態、建議或結果等。最常使用於會話中，藉由從對方那裡看到、聽到的情報，發表自己的看法。

▶ A：映画を　見たいです。 想看電影。

B：映画を　見るなら、あの映画館の　ほうが　安いです。

（聽到對方要看電影，所以提出自己的看法）

如果要看電影，那間電影院比較便宜。

▶ 温泉へ　行くなら、やはり　日本が　いいです。

如果要去溫泉，還是日本好。

⑥普通體＋と　言います。

意思是「～人說～」。用來轉述或引用第三者所說的話，或是導入談話主題。

▶ 林さんは　明日　休むと　言いました。 林先生說明天要請假。

▶ 弟は　おなかが　空いたと　言いました。 弟弟說肚子餓了。

⑦普通體＋そうです。

意思是「（根據）～的樣子」、「聽說～」。屬於「傳聞」的用法，說話者將間接得到的情報，傳達給第三人知道的表現。要標明消息來源的話，可使用「～によると」（根據）。

▶ 天気予報に　よると　明日は　寒く　なるそうです。

根據氣象報告，明天會變冷。

▶ 林さんは　もう　結婚して　いるそうです。

聽說林先生已經結婚了。

⑧普通體＋ようです。

意思是「好像～」、「似乎～」。雖然也是形容樣態的句型，但必須是透過五感，所做的樣態描述。即透過味覺、嗅覺、視覺、聽覺和觸覺

等，對自己身體所感應到的主觀感覺加以描述。因為不確定是否為事實，所以習慣和副詞「どうも」（好像）一起使用。

▶ どうも　風邪を　ひいたようです。好像感冒了。

▶ となりの　部屋に　誰か　いるようです。

　　隔壁的房間，好像有誰在的樣子。

⑨普通體＋らしいです。

　　意思是「好像～」、「似乎～」。「らしい」是根據外部情報所做的樣態描述，尤其是以「聽覺」最為常見。如果是根據傳聞的時候，只能使用本句型，即「～によると～らしいです」。

▶ 林さんは　会社を　やめたらしいです。林先生好像跟公司辭職了。

▶ 彼は　試合に　出るらしいです。他好像要參加比賽。

⑩普通體＋まま

　　表示維持前面的狀態下，進行後面的動作。「辭書形＋まま」為比較進階的用法，N4範圍較常出現「動詞た形／動詞ない形＋まま」。

▶ くつを　はいたまま、部屋に　入らないで　ください。

　　請不要穿著鞋子進房間。

▶ 服を　かえないまま、出かけました。沒換衣服就出去了。

3. 動詞的分類

　　要學習動詞，除了「敬語體」和「普通體」的「現在肯定、過去肯定、現在否定、過去否定」四種語態之外，由於動詞還有各種變化，所以必須對動詞做更進一步的了解。而首先，必須知道動詞的分類。

　　日語動詞依照發音可分為三大類，每一類各有專屬的變化規則。所以想要正確做出動詞變化，必須將動詞正確地分類。

動詞的分類如下：

	規則	範例
I 第一類 動詞	動詞 主幹 最後一個音，含有母音[i]者，皆屬第一類動詞。（有極少數例外，屬第二類動詞）	▶ 買^かいます [i]　買 ▶ 待^まちます [chi]　等待 ▶ 分^わかります [ri]　了解
II 第二類 動詞	除了少數母音含[i]的例外，只要是動詞 主幹 最後一個音，含母音[e]者，皆屬第二類動詞。	▶ 寝^ねます [ne]　睡覺 ▶ 食^たべます [be]　吃 ▶ 教^{おし}えます [e]　教
	母音含[i]的例外，由於為數不多，較易成為考題。	▶ います [i]　（有生命的）在、有 ▶ 着^きます [ki]　穿 ▶ 見^みます [mi]　看 ▶ 浴^あびます [bi]　沖澡 ▶ 起^おきます [ki]　起床 ▶ 降^おります [ri]　下車 ▶ 借^かります [ri]　借入 ▶ できます [ki]　能夠、會
III 第三類 動詞	以「漢語名詞＋します」的動詞為主，「外來語＋します」也包含在此。另外，「します」和「来^きます」也歸屬第三類動詞。	▶ 勉強^{べんきょう}します　學習 ▶ 買^かい物^{もの}します　買東西 ▶ します　做 ▶ 来^きます　來

4.動詞各種形態的變化

　　確認過動詞的類別之後，以下將依序介紹「て形」、「辭書形」、「た形」、「ない形」、「可能形」、「意向形」、「命令形」、「禁止形」、「ば形」、「受身形」、「使役形」、「使役受身形」和「口語縮約形」等的變化規則。

01　て形 MP3-88 📻

　　「て形」可稱為動詞的連接形，因為每個句子裡面都只能有一個動詞，所以涉及複數動詞同時存在時，就必須將前面的幾個動詞改成「て形」，只保留最後的動詞。此外，藉由「て形」也可以表現動作正在進行，或是動作與動作之間的順序、時間關係。由於「て形」屬連接性質，因此可同時用於敬語體或普通體，無須在意時態。

て形的變化方式如下：

	變化規則	範　例
Ｉ 第一類 動詞	①い 　ち 　り 分別去 「い、ち、り」， 加上「って」。	▶ 買_かいます → 買_かって　買 ▶ 待_まちます → 待_まって　等 ▶ 帰_{かえ}ります → 帰_{かえ}って　回家
根據動詞 主幹 最後一個音， 可分成四組：	②き 　ぎ 分別去「き、ぎ」 加上「いて」， 或「いで」。 （清音對清音，濁音對濁音）	▶ 書_かきます → 書_かいて　寫、畫 ▶ 急_{いそ}ぎます → 急_{いそ}いで　快一點
	③み 　に 　び 分別去「み、 に、び」， 加上「んで」。	▶ 読_よみます → 読_よんで　閱讀 ▶ 死_しにます → 死_しんで　死 ▶ 遊_{あそ}びます → 遊_{あそ}んで　遊玩

	④し → 保留「し」，再加上「て」。	▶ 話<ruby>話<rt>はな</rt></ruby>します → 話<ruby><rt>はな</rt></ruby>して　說
II 第二類 動詞	直接去「ます」，加「て」。	▶ 食<ruby><rt>た</rt></ruby>べます → 食<ruby><rt>た</rt></ruby>べて　吃 ▶ 教<ruby><rt>おし</rt></ruby>えます → 教<ruby><rt>おし</rt></ruby>えて　教 ▶ 見<ruby><rt>み</rt></ruby>ます → 見<ruby><rt>み</rt></ruby>て　看 ▶ できます → できて　能夠
III 第三類 動詞	「します」直接換成「して」；「来<ruby><rt>き</rt></ruby>ます」則是直接換成「来<ruby><rt>き</rt></ruby>て」。	▶ 勉強<ruby><rt>べんきょう</rt></ruby>します＋して → 　勉強<ruby><rt>べんきょう</rt></ruby>して　學習 ▶ 食事<ruby><rt>しょくじ</rt></ruby>します＋して → 　食事<ruby><rt>しょくじ</rt></ruby>して　用餐 ▶ 来<ruby><rt>き</rt></ruby>ます → 来<ruby><rt>き</rt></ruby>て　來

て形的重點文法：

①～て形＋います。

　　此句型除了可以表達基本的三種狀況，❶正在進行的動作；❷動作後留下的狀態、結果；❸說明職業或人、物的狀況，此外還有進階的用法，用來表示「某行為習慣性地重複進行」。若為過去的習慣，則用「～て形＋いました」來表示。

▶ 今<ruby><rt>いま</rt></ruby>　食事<ruby><rt>しょくじ</rt></ruby>して　います。現在正在用餐。

▶ 私<ruby><rt>わたし</rt></ruby>は　台北<ruby><rt>タイペイ</rt></ruby>に　住<ruby><rt>す</rt></ruby>んで　います。我住在台北。

▶ 母<ruby><rt>はは</rt></ruby>は　銀行<ruby><rt>ぎんこう</rt></ruby>に　勤<ruby><rt>つと</rt></ruby>めて　います。家母在銀行上班。

▶ 学生<ruby><rt>がくせい</rt></ruby>の　時<ruby><rt>とき</rt></ruby>は　毎日<ruby><rt>まいにち</rt></ruby>　ジョギングを　して　いました。
　學生時代（習慣）每天慢跑。

② ～て形＋ { いきます。（漸行漸遠）
　　　　　　 きます。（步步逼近）

　　「～て形＋いきます」以空間而言，表示事情發展，感覺離自己越來越遠。以時間而言，表示事情隨著時間，逐漸朝某種狀態發展，或有某種傾向的感覺。反之，「～て形＋きます」以空間而言，表示事情發展，感覺朝著自己逼近。以時間而言，則表示事情隨時間變化，演變至某種結果。

▶ これから　だんだん　暑く　なって　いきます。

（夏天前縱觀整個夏季的感覺）今後天氣會漸漸熱下去。

▶ 最近、だいぶ　暑く　なって　きました。

（迎接夏天來臨的感覺）最近天氣變相當熱了。

▶ 飛行機が　飛んで　いきました。

（漸行漸遠）飛機飛走了。

▶ だいぶ　日本語が　上手に　なって　きました。

（朝自身能力的累加）日語頗為進步了。

③ ～て形＋みます。

　　意思是「試著～」。「みる」是「看」的意思，所以和中文「～看看」的說法一樣，表示嘗試的意思。

▶ 私が　作ったケーキを　食べて　みて　ください。

請吃看看我做的蛋糕。

▶ 来月、日本語能力試験を　受けて　みます。

下個月要試著考日本語能力測驗。

④ ～て形＋しまいます。

　　強調該行為或事情已經結束，習慣和副詞「もう」（已經）、「ぜんぶ」（全部）一起使用。有時也可反映說話者感到可惜、遺憾或是困惑、懊惱等情緒。

▶ 宿題は　もう　やって　しまいました。（動作完了）作業已經做完了。

▶ 財布を　なくして　しまいました。（懊惱）錢包不見了。

⑤ ～て形＋おきます。

　　有三種用法，分別可用來表示❶某一時間之前，完成必要的動作或行為；❷為下次使用而完成必要的動作、或採取因應的措施；❸讓狀態、結果持續下去。

▶ 試験の　前に　本を　読んで　おきます。考試之前，把書看完。

▶ 借りた傘を　返して　おいて　ください。借用的傘，請先歸還。

▶ これから　授業が　あるので、電気を　付けて　おきましょう。
因為等一下有課，電燈開著吧。

※「～て形＋おきます」在口語上，習慣略說成「～ときます」。

▶ 話しといて　ください。（＝話して　おいて　ください。）
請事先說。

⑥ { ～自動詞て形＋います。
　　 ～他動詞て形＋あります。

　　所謂的「自動詞」和「他動詞」，其概念和英文的「不及物動詞」、「及物動詞」相似。翻譯上並無特別的不同，但含義上卻有所差異。簡單而言，「自動詞て形＋います」屬於自然、物理狀態，即單純的敘述狀況，沒有多餘的遐想或是弦外之音。反之，「他動詞て形＋あります」則屬人為狀態，並非單純描述現狀，含有言外之意，通常認為該狀況，應該是為了某種目的，而刻意持續存在。

▶ 窓が　開いて　います。（看到窗戶開著）
窗戶開著。

▶ 窓が　開けて　あります。（心裡想著，是不是誰忘了關……）
開著窗戶。

▶ コップが　落ちて　います。（單純描述）
玻璃杯掉下去了。

▶ コップが　落_おとして　あります。玻璃杯掉了。

（心想是不是發生什麼事了⋯⋯）

※自、他動詞對照表

自動詞	他動詞	自動詞	他動詞
開_あきます 開（門窗）	開_あけます 打開（門窗）	集_{あつ}まります 聚集	集_{あつ}めます 集中、收集
上_あがります 上升	上_あげます 提高、提升	起_おきます 發生、起床	起_おこします 引起、喚起
落_おちます 落下	落_おとします 掉落	変_かわります 變化	変_かえます 改變
消_きえます 消失、熄滅	消_けします 關（電器）	決_きまります 決定	決_きめます 決定
壊_{こわ}れます 壞掉	壊_{こわ}します 弄壞	下_さがります 下降	下_さげます 降低
付_つきます 點、開	付_つけます 點燃、 開（電器）	続_{つづ}きます 繼續	続_{つづ}けます 持續
出_でます 出去	出_だします 送出	止_とまります 停止	止_とめます 停、關上
直_{なお}ります 復原、改正	直_{なお}します 改正	並_{なら}びます 排隊	並_{なら}べます 排列、擺放

入^{はい}ります	入^いれます	始^{はじ}まります	始^{はじ}めます
進入	裝入、放入	開始、起因	（事物的）開始、開創
見^みえます	見^みます	見^みつかります	見^みつけます
看得見	看	找到、發現	找出、發現
止^やみます	止^やめます	沸^わきます	沸^わかします
停止	停止、辭職	沸騰	煮開、燒開
渡^{わた}ります	渡^{わた}します		
渡、到手	渡過、交遞		

⑦～て形＋授與動詞

　　授與動詞主要有三個，分別是「もらいます」（得到～）、「あげます」（給人～）和「くれます」（別人給～），各有尊敬或謙讓語，皆可套用本句型。

　　授與句型中，因為不論是施予者或授與者，助詞都是「に」，所以容易造成困擾，搞不清楚到底是誰給誰。其實關鍵還是在於「主詞」與「動詞」身上。

　　請切記，若主詞為第一人稱，或第二人稱的問疑句時，則只可能配合「もらいます」（得到）和「あげます」（給予）這二個動詞。即「我得到～」或是「我給～」的意思。惟獨動詞「くれます」（給予）的主詞「不可用第一人稱」，也就是「～人替～人，做了～」或是「～人替我，做了～」的意思。（參考P.241第四單元「授與」）

❶ 私^{わたし}は～に／から～て形＋ { いただきます。（對上）
もらいます。（對平輩或對下）

　　意思是「我從人家那裡得到～」。

▶ 誕生日に　姉に／から　かばんを　買って　もらいました。

生日時，姊姊買了包包給我。

▶ 分からないことが　あったら、先生に／から　教えて　いただきます。

若有不懂的事，請老師教我。

⑪ 私は～に～て形＋ { 差し上げます。（對上）
あげます。（對平輩）
やります。（對下、對寵物）

　　意思是「我給人家～」。

▶ 私は　部長に　コーヒーを　入れて　差し上げました。

我幫部長泡了咖啡。

▶ 私は　友達に　本を　貸して　あげました。我借書給朋友了。

▶ 子どもに　ミルクを　飲ませて　やりました。我給小孩喝牛奶了。

⑫ ～は私に～て形＋ { くださいます。（對上）
くれます。（對平輩或對下）

　　意思是「別人給我～」。

▶ 先輩は　とても　ていねいに　説明して　くださいました。

前輩非常詳細地為我說明了。

▶ 妹は　荷物を　送って　くれました。妹妹幫我寄了行李。

※授與動詞的謙讓、尊敬語一覽表

尊敬語 （主詞為自己以外的人）	一般用語	謙讓語 （主詞為自己）
——	もらいます （我）得到～	いただきます

—	あげます （我）給～	差し上げます
くださいます	くれます （別人）給～	—

⑧～て形＋も

意思是「就算是～」，屬於讓步條件表現的方式。

▶ こんな難しい言葉は　辞書を　ひいても　分かりません。

這麼難的字，就算是查字典也不懂。

▶ 明日は　雨が　降っても　出かけます。明天就算是下雨，也要外出。

⑨～て形＋も＋いいです。

中文意思為「可以～」、「也可以～」。以此句型表示給予他人許可的意思。「いいです」是「いい」的禮貌表現。（參考P.238第四單元「許可」用法②）

▶ 仕事が　終わった人は　帰っても　いいです。

工作結束的人，可以回去了。

▶ 夏休みに　遊びに　来ても　いいです。暑假可以來玩。

⑩～て形＋も＋かまいません / かまわない。

中文意思為「～也沒關係」、「可以～」。此句型同樣是給予他人許可的意思。但口氣較上句委婉。「かまいません」是「かまわない」的禮貌表現，意思是「沒關係」。（參考P.238第四單元「許可」用法③）

▶ テレビを　見ても　かまいません。看電視也沒關係。

▶ 好きなら、買っても　かまわない。喜歡的話，買也沒關係。

⑪～て形＋は＋いけません／いけない。

　　表示禁止的句型之一，中文意思為「不准～」、「不可以～」。此句型口氣直接且強硬。「いけません」是「いけない」的禮貌表現。（參考P.239第四單元「禁止」用法①）

▶ ここで　タバコを　吸^すっては　いけません。這裡不可抽菸。

▶ 試験中^{し けんちゅう}は　話^{はな}しては　いけない。考試中不可講話。

02 辭書形 MP3-89))

　　「辭書形」又被稱做「原形」或「字典形」。顧名思義，查字典之前，須先將動詞還原成辭書形，才可以找出它的意思。在普通體中，辭書形就是現在肯定式。

辭書形的變化方式如下：

	變化規則	範　　例	
I 第一類 動詞	將 主幹 最後一個音，改為[u]段音。	▶ 買^かいます → 買^かう ▶ 待^まちます → 待^まつ ▶ 帰^{かえ}ります → 帰^{かえ}る ▶ 遊^{あそ}びます → 遊^{あそ}ぶ	買 等 回家 遊玩
II 第二類 動詞	直接去「ます」，加「る」。	▶ 食^たべます → 食^たべる ▶ 教^{おし}えます → 教^{おし}える ▶ 見^みます → 見^みる ▶ できます → できる	吃 教 看 能夠
III 第三類 動詞	「します」直接換成「する」；「来ます」則是「来る」。	▶ 勉強^{べんきょう}します → 勉強^{べんきょう}する ▶ 食事^{しょくじ}します → 食事^{しょくじ}する ▶ 来^きます → 来^くる	學習 用餐 來

辭書形的重點文法：

①辭書形＋ことです。

　　「辭書形＋こと」屬於「名詞化」的做法。在本句型中，可視為名詞子句。（參考P.175「名詞」重點文法②）

▶ 私の　趣味は　写真を　撮ることです。我的興趣是攝影。
▶ 私は　日本の　歌を　歌うことが　できます。我會唱日本的歌曲。

②辭書形＋前に

　　意為「～之前，～」。表示二個動作的前後關係。「前に」的前面也可放置「名詞＋の」或是「時間的量詞」。

▶ 食事する前に、手を　洗って　ください。用餐之前，請洗手。
▶ 寝る前に、歯を　みがきます。睡前刷牙。
▶ 旅行の　前に、ホテルを　予約して　おきましょう。
　　旅行前，先預約好飯店吧。
▶ 一年前に　日本へ　行きました。一年前去了日本。

③辭書形＋ことが　あります。

　　意思是「有時會～」。用來表示雖不是常態，但偶爾也會發生的事情。

▶ あの人は　たまに　学校を　休むことが　あります。
　　那個人偶爾會向學校請假。
▶ 父は　ときどき　会社に　泊まることが　あります。
　　家父有時會在公司過夜。

④辭書形＋ことに＋します / して　います。

　　意思是「決定～」。用於「自己的意志」所做的決定。「～ことにしています」則是表示自己所下的決定或習慣。若以「～ない形＋ことにします / しています」則表示「決定不～」。（參考P.211本單元「動詞ない形」用法⑧）

▶ 私は　留学することに　しました。我決定去留學了。
▶ 健康の　ために、お酒は　飲まないことに　して　います。

　為了健康，決定不再喝酒。

⑤辭書形＋ことに＋なります / なって　います。

　　意思是「決定～」。主要用於「非自己意志」所做的決定，多半是因為團體或組織的決策，或是自然而然導致的決議。「～ことになっています」則表示團體或組織所做的決定、規則或風俗等。

▶ 私は　留学することに　なりました。（歸納各方意見）我要去留學。
▶ 来週　出張することに　なって　います。（公司決定）下星期要出差。

⑥辭書形＋ために

　　意思同樣是「為了～而～」。但是「ために」前、後的句子，都必須是「意志表現」。

▶ 自分の　家を　持つために、一生懸命　貯金して　います。

　為了有自己的房子，拚了命地存錢。

▶ おいしいケーキを　作るために、母に　教えて　もらいました。

　為了做出好吃的蛋糕，請媽媽教我。

⑦辭書形＋つもりです。

　　中文意思為「打算～」、「計畫～」。用來表達自己強烈的決心或是打算。

▶ 卒業しても　日本語を　勉強し続けるつもりです。

　就算畢業，也要繼續學日語。

▶ 今年、車を　買うつもりです。今年打算買車。

⑧辭書形＋ように　言います。

　　中文意思為「某人要求～」。屬於引用或轉述的句型，以較委婉或客氣的方式，引用委託或命令。

▶ 帰ったら、電話するように 言って ください。

（請跟某人說）回來的話，請打電話給我。

▶ お酒を 止めるように 言いました。已經（和某人）說不要喝酒了。

03 た形 MP3-90

　　「た形」的變化和「て形」完全一樣，惟獨把「て」字改成「た」而已。「た形」是普通體中的過去式。

た形的變化方式如下：

	變化規則	範　例
I 第一類 動詞 根據動詞 主幹 最後一個音， 可分成四組：	①い 　ち }分別去 　り }「い、ち、り」， 　　加上「った」。	▶ 買います → 買った　買了 ▶ 待ちます → 待った　等了 ▶ 帰ります → 帰った　回家了
	②き 　ぎ }分別去「き、ぎ」， 　　加上「いた」或 　　「いだ」。 （清音對清音，濁音對濁音）。	▶ 書きます → 書いた 寫、畫了 ▶ 急ぎます → 急いだ 快一點了
	③み 　に }分別去 　び }「み、に、び」， 　　加上「んだ」。	▶ 読みます → 読んだ　閱讀了 ▶ 死にます → 死んだ　死了 ▶ 遊びます → 遊んだ　玩了
	④し → 保留「し」，再加 　　上「た」。	▶ 話します → 話した　說了

II 第二類 動詞	直接去「ます」，加 「た」。	▶ 食べ<del>ます</del> → 食べた　吃了 ▶ 教え<del>ます</del> → 教えた　教了 ▶ 見<del>ます</del> → 見た　　看了 ▶ でき<del>ます</del> → できた 　　　　會了、做好了
III 第三類 動詞	「します」直接換成「し た」；「来ます」則是直接 換成「来た」	▶ 勉強<del>します</del>＋した → 　勉強した　　　學習了 ▶ 食事<del>します</del>＋した → 　食事した　　　用餐了 ▶ 来<del>ます</del>＋た → 来た　來了

た形的重點文法：

①〜た形＋ことが　あります。

　　　表示「有〜經驗」。「た形＋こと」也是屬於「名詞化」，和「辭書
形＋こと」的模式相似。
▶ 私は　日本へ　行ったことが　あります。我去過日本。
▶ 私は　飛行機に　乗ったことが　ありません。我沒有搭過飛機。

②〜た形＋後で

　　　表示「〜之後，〜」。比起「〜て形＋から」更強調時間的前後關係。
▶ テレビを　見た後で、お風呂に　入ります。看過電視之後洗澡。
▶ 食事を　した後で、歯を　みがいて　ください。用餐過後請刷牙。

③〜た形＋り＋〜た形＋り＋します。

　　　表示「動作的部分列舉」。

▶ 先週の　日曜日は　映画を　見たり、公園を　散歩したり　しました。

上星期日去看看電影、公園散散步了。

▶ 女の子は　よく　髪を　短く　したり、パーマを　かけたり

します。女孩子經常把頭髮剪短，或是燙起來。

④～た形＋ほうが　いいです。

意思是「～比較好」。用來提供建議和忠告。

▶ 疲れたら、休んだほうが　いいです。累了的話，休息比較好。

▶ 病気なら、薬を　飲んだほうが　いいです。如果生病，吃藥比較好。

⑤～た形＋ら

意思是「如果～就～」。以「～たら」所表現的條件句，使用範圍較為廣泛，舉凡個人的、偶發事件，或是意志、希望等人為舉動皆可使用。如果反過來說，要表現「就算是～也要～」的意思時，則使用「～ても」。（參考P.202本單元「動詞て形」重點文法⑧、P.245第四單元「條件與假設」用法②）

▶ 雨が　降ったら、中止です。（偶發事件）

如果下雨就停止。

▶ たとえ　雨が　降っても、止めません。（讓步）

就算是下雨也不停止。

▶ お金が　あったら、車を　買いたいです。（希望）

如果有錢的話，想買車。

▶ 合格したら、日本へ　留学します。（意志）

如果合格的話，要去日本留學。

⑥～た形＋まま

用來表現「狀態」的句型。中文翻譯成「在～狀態下～」。通常有強調狀態的意思。

▶ くつを　はいたまま　家に　入っては　いけません。

不可以穿著鞋子進家裡。

▶ 電気を　付けたまま　寝て　しまいました。開著電燈睡著了。

04 ない形 MP3-91))

「ない形」在普通體中，代表否定的意思。

ない形的變化方式如下：

	變化規則	範　例
I 第一類 動詞	將 主幹 最後一個音，改為 [a] 段音＋ない。 ※「い」的場合，則改成「わ」。	▶ 買います → 買わない　不買 ▶ 待ちます → 待たない　不等 ▶ 帰ります → 帰らない　不回家 ▶ 遊びます → 遊ばない　不玩
II 第二類 動詞	直接去「ます」，加「ない」。	▶ 食べます → 食べない　不吃 ▶ 教えます → 教えない　不教 ▶ 見ます → 見ない　不看 ▶ できます → できない　不能夠
III 第三類 動詞	「します」直接換成「しない」；「来ます」則是直接換成「来ない」	▶ 勉強します → 勉強しない 不學習 ▶ 食事します → 食事しない 不用餐 ▶ 来ます → 来ない　不來

ない形的重點文法：

①～ない形＋で＋ください。

表示「請不要～」。

▶ 図書館で　食事しないで　ください。請不要在圖書館吃東西。

▶ くつを　はいたまま　入らないで　ください。請不要穿著鞋子進來。

②～ない形去い＋ければ＋なりません / ならない。

表示「不～不行」、「務必～」。為說話者依據規則、法規等外在條件，所做出的客觀判斷。「なりません」是「ならない」的禮貌表現。

▶ 生活の ために、働かなければ なりません。為了生活，不工作不行。

▶ 明日は 試合が あるので、早めに 学校へ

行かなければ ならない。因為明天有比賽，不早點去學校不行。

③～ない形去い＋く＋ては＋いけません / いけない。

和上個句型相同，為義務的表現，中文意思為「非～不可」或「必須～」。不過本句是說話者根據自己的看法，對單一事件，所做出的主觀判斷。「いけません」是「いけない」的禮貌表現。

▶ 風邪を ひいて いるので、薬を 飲まなくては いけません。

因為感冒了，所以非吃藥不可。

▶ 午前中までに 荷物を 送らなくては いけない。

中午之前，必須寄行李。

④～ない形去い＋く＋ても いいです。

表示「不～也可以」。表示不做某事也可以的意思。

▶ もう 治ったので、薬を 飲まなくても いいです。

已經治療好了，不吃藥也沒關係。

▶ 時間が なければ、電話を かけなくても いいです。

如果沒時間的話，不打電話也可以。

⑤～ない形去い＋く＋ても＋かまいません / かまわない。

中文意思為「不～也沒關係」。和上句相似，皆表示非必要做某事情的意思。「かまいません」是「かまわない」的禮貌表現，意思是「沒關係」。

▶ 使わないので、この部屋は 掃除しなくても かまいません。

因為不使用，這間房間不掃也沒關係。

▶ まだ　早いから、この電車に　間に合わなくても　かまわない。

因為時間還早，沒趕上這輛電車也沒關係。

⑥～ない形＋ほうが　いいです。

表示「不～比較好」。多用於勸戒對方別做某事。

▶ お酒は　飲まないほうが　いいです。不喝酒比較好。

▶ すべりやすいから、走らないほうが　いいです。

因為容易滑，不要跑比較好。

⑦～ない形去ない＋ず（に）

「不～」的意思。「ず」就等於「ない」的意思，以此句型表示在某否定狀態下，進行該動作。和「～ない形で＋動作句」的用法相同。「します」則是變化成「せず」，「来ます」則變化成「来ず」。

▶ お酒を　飲まずに　仕事して　ください。

（＝お酒を　飲まないで、仕事して　ください。）請不要喝酒，去工作。

▶ 勉強せずに　遊んでばかり　います。不唸書一直在玩。

⑧～ない形＋ことに＋します / して　います。

意思是「決定不～」。用於「自己的意志」所做的決定。「～ことにしています」則是表示自己所下的決定或習慣。（參考P.204本單元「動詞辭書形」用法④）

▶ 留学しないことに　しました。決定不去留學了。

▶ 高いものは　買わないことに　して　います。決定不買貴的東西。

⑨～ない形＋つもりです。

中文意思為「不打算～」、「沒有計畫～」。用來表達自己強烈的決心或是打算。

▶ 今度の　試験は　受けないつもりです。不打算參加這次考試。

▶ 明日から　肉は　食べないつもりです。明天開始打算不吃肉。

⑩～ない形＋ように　言_いいます。

　　屬於引用或轉述的句型，意思為「告訴某人，不要～」。是以較委婉
或客氣的方式，引用委託或命令。

▶ あの人_{ひと}に　心配_{しんぱい}しないように　言_いって　ください。

　請告訴那個人，不要擔心。

▶ タバコを　吸_すわないように　言_いいました。（已經和某人）說不要抽菸了。

⑪～ない形＋ことに＋なります / なって　います。

　　意思是「決定不～」。主要用於「非自己意志」所做的決定。多半是
因為團體或組織的決策，或是自然而然導致的決議。「～ことになってい
ます」則表示團體或組織所做的決定、規則或風俗等。

▶ 留学_{りゅうがく}しないことに　なりました。

　（和其他人討論的決定）決定不去留學了。

▶ あのパソコンは　売_うらないことに　なって　います。

　（公司的決議）那台個人電腦決定不賣了。

05　可能形 MP3-92))

　　顧名思義「可能形」就是能力表現的意思。「可能形」是屬於狀態性的動
詞，並非動作動詞，所以在描述動作時，表示「行為能力」，若用於環境上，
則表示「可能性」。另外，由於變化規則的影響，「可能形」的動詞皆為第二
類動詞（主幹最後為[e]音）。（參考P.236第四單元「能力」的表現②）

可能形的變化方式如下：

	變化規則	範　例
I 第一類 動詞	將主幹最後一個音，改為 [e] 段音加「ます」。	▶ 買_かいます → 買_かえます　能買 ▶ 待_まちます → 待_まてます　能等 ▶ 帰_{かえ}ります → 帰_{かえ}れます　能回家 ▶ 遊_{あそ}びます → 遊_{あそ}べます　能遊玩

II 第二類 動詞	直接去「ます」， 加「られます」。	▶ 食べます → 食べられます 能吃 ▶ 教えます → 教えられます 能教
III 第三類 動詞	「します」直接換成「できます」；「来ます」則是「来られます」。	▶ 勉強します → 勉強できます 能學習 ▶ 食事します → 食事できます 能用餐 ▶ 来ます → 来られます　能來

　　因為「可能形」屬於狀態性的動詞，所以和一般其他動詞一樣，擁有普通體的基本變化形式，如「て形」、「辭書形」、「ない形」和「た形」等。例如：「買います」（買）的可能形動詞為「買える」（可能形動詞的辭書形）、「買えて」（可能形動詞的て形）、「買えない」（可能形動詞的ない形）、「買えた」（可能形動詞的た形）。

※「分かります」（懂、知道）、「できます」（能夠）等本身就含有能力表現的動詞，所以沒有「可能形」。

可能形的重點文法：

① ～が＋可能形

　　意思是「會～」、「可以～」。一般他動詞的受詞助詞為「を」，但是一旦用「可能形」動詞的話，受詞助詞須改成「が」，有強調的意思。至於「を」以外的助詞，則不變。例如：「へ」、「に」等。

▶ 私は　日本語が　話せます。我會說日語。
▶ 妹は　漢字が　書けます。妹妹會寫漢字。
▶ やっと　家族に　会えました。終於能和家人見面了。

▶ お金が　たまったので、アメリカへ　留学できます。

因為存了錢，所以能夠去美國留學。

② ～が＋ { 見えます。
聞こえます。 }

　　「見えます」和「聞こえます」是「見ます」（看）和「聞きます」（聽）的「可能形」。因為「見ます」和「聞きます」是與生俱來的能力，因此「見えます」和「聞こえます」和個人意志無關，意思是某限定範圍內「能夠看得到」或「能夠聽得到」的意思，是完全是自然而然的狀態，並非刻意的動作。至於按照規則變化所得出的「見られます」（看得到）和「聞けます」（聽得到）則是人為意志引導下的動作，也就是說屬於刻意的行為，並非與生俱來的能力。

▶ 窓から　山が　見えます。（與生俱來的能力）

從窗戶可以看得到山。

▶ 祖母は　耳が　よく　聞こえません。（與生俱來的能力）

祖母的耳朵聽不太到。

▶ 美術館で　彼の　作品が　見られます。（刻意的行為）

在美術館，可以看到他的作品。

▶ 新しい歌が　ラジオで　聞けます。（刻意的行為）

新的歌，在廣播可以聽到。

③ ～可能形＋ように＋なります。

　　意思是「變成能夠～」、「變得～」。用來表達「狀態」或是「習慣」等的變化。使用「動詞可能形」或「分かります」（懂、知道）等狀態動詞，則表示從不能的狀態，變化成能夠的狀態。

▶ 毎日　練習したので、自転車に　乗れるように　なりました。

（狀態改變）

因為每天練習，變得會騎腳踏車了。

▶ A：日本語が　話せるように　なりましたか。會說日語嗎？

　B：いいえ、まだ　話せません。不會，還不會說。

　　當遇到疑問句時，若為否定答案，則直接用前面動詞的否定式回答，無須用「なりません」作答。

④可能形＋ように＋動作句

　　意思是「為了～而～」。「ように」前面的句子必須是「無意志的表現」，而後面承接的句子則須是「意志表現」。即前面的句子是表示目標的狀態，後面的句子是為了達到該目標的意志性舉動。

▶ 英語が　話せるように、毎日　勉強して　います。

　為了會說英語，每天唸書。

▶ 見えるように、めがねを　かけて　ください。

　為了看得見，請戴上眼鏡。

※「～ように」之前要用非意志動詞，像是「分かります（懂、知道）」、「見えます」（看得到）、「聞こえます」（聽得到）和「なります」（成為）等。

06　意向形 MP3-93 🔊

　　「意向形」，用來表達個人意志的動詞型態。（參考P.232第四單元「意志」用法①、③）

意向形的變化方式如下：

	變化規則	範　　例
I 第一類 動詞	將動詞 主幹 最後一個音，改為 [o] 段音加上「う」。	▶ 買います → 買おう　買吧 ▶ 待ちます → 待とう　等吧 ▶ 帰ります → 帰ろう　回家吧 ▶ 遊びます → 遊ぼう　玩吧

| II 第二類 動詞 | 直接去「ます」，加「よう」。 | ▶ 食べます → 食べよう　吃吧
▶ 教えます → 教えよう　教吧
▶ 見ます → 見よう　　看吧 |
| III 第三類 動詞 | 「します」直接換成「しよう」；「来ます」則是「来よう」。 | ▶ 勉強します → 勉強しよう
　學習吧
▶ 食事します → 食事しよう
　用餐吧
▶ 来ます → 来よう
　來吧 |

意向形的重點文法：

①意向形＋と　思います。

　　中文意思為「打算～」。「思います」本身就是「想～」的意思，前面配合「意向形」的使用，則是更加婉轉的表達自己的想法和打算。
▶ 食事の　後、お風呂に　入ろうと　思います。用餐之後打算泡澡。
▶ ビールを　飲もうと　思います。打算喝啤酒。

②意向形＋と　します。

　　中文意思為「我試著想～」。「します」是「做～」的意思，配合前面「意向形」的使用，表示「做心中所想之事」或是「實踐心中的決定」的意思。
▶ ドアを　開けようと　しましたが、開きませんでした。
　試著想開門，卻打不開。
▶ 出かけようと　して　いる時、電話が　かかって　来ました。
　正想出門的時候，有電話打來了。

07　命令形與禁止形 MP3-94))

　　「命令形」是用強勢的口氣，要人家去做某件事情。而「禁止形」則剛好相反，用強勢的口氣，要人家不要去做某件事情。由於兩者，在口氣上皆為簡潔有力，所以一般都用在上對下的關係，而且女性用到的場合也較少。最常看到用於警告標誌、或一些宣傳口號。（參考P.256第四單元「命令」用法①）

命令形的變化方式如下：

	變化規則	範　　例
I 第一類 動詞	將 主幹 最後一個音，改為 [e] 段音。	▶ 買います → 買え　買 ▶ 待ちます → 待て　等 ▶ 帰ります → 帰れ　回家 ▶ 遊びます → 遊べ　遊玩
II 第二類 動詞	直接去「ます」，加「ろ」。	▶ 食べます → 食べろ　吃 ▶ 教えます → 教えろ　教 ▶ 見ます → 見ろ　看
III 第三類 動詞	「します」直接換成「しろ」；「来ます」則是「来い」。	▶ 勉強します → 勉強しろ　學習 ▶ 食事します → 食事しろ　用餐 ▶ 来ます → 来い　　　　來

▶ 電車に　遅れる。急げ。會趕不上電車。快點！
▶ 早く　起きろ。快點起床！

　　「禁止形」其實就是「辭書形＋な」。（參考P.159終助詞「な」、P.239第四單元「禁止」的用法②）

禁止形的變化方式如下：

	變化規則	範　例
I 第一類 動詞	先變換為辭書形， 然後加「な」。	▶ 買います → 買うな　別買 ▶ 待ちます → 待つな　別等 ▶ 帰ります → 帰るな　別回家 ▶ 遊びます → 遊ぶな　別遊玩
II 第二類 動詞	先變換為辭書形， 加「な」。	▶ 食べます → 食べるな　別吃 ▶ 教えます → 教えるな　別教 ▶ 見ます → 見るな　　　別看
III 第三類 動詞	「します」直接換成「するな」；「来ます」則是「来るな」。	▶ 勉強します → 勉強するな 別學習 ▶ 食事します → 食事するな 別用餐 ▶ 来ます → 来るな 別來

▶ あまり　飲むな。別喝太多了！
▶ 遅れるな。不准遲到！

08　ば形 MP3-95))

　　「ば形」又可以稱為「假定形」，用於提出假設性條件時。為了讓某件事情成立，將其必要前提條件，就必須以「ば形」來表示。若前後二句子的主詞相同時，則前後二句都不可用「意志動詞」。（參考P.244第四單元「條件與假設」的用法①）

ば形的變化方式如下：

	變化規則	範　例
I 第一類 動詞	將 主幹 最後一個音，改為 [e] 段音，加「ば」。	▶ 買_かいます → 買_かえば　若買的話 ▶ 待_まちます → 待_まてば　若等的話 ▶ 帰_{かえ}ります → 帰_{かえ}れば　若回家的話 ▶ 遊_{あそ}びます → 遊_{あそ}べば　若遊玩的話
II 第二類 動詞	直接去「ます」，加「れば」。	▶ 食_たべます → 食_たべれば　若吃的話 ▶ 教_{おし}えます → 教_{おし}えれば　若教的話 ▶ 見_みます → 見_みれば　若看的話 ▶ できます → できれば 　若能夠的話
III 第三類 動詞	「します」直接換成「すれば」；「来_きます」則是「来_くれば」。	▶ 勉強_{べんきょう}します → 勉強_{べんきょう}すれば 　若學習的話 ▶ 食事_{しょくじ}します → 食事_{しょくじ}すれば 　若用餐的話 ▶ 来_きます → 来_くれば 　若來的話

ば形的重點文法：

①～ば形＋結果句

　　意思是「如果～就～」。以「ば形」所表現的條件句，主要是描寫內心想像的狀態，所以不適用實際發生的事情，因此「動詞ば形」的後面不可接「過去式」的句子。若為否定的狀態，動詞和イ容詞使用「～ない形去い＋ければ」。

▶ ボタンを　押_おせば、ドアが　開_あきます。若按下鈕的話，門就會開。

▶ たくさん　食_たべれば、太_{ふと}ります。吃太多的話，會胖。

▶ 今_{いま}　出_でかなければ、映画_{えいが}の　時間_{じかん}に　間_まに　合_あいません。

現在不出門的話，電影的時間會來不及。

⑨ 受身形 MP3-96))

「受身_{うけみ}」其實就是「被動」的意思，所以「受身形」就是被動形。另外，也可以拿來當成敬語的表現方式。被動的對象，助詞用「に」，且不一定要是人，動物也可以。（參考P.230第四單元「敬語」用法④）

受身形的變化方式如下：

	變化規則	範　例
I 第一類 動詞	將動詞 主幹 最後一個音，改為 [a] 段音，然後加上「れます」。 ※「い」的場合，則改成「わ」	▶ 買_かいます → 買_かわれます　被買 ▶ 待_まちます → 待_またれます　被等 ▶ 帰_{かえ}ります → 帰_{かえ}られます 被叫回家 ▶ 遊_{あそ}びます → 遊_{あそ}ばれます　被玩
II 第二類 動詞	直接去「ます」， 加「られます」。	▶ 食_たべます → 食_たべられます 被吃 ▶ 教_{おし}えます → 教_{おし}えられます 被教 ▶ 見_みます → 見_みられます 被看

III **第三類** **動詞**	「します」直接換成「されます」；「来ます」則是「来られます」。	▶ 勉強します → 勉強されます 被學習 ▶ 食事します → 食事されます 被用餐 ▶ 来ます → 来られます 被來

　　另外，由於變化規則的影響，和「可能形」一樣，「受身形」皆為第二類動詞（動詞 主幹 最後為 [e] 音）。同時和一般其他動詞一樣，擁有普通體的基本變化形式，如「て形」、「辭書形」、「ない形」和「た形」等。例如：「買われる」（受身形動詞的辭書形）、「買われて」（受身形動詞的て形）、「買われない」（受身形動詞的ない形）、「買われた」（受身形動詞的た形）。

受身形的重點文法：

①A は　B に＋受身形

　　本句是以A的立場來說，B對A所做的動作。常見的動詞有「褒めます」（稱讚）、「誘います」（邀請）、「助けます」（幫助）、「頼みます」（拜託）和「招待します」（招待）。但若A不是人，而是東西時，則可解釋成「被創造」或「發現」，例如：アメリカはコロンブスに発見されました。（美國被哥倫布所發現。）

▶ 私は　先生に　褒められました。我被老師稱讚了。

▶ 私は　友達に　誘われました。我被朋友邀約了。

②A は　B に　C を＋受身形

　　本句表示B對A的所有物C，做了某行為，通常會讓A感到受害或困擾。（參考P.143格助詞「を」用法④、P.146格助詞「に」用法⑩）

▶ 私は　弟に　おもちゃを　壊されました。弟弟把我的玩具弄壞了。

私の　おもちゃは　弟に　壊されました。

（✕，因為本句的重點是感到困擾的「我」，所以不能用本句。）

▶ 私は　犬に　足を　かまれました。我被狗咬了腳。

③以受身形表現敬語型態

以「動詞被動形式」來表現尊敬的意思，用於對方的動作，所以主詞不可為第一人稱。

▶ お姉さんは　新しいかばんを　買われたんですか。令姊買了新包包嗎？

▶ 社長は　七時に　来られます。社長七點駕臨。

⑩　使役形　MP3-97))

「使役形」含有「使喚」的意思，用來表示強制和容許，通常用於上對下的關係。（參考P.234第四單元「委託」用法④、P.238第四單元「許可」用法①）

「使役形」的變化方式如下：

	變化規則	範　例
I 第一類 動詞	將動詞 主幹 最後一個音，改為 [a] 段音，然後加「せます」。 ※「い」的場合，則改成「わ」	▶ 買います → 買わせます 讓～買 ▶ 待ちます → 待たせます 讓～等 ▶ 帰ります → 帰らせます 讓～回家 ▶ 遊びます → 遊ばせます 讓～玩

II 第二類動詞	直接去「ます」，加「させます」。	▶ 食(た)べます → 食(た)べさせます 讓～吃 ▶ 教(おし)えます → 教(おし)えさせます 讓～教 ▶ 見(み)ます → 見(み)させます 讓～看
III 第三類動詞	「します」直接換成「させます」；「来(き)ます」則是「来(こ)させます」。	▶ 勉強(べんきょう)します → 勉強(べんきょう)させます 讓～學習 ▶ 食事(しょくじ)します → 食事(しょくじ)させます 讓～用餐 ▶ 来(き)ます → 来(こ)させます 讓～來

　　由於變化規則的影響，「使役形」的動詞皆為第二類動詞（主幹最後為[e] 音）。「使役形」和一般其他動詞一樣，擁有普通體的基本變化形式，如「て形」、「辭書形」、「ない形」和「た形」等。例如：「買(か)わせる」（使役形動詞的辭書形）、「買(か)わせて」（使役形動詞的て形）、「買(か)わせない」（使役形動詞的ない形）、「買(か)わせた」（使役形動詞的た形）。（參考P.144格助詞「を」用法⑤）

使役形的重點文法：

①人物＋を＋使役動詞（自動詞）

　　意思是「讓～」。一般多用於上對下的關係，但遇到某些情緒動詞，則也適用於下對上的關係。例如：「安心(あんしん)します」（放心）、「心配(しんぱい)します」（擔心）、「がっかりします」（失望）、「喜(よろこ)びます」（喜悅）、「悲(かな)しみます」（悲傷）和「怒(おこ)ります」（生氣）等。

▶ 社長は 林さんを 日本へ 出張させます。社長讓林先生去日本出差。
（「出張します」屬自動詞）

▶ 子供の 時、よく 母を 怒らせました。孩提時代，經常讓媽媽生氣。
（「怒ります」屬自動詞，下對上的關係）

▶ 私は 娘を 歩かせます。我讓女兒走路。
（「歩きます」屬自動詞）

※一句話當中不能有兩個「を」，所以當句中提到「場所」時，則原本用助詞「を」的地方，要改用助詞「に」，然後場所再用助詞「を」。

▶ （×）私は 娘を、この辺を 歩かせます。
（○）私は 娘に、この辺を 歩かせます。我讓女兒走這邊。

②〜に〜を＋使役動詞（他動詞）

意思是「讓〜做〜」。（參考P.143格助詞「を」用法④、P.146格助詞「に」用法⑪）

▶ 疲れたので、子供に 部屋の 掃除を 手伝わせます。
因為累了，所以讓小孩幫忙房間的打掃。
（「手伝います」屬他動詞）

▶ 社長は 皆に 考えを 言わせました。社長讓大家說想法。
（「言います」屬他動詞）

③使役動詞て形＋いただけませんか。

中文意思為「可以讓我〜嗎？」。本句型用於「請求讓自己做某事的許可」，即拜託別人讓你去做某事的意思。所以既可用於「委託」的場合，委婉地請求許可時，也可使用。

▶ 気分が 悪いので、休ませて いただけませんか。
因為不太舒服，可以讓我休息嗎？

▶ この会議に 出席させて いただけませんか。
可以讓我出席，這場會議嗎？

⑪ 使役受身形 [MP3-98]))

　　「使役受身形」顧名思義，就是「使役形」加上「受身形」，意思為「被叫去～」。

使役受身形的變化方式如下：

	變化規則	範　例
I **第一類** **動詞**	將動詞 主幹 最後一個音，改為 [a] 段音，然後加「せられます」。 ※「い」的場合，則改成「わ」 ※除了語尾「～す」以外的語彙，口語中通常以「されます」代替「～せられます」。	▶ 買<u>い</u>ます → 　買わせられます / 買わされます 　被叫去買 ▶ 待<u>ち</u>ます → 　待たせられます / 待たされます 　被叫去等 ▶ 帰<u>り</u>ます → 　帰らせられます / 帰らされます 　被叫回家 ▶ 遊<u>び</u>ます → 　遊ばせられます / 遊ばされます 　被叫去遊玩
II **第二類** **動詞**	直接去「ます」， 加「させられます」。	▶ 食べます → 食べさせられます 　被叫去吃 ▶ 教えます → 教えさせられます 　被叫去教 ▶ 見ます → 見させられます 　被叫去看

III 第三類 動詞	「します」直接換成「させられます」；「来ます」則是「来させられます」。	▶ 勉強します → 勉強させられます 被叫學習 ▶ 食事します → 食事させられます 被叫去用餐 ▶ 来ます → 来させられます 被叫來

使役受身形的重點文法：

①Aは　Bに　Cを＋使役受身形

　　意思是「被叫去～」，A是被使役的人，B是使喚的人。

▶ 子供の　頃、私は　母に　にんじんを　食べさせられました。

　　孩提時代，我被媽媽叫去吃紅蘿蔔。

▶ 私は　先生に　手伝いを　させられました。我被老師叫去幫忙了。

（09） 口語縮約形 MP3-99))

　　口語縮約形主要用於會話，是為了方便某些音的接續，所產生的縮約表現。

①「～て　しまった」→「～じゃった」、「～ちゃった」

②「～て　おきます」→「～ときます」

③「～ては」→「～ちゃ」

　「～では」→「～じゃ」

④「～なければ」→「～なきゃ」

▶ 急いで　来たから　財布を　忘れちゃった（＝忘れて　しまった）。

　　因為急著來，忘了錢包。

▶ ここに　入っちゃ（＝入っては）　だめよ。這邊不可進入喔。

第四單元

句型・文法下
應用句型

　　如同中文，日語裡同樣的意思，我們也可以用很多種方式來表現。所以建立好各詞性的基礎之後，我們將換以目的別，重新整理所有學過的句型，也就是所謂的橫向歸納。若能熟記縱、橫的要點，不論是何種類型的考題，想必都可輕鬆應對。

　　應用句型的部分，主要是根據句型的「意圖」做分類，將各詞性相關的句型做了橫向的整合。

　　以下總共分成二十大類，分別是「敬語」、「意志」、「委託」、「動作的開始、持續與終了」、「動作的階段」、「能力」、「義務與非義務」、「許可」、「禁止」、「時間關係」、「授與」、「條件與假設」、「推測與判斷」、「難易」、「比較」、「傳聞與狀態」、「變化與決定」、「命令」、「理由」和「目的」。若能充分理解基本文法，再配合應用句型，那麼不管考題是由哪個角度切入，都可以輕鬆面對！

　　另外要提醒讀者，本單元部分句型也許已經在第三單元的各詞性中介紹過，但切入點不同，若能同時參考學習，必可融會貫通、舉一反三。

01 敬語 MP3-100

　　敬語一直是考生覺得頭痛的項目之一。除了「文字‧語彙」中的尊敬語、謙讓語等專門用語外，也有專門的敬語句型。學習之際，請特別注意，做動作的是別人時（主詞為自己以外的長輩或是身分地位較自己高的人），要用尊敬的語彙、句型；反之，是自己做動作時（主詞為自己），則須要用謙讓的語彙、句型。

①專門用語

尊敬語 （主詞為自己以外的長輩或是身分地位較自己高的人）	一般用語	謙讓語 （主詞為自己）
いらっしゃる	いる （生命體的）有、存在	おる
いらっしゃる　去、來 おいでになる　來	行く、来る　去、來	うかがう　拜訪 まいる　來
召し上がる	食べる、飲む　吃、喝	いただく

おっしゃる	言う	說	申し上げる 申します
ごらんになる	見る	看	拝見する
ご存知だ （知られる）	知っている （知る）	知道	存じている （存じ上げる、 承知する）
くださる	くれる	（別人）給〜	——
——	あげる	（我）給〜	差し上げる
——	もらう	（我）得到〜	いただく
なさる	する	做	いたす
いかが	どう	如何	——

※上述的專門用語，較少套用到下列句型。

②お＋和語名詞
ご＋漢語名詞

此為名詞的「敬語化」，經常出現在日常會話中。

▶ お手紙、もう　いただきました。您的信，已經受領了。
▶ ご家族は　何人ですか。您的家裡有幾個人？

※常見的和、漢語名詞敬語一覧表：

和語名詞	中文意思	漢語名詞	中文意思
お金	錢	ご家族	您的家族、家人
お酒	酒	ご両親	您的雙親
お茶	茶	ご研究	您的研究
お名前	尊姓大名	ご住所	您的住址

和語名詞	中文意思	漢語名詞	中文意思
お手洗い	洗手間	ご案内	您的介紹、導引
お仕事	您的工作	ご説明	您的說明
お手紙	您的信	ご利用	您的利用
お宅	您府上	ご紹介	您的介紹

③ ナ形容詞
　　名詞 }＋で　ございます。

　　　　為「名詞」和「ナ形容詞」句型的敬語表現。請注意，須先加「で」，
再加「ございます」。

▶ 陳さんの　日本語は　上手で　ございます。陳先生的日語很厲害。
▶ 食品売り場は　地下二階で　ございます。食品賣場在地下二樓。

④ 動詞受身形

　　　　以「動詞被動形式」來表現尊敬的意思，用於對方的動作，所以主詞
不可為第一人稱。（參考P.220第三單元「受身形」）

▶ あの本は　もう　読まれましたか。那本書已經閱讀了嗎？
▶ 社長は　明日　京都に　行かれます。社長明天要去京都。

⑤ お＋和語動詞ます形去ます
　　ご＋漢語動詞語幹 }＋に　なります。

　　　　本句型屬尊敬的語態，用來表現對方的動作，所以主詞不可為第一人
稱。而「漢語動詞的語幹」，其實就是「第三類動詞的ます形，去掉しま
す」的意思。

▶ 社長は　何時ごろ　お帰りに　なりますか。社長大約何時歸宅呢？
▶ このパソコンは　林先生が　ご利用に　なります。
　　這台個人電腦是林老師在使用的。
　　（漢語動詞語幹為「利用します」去掉「します」）

⑥お＋和語動詞ます形去ます
　ご＋漢語動詞語幹 }＋ください。

　　客氣地表達命令之意，中文意思為「請〜」。所以又可視為表現「委託」的句型（參考P.234本單元「委託」的表現③）。

▶ 少々　お待ちください。請稍候。

▶ 会社の　中を　ご案内ください。請介紹公司內部。
　　（漢語動詞語幹為「案内します」去掉「します」）

※本句型容易和「動詞て形＋ください。」（請〜）混淆不清，請牢記若是用「動詞て形」則前面不可用「お」。

▶ ここに　座って　ください。（動詞て形＋ください。）請坐在這裡。

▶ ここに　お座りください。（お＋動詞ます形去ます＋ください。）
　　請坐在這裡。

　　ここに　お座って　ください。（×，不可使用「お＋て形」）

⑦お＋和語動詞ます形去ます
　ご＋漢語動詞語幹 }＋します。

　　為謙讓的句型，做動作的是自己，所以主詞為第一人稱。請注意，是直接加上「します」，沒有助詞「に」。

▶ 荷物を　お持ちしましょう。行李我拿吧！

▶ 両親と　相談してから、ご返事します。和雙親商量之後回覆您。
　　（漢語動詞語幹為「返事します」去掉「します」）

⑧お＋和語動詞ます形去ます
　ご＋漢語動詞語幹 }＋いたします。

　　為謙讓的句型，「いたします」其實就是動詞「します」（做）的謙讓語。所以本句其實就是上一句（句型⑦）的升級版，口氣更為客氣、委婉。

▶ どうぞ　よろしく　お願いいたします。麻煩您了。

▶ 会議室へ　ご案内いたします。讓我帶您到會議室。
　　（漢語動詞語幹為「案内します」去掉「します」）

02 意志 MP3-00 🔊

　　這裡的「意志表現」，主要是表達自己的想法、觀感或是打算等等，所以主詞多為第一人稱。當主詞為第三人稱時，則動詞的模式也隨之變化，須格外注意。

①動詞意向形＋と　思（おも）います。

　　中文意思為「我打算～」。「思（おも）います」本身就是「想～」的意思，前面配合「意向形」的使用，則是更加婉轉地表達自己的想法和打算。（參考P.215第三單元「動詞意向形」）

▶ 明日（あした）　病院（びょういん）へ　行（い）こうと　思（おも）います。明天打算去醫院。
▶ 新（あたら）しい辞書（じしょ）を　買（か）おうと　思（おも）います。打算買新的字典。

②動詞辭書形 ⎫
　動詞ない形 ⎬＋つもりです。
　名詞＋の 　⎭

　　和上一個句型一樣，中文意思為「打算～」、「計畫～」、「有～的想法」，用來表達自己強烈的決心或是打算。

▶ 私（わたし）は　仕事（しごと）を　やめるつもりです。我打算辭掉工作。
▶ ダイエットの　ために、ご飯（はん）は　食（た）べないつもりです。
　為了減肥，計畫不吃米飯。
▶ うちの　猫（ねこ）は　自分（じぶん）も　人間（にんげん）の　つもりです。
　我家的貓，覺得自己也是人。

③動詞意向形＋と　します。

　　雖和用法①同為「意向形」的使用，但中文意思為「我試著想～」。「します」是「做～」的意思，配合前面「意向形」的使用，表示「做心中所想之事」或是「實踐心中的決定」的意思。

▶ あなたは　何（なに）を　しようと　して　いるのですか。
　你想試著做什麼呢？

▶ 寝ようと　した時、電話が　かかって　きました。

試著想睡的時候，有電話打來了。

④名詞＋に＋します。

　　中文意思為「我要～」。主要是強調「根據個人的意志，所做的選擇」。

▶ 私は　赤に　します。我想要紅色。

▶ 私は　ラーメンに　します。我要拉麵。

⑤動詞ます形去ます＋たがります／たがって　います。

　　表達說話者（第三人稱）內心想做的事情或動作。中文解釋為「想做～」。第一人稱時，以「～たい」的形式出現。

▶ 弟は　日本へ　留学したがって　います。弟弟想去日本留學。

▶ 彼女は　彼と　結婚したがって　います。她想和他結婚。

03 委託 MP3-102))

①名詞＋を
動詞て形　｝＋ください。
動詞ない形＋で

請求某物。
請求對方的某行為。
請求對方別做某行為。

　　「ください」是「請」的意思。基本上這三個句型，都是向對方提出請求的意思。

▶ 紙を　ください。請給我紙。

▶ 牛乳を　買って　ください。請買牛奶。

▶ ここで　タバコを　吸わないで　ください。請不要在這裡抽菸。

②名詞＋を
動詞て形　｝＋くださいませんか。

客氣地請求某物。
客氣地請求對方的某行為。

　　「～くださいませんか」（可以請～嗎）是比「～ください」（請～）更為委婉的說法。

▶ その雑誌を　くださいませんか。可以請你給我那本雜誌嗎？

▶ この辞書を　貸して　くださいませんか。可以請你借我這本字典嗎？

③お＋和語動詞ます形去ます ⎫
ご＋漢語動詞語幹 ⎭ ＋ください。

　　客氣地表達命令之意，中文意思為「請～」。（參考P.231本單元「敬語」的表現⑥）。

▶ この本を　お読みください。請看這本書。

▶ 試験に　ついて　ご説明ください。關於考試，請說明。

　　（漢語動詞語幹為「説明します」去掉「します」）

④使役動詞て形＋ください。

　　中文意思為「請讓我～」，本句型用於「請求讓自己做某事的許可」，即拜託別人讓你做某事的意思。（參考P.222第三單元「動詞使役形」、P.238本單元「許可」用法①）

▶ 明日　会社を　休ませて　ください。明天請讓我向公司請假。

▶ 今度の　出張は　私に　行かせて　ください。這次的出差，請讓我去。

⑩ 動作的開始、持續與終了 MP3-103))

①動詞ます形去ます＋始めます。

　　中文意思為「開始～」。此為強調動作的起始。

▶ 午後から　雨が　降り始めました。從下午開始下雨了。

▶ 七歳から　小学校に　通い始めます。從七歲開始唸小學。

②動詞ます形去ます＋出します。

　　中文意思為「～出來」。和上句意思相同，皆屬於動作開始之意，不過用「出します」，有強調「動作起始的瞬間」，帶有突然的爆發力的感覺。

▶ 赤ちゃんが　急に　泣き出しました。嬰兒突然哭了出來。

▶ 猫が　突然　飛び出して　きて、びっくりしました。

貓突然飛奔出來，嚇了一跳。

③動詞ます形去ます＋続けます。

中文意思為「不停～」，表示動作的持續。

▶ これからも　日本語を　勉強し続けます。今後也會繼續學習日語。

▶ 彼は　ずっと　話し続けて　います。他一直說個不停。

④動詞ます形去ます＋終わります。

中文意思為「～完了」。表示動作的結束。

▶ その本は　もう　読み終わりました。那本書已經看完了。

▶ 食べ終わってから、お皿を　洗います。吃完之後洗盤子。

05 動作的階段 MP3-104))

「動作的階段表現」主要可分為「剛結束」、「進行中」和「即將發生」三個階段。此處的「ところ」表示時間的位置，用來強調某動作或事件，在進行的過程中，所處的階段。

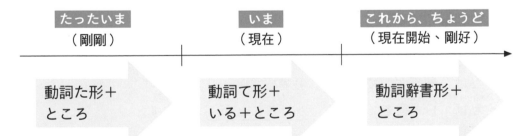

たったいま （剛剛）	いま （現在）	これから、ちょうど （現在開始、剛好）
動詞た形＋ ところ	動詞て形＋ いる＋ところ	動詞辞書形＋ ところ

①動詞た形　　　　　　　　剛剛～
　動詞て形＋いる ｝＋ところです。　正在～
　動詞辞書形　　　　　　　正要～

❶ 動詞た形＋ところ

　　　表示事情剛結束。習慣和副詞「たったいま」（剛剛）一起使用。

　▶ たったいま　起きたところです。剛剛才起床。

　▶ 授業が　終わったところです。課程剛剛結束。

❷ 動詞て形＋いる＋ところ

　　　表示事情正在進行中。習慣和「いま」（現在）一起使用。

　▶ いま　お酒を　飲んで　いるところです。現在正在喝酒。

　▶ 私は　テレビを　見て　いるところです。我正在看電視。

❸ 動詞辭書形＋ところ

　　　表示事情即將開始。習慣和副詞「これから」（現在開始）、
「ちょうど」（剛好）一起使用。

　▶ これから　勉強するところです。現在開始要唸書。

　▶ 私の　好きな番組が　ちょうど　始まるところです。

　　　我喜歡的節目剛剛好開始。

06 能力 MP3-105))

①名詞
動詞辭書形＋こと ⎱＋が　できます。

　　　「できます」是「能夠」的意思。用此句型表示「能夠做～」的意思。

　▶ 私は　料理が　できます。我會煮菜。

　▶ 私は　日本語で　電話を　かけることが　できます。
　　　我能用日語打電話。

②動詞可能形

　　　「動詞可能形」除了表示人的行為能力以外，也可表示環境的可能
性，此時翻譯成「可以～」。（參考P.212第三單元「動詞可能形」）

　▶ 私は　日本語が　少し　話せます。我會說一點日語。

　▶ この店で　カードが　使えます。這間店可以刷卡。

⑦ 義務與非義務 MP3-106))

①動詞ない形去い＋ければ＋なりません / ならない。

　　義務的表現之一，中文意思為「不～不行」或「務必～」。為說話者依據規則、法規等外在條件，所做出的客觀判斷。「なりません」是「ならない」的敬語表現。（參考P.210第三單元「動詞ない形」用法②）

▶ 試験の　ために、勉強しなければ　なりません。

　　為了考試，不唸書不行。

▶ この仕事は　今日中に　しなければ　ならない。

　　這個工作今天之內，不做完不行。

②動詞ない形去い＋く＋ては＋いけません / いけない。

　　和上個句型相同，為義務的表現，中文意思為「非～不可～」或「必須～」。不過本句是說話者，根據自己的看法，對單一事件，所做出的主觀判斷。「いけません」是「いけない」的敬語表現。（參考P.210第三單元「動詞ない形」用法③）

▶ 風邪を　ひきましたから、薬を　飲まなくては　いけない。

　　因為感冒了，所以非吃藥不可。

▶ 水曜日までに　レポートを　出さなくては　いけません。

　　星期三之前，必須交報告。

　　「非義務」的意思是做、或者是不做都可以。表現方式有二：

③動詞ない形去い＋くても　いいです。

　　中文意思為「不～也可以」。表示不做某事也可以的意思。（參考P.210第三單元「動詞ない形」用法④）

▶ 休日は　学校へ　行かなくても　いいです。假日不去學校也可以。

▶ 覚えられるなら、メモしなくても　いいです。

　　如果記得住的話，不寫筆記也可以。

④ **動詞ない形去い＋くても＋かまいません／かまわない。**

中文意思為「不～也沒關係」。和上句相似，皆表示非必要做某事情的意思。「かまいません」是「かまわない」的禮貌表現，意思是「沒關係」。（參考P.210第三單元「動詞ない形」用法④）

▶ 忙しかったら、手伝わなくても　かまわない。
　　如果忙的話，不幫忙也沒關係。

▶ この服は　洗濯しなくても　かまいません。
　　這件衣服，不洗也沒關係。

(08) **許可** MP3-107))

① **使役動詞て形＋ください。**

中文意思為「請讓我～」。本句型用於「請求讓自己做某事的許可」，即拜託別人讓你去做某事的意思（參考P.222第三單元「使役形」）。由於口氣相當委婉客氣，所以也可用於「委託」的場合（參考P.234本單元「委託」用法④）。

▶ 写真を　撮らせて　ください。請讓我拍照。
▶ 大事なことですから、よく　考えさせて　ください。
　　因為是重要的事情，請讓我好好地思考一下。

② **動詞て形＋も　いいです。**

中文意思為「可以～」、「也可以～」。以此句型表示給予他人許可的意思。「いいです」是「いい」的禮貌表現。（參考P.202第三單元「動詞て形」的重點文法⑨）

▶ えんぴつで　書いても　いいです。可以用鉛筆寫。
▶ ここに　座っても　いいですか。請問可以坐在這裡嗎？

③動詞て形＋も＋かまいません / かまわない。

中文意思為「～也沒關係」、「可以～」。此句型同樣是給予他人許可的意思，但口氣較上句委婉。「かまいません」是「かまわない」的禮貌表現，意思是「沒關係」。（參考P.202第三單元「動詞て形」的重點文法❿）

▶ ご飯を　先に　食べても　かまわない。先吃飯也沒關係。

▶ 日曜日は　休んでも　かまいません。星期日可以休息。

---

09 禁止 MP3-108))

①動詞て形＋は＋いけません / いけない。

表示禁止的句型之一，中文意思為「不准～」、「不可以～」。此句型口氣直接且強硬。「いけません」是「いけない」的禮貌表現。（參考P.202第三單元「て形」的重點文法⓫）

▶ ここに　車を　止めては　いけません。這裡不可停車。

▶ 試験中は　けいたいを　使っては　いけない。考試中不可使用手機。

②動詞辭書形＋な（動詞禁止形）

中文意思為「不准～」、「禁止～」，命令對方不可以做某動作。因為口氣強勢，多為年長者或是男性使用。由於簡潔有力，也時常用於標誌或口號上。（參考P.159第三單元終助詞「な」、P.217「禁止形」）

▶ 遅れるな。（用於上對下的關係，例如老師對學生，或長輩對晚輩）
不准遲到！

▶ 入るな。（警告標示）禁止進入！

▶ 負けるな。（用於加油打氣時，女性也可使用）不可以輸！

⑩ 時間關係 MP3-109))

①**動詞普通體**

 イ形容詞普通體

 ナ形容詞＋な ｝ ＋とき、〜。

 名詞＋の

　　「とき」用於連接二個句子，表示後面句子所描述的動作或狀態成立
的時間，中文翻成「〜時候」。「とき」在此處視為名詞，所以前面各詞
性所接續的方法，與修飾名詞時的接續方法相同。

▶ 美術館に　入るとき、チケットが　必要です。

　進美術館的時候，需要門票。

▶ 読み方が　分からないとき、先生に　聞いて　ください。

　不懂讀法的時候，請詢問老師。

▶ 気分が　悪いとき、休んだほうが　いいです。

　身體不舒服的時候，休息比較好。

▶ 暇なとき、映画を　見に　行きませんか。

　閒暇的時候，要不要一起去看電影？

▶ 学生の　とき、よく　先生に　注意されました。

　學生時代，經常被老師提醒。

②**動詞普通體**

 イ形容詞

 ナ形容詞＋な ｝ ＋間

 名詞＋の

　　意思是「在〜之間」。「間」是「之間」的意思，除了用來描述時間
以外，空間或人與人之間也可使用。

▶ 日本に　留学して　いる間、一度　北海道へ　行きたいです。（時間）

　在日本留學期間，想去一次北海道。

▶ 長_{なが}い 間_{あいだ}、お世話_{せわ}に なりました。（時間）

長時間受您照顧了。

▶ 兄弟_{きょうだい}の 間_{あいだ}で 話_{はな}せないことは 何_{なに}も ありません。（人與人）

在手足之間，沒有什麼話不能說。

▶ 学校_{がっこう}と 寮_{りょう}の 間_{あいだ}に 本屋_{ほんや}が あります。（空間）

學校和宿舍之間有書店。

③動詞普通體
イ形容詞
ナ形容詞＋な
名詞＋の
｝＋うち

　意思是「在～時候」或「在～期間」，屬「時間」的表現方式之一。

▶ 勉強_{べんきょう}して いるうちに、寝_ねて しまいました。在唸書的時候，睡著了。

▶ 若_{わか}いうちに 世界旅行_{せかいりょこう}したいです。想趁年輕的時候，環遊世界。

▶ 昼間_{ひるま}の うちに、洗濯_{せんたく}しようと 思_{おも}います。想趁白天的時候洗衣服。

⑪ 授與 MP3-110 🔊

　授與句型中，因為不論是施予者或授與者，助詞都是「に」，所以容易造成困擾，搞不清楚到底是誰給誰。其實關鍵還是在於「主詞」與「動詞」身上。請切記，若主詞為第一人稱，或第二人稱的疑問句時，則只可能配合「もらいます」（得到）和「あげます」（給予）這二個動詞，即「我得到～」或是「我給～」的意思。惟獨動詞「くれます」（給予）的主詞「不可用第一人稱」，也就是「～人，替～人做了～」或是「～人，替我做了～」的意思。（參考P.200第三單元「て形」的重點文法⑦）

①動詞て形
名詞＋を ⎫ ＋やります。

意思是「我給人家～」。「やります」是「します」（做）較不客氣的說法，所以本句只適用「上對下的給予」，還有對於「花草、動物」的照料，也是用這個句型。

▶ 私は　妹に　英語を　教えて　やります。（上對下的給予）
我教妹妹英語。

▶ 私は　魚に　えさを　やりました。（餵寵物）
我餵魚飼料。

②動詞て形
名詞＋を ⎫ ＋あげます / 差し上げます。（敬語）

意思同樣是「我給人家～」。和上句不同的是，「あげます」（給予）沒有輩分上的使用限制，原則上任何授與對象皆可使用。不過因為「あげます」的主詞以第一人稱居多（或是第二人稱的疑問句），所以授與對象為長輩時，建議使用更進一步的敬語表現，也就是「～差し上げます」。「差し上げます」是「あげます」（給予）的謙讓語，所以本句只適用「下對上的給予」。

▶ 私は　友達を　駅まで　送って　あげました。我送朋友到車站。
▶ 私は　張さんに　辞書を　あげました。我給了張先生字典。
▶ 私は　先輩に　地図を　書いて　差し上げました。我給前輩畫地圖。
　（因為是前輩，所以屬「下對上的給予」）

▶ あなたは　お母さんに　何を　差し上げましたか。
　你送了什麼東西給令堂？
　（第二人稱為主詞的疑問句，對象為長輩，屬「下對上的給予」）

③動詞て形
名詞＋を ｝＋くれます / くださいます。（敬語）

　　意思是「～人給～」。「くれます」（給予）的主詞「不可用第一人
稱」，大部分用於「第三人」或是「我」，因此遇到長輩給自己東西，或是
替自己做了某件事情時，則須用到敬語表現，也就是「～くださいます」。
「くださいます」是「くれます」的尊敬語，必須用於「上對下的給予」。

▶ 兄は　荷物を　持って　くれました。哥哥幫我拿行李。
▶ 田中さんは　林さんに　誕生日の　プレゼントを　くれました。
　田中先生給林小姐生日禮物。
▶ 課長は　会社を　案内して　くださいました。課長為我們介紹了公司。
　（課長為我們做的事情，屬「上對下的給予」）
▶ 先生は　みんなに　教科書を　くださいました。老師給了大家課本。
　（老師給大家東西，屬「上對下的給予」）

④動詞て形
名詞＋を ｝＋もらいます / いただきます。（敬語）

　　意思是「我得到～」。「もらいます」（得到）和「あげます」（給）
一樣，主詞以第一人稱居多（或是第二人稱的疑問句），所以獲得的來源
為長輩時，建議使用更進一步的敬語表現，也就是「～いただきます」。
「いただきます」是「もらいます」（得到）的謙讓語，本句只適用「從長
輩處獲得」。另外，標示來源的助詞，除了「に」以外，也可使用「から」。

▶ 私は　友達に / から　ケーキを　作って　もらいました。
　朋友為我做了蛋糕。
▶ 私は　父に / から　ネクタイを　もらいました。我從家父那得到了領帶。
▶ 私は　先生に / から　日本語を　教えて　いただきました。
　我向老師學了日語。
　（老師教我，所以屬「從長輩處獲得」）

▶ あなたは　先輩に / から　お手紙を　いただきましたか。

你收到前輩的信了嗎？

（第二人稱的疑問句，從前輩處得到，所以屬「從長輩處獲得」）

⑫ 條件與假設 MP3-111))

日語的條件表現有很多方式，不過使用上各有其限制。若能詳記其差異性，有助於答題時的選擇。

①動詞ば形
イ形容詞去い＋ければ
ナ形容詞＋であれば
名詞＋であれば

意思是「如果～就～」。以「ば形」所表現的條件句，主要是描寫內心想像的狀態，所以不適用實際發生的事情，因此「動詞ば形」的後面，不可接「過去式」的句子。（參考P.218第三單元「動詞ば形」）

若為否定的狀態，動詞和イ容詞使用「～ない形去い＋ければ～」。名詞和ナ形容詞則使用「～でなければ、～」。

▶ このバスが　駅に　着けば、トイレへ　行きたいです。

如果這輛巴士到站的話，想去廁所。

このバスが　駅に　着けば、五分間　止まりました。

（×，後面不可使用「過去式」）

▶ お金が　あれば、世界旅行を　するつもりです。

如果有錢的話，我打算去環遊世界。

▶ 日本語を　勉強しても、話さなければ　忘れて　しまいます。

就算學了日語，不說的話，就會忘記。

▶ 安ければ、買うつもりです。如果便宜的話，打算買。

▶ 静かでなければ、勉強できません。如果不安靜的話，不能唸書。

②**動詞た形**
イ形容詞去い＋かった
ナ形容詞＋だった　⎫
　　　　　　　　⎬ ＋ら
名詞＋だった　　⎭

　　意思是「如果～就～」。以「～たら」所表現的條件句，使用範圍較為廣泛，舉凡個人的、偶發事件，或是意志、希望等人為舉動皆可使用。如果反過來說「就算是～也要～」時，則使用「～ても／でも～」。（參考P.202第三單元「動詞て形」重點文法⑧、P.208第三單元「動詞た形」重點文法⑤）

▶ もし　雨が　降ったら、行きません。（偶發事件）如果下雨就不去。

　たとえ　雨が　降っても、行きます。（讓步）就算是下雨也要去。

▶ お金が　あったら、パソコンを　買いたいです。（希望）

　如果有錢的話，想買個人電腦。

▶ 彼が　来たら、会議を　始めましょう。（意志）

　如果他來的話，會議就開始吧。

▶ 忙しかったら、手伝いましょう。忙的話，我幫忙吧。

▶ 元気だったら、山に　登りたいです。如果身體健康，想去爬山。

▶ 日本語だったら、少し　話せます。如果是日語的話，我會說一點。

③**動詞辭書形**
イ形容詞普通體　⎫
　　　　　　　　　⎬ ＋なら
ナ形容詞　　　　⎭
名詞

　　意思是「如果～」。以「～なら」所表現的條件句，主要是表達因前述條件，所導致後面的現象、狀態、建議或結果等。最常使用於會話中，藉由對方那裡看到、聽到的情報，而發表自己的看法。

▶A：ちょっと　出かけます。我出去一下。

　B：出かけるなら、牛乳を　買って　来て　ください。

　　　如果要出去，請買牛奶回來。

　　　（聽到對方要出去，所以提出自己的看法）

▶行きたくないなら、家に　いなさい。如果不想去，就待在家！

▶好きなら、買って　あげましょう。喜歡的話，我買給你吧！

▶旅行なら、秋が　一番　いいと　思います。

　　　如果旅行的話，我想秋天是最好的。

④動詞辭書形
　動詞ない形
　イ形容詞普通體　＋と
　ナ形容詞＋だ
　名詞＋だ

　　　意思是「一～就～」、「若～就～」。以「と」所表現的條件句，主要是表達前述的條件，勢必引發後面的的狀態、結果，所以只能用在有必然性的時候，並且不能用於表達個人的意志、希望、勸告等。經常用於發現、自然現象、或是報路的時候。（參考P.148格助詞「と」用法⑤）

▶春に　なると、花が　咲きます。（自然現象）一到春天，花就開。

▶あの角を　曲がると、郵便局です。（報路）那個角落轉過去就是郵局。

▶窓を　開けると、雪が　降って　いました。（發現）

　　　一打開窗戶，就看到下雪了。

▶ボタンを　押さないと、水は　出て　きません。

　　　不按按鈕，水就不會出來。

▶パスポートが　ないと、飛行機には　乗れません。

　　　沒有護照就不能搭乘飛機。

▶人は　暇だと、あくびが　出ます。人只要一閒下來，就會打呵欠。

▶雨だと、道が　こみます。一下雨就塞車。

▶ お金が　あると、パソコンを　買いたいです。

（×，「と」不可使用於個人的行為）

お金が　あったら、パソコンを　買いたいです。

如果有錢的話，想買個人電腦。

（此時應改成「たら」的表現方式）

⑬ 推測與判斷 MP3-112))

①動詞普通體
　イ形容詞普通體
　名詞　　　　　 ＋でしょう / だろう。
　ナ形容詞

　　意思是「大概～吧」。「だろう」是「でしょう」的普通體，皆用於表示推測的意思。通常會和副詞「たぶん」（大概）或「おそらく」（恐怕、大概）一起使用。

▶ 明日は　たぶん　雨でしょう。明天恐怕是雨天吧。

▶ 彼は　一時間も　歩いたから、たぶん　疲れただろう。

　　因為他走了一個小時，大概累了吧。

②動詞普通體
　イ形容詞普通體
　名詞　　　　　 ＋だろうと　思います。
　ナ形容詞

　　意思是「我想可能～吧」。在「だろう」後面加上了「～と思います」（想），強調純屬個人的臆測。同樣是推測的意思，但是口氣較上句更為婉轉。

▶ 今度の　試験は　難しいだろうと　思います。

　　我想這次考試，可能很難吧。

▶ 田舎の　夜は　静かだろうと　思います。我想鄉下的夜晚，可能很安靜吧。

③動詞普通體
イ形容詞普通體
名詞　　　　　　　＋かもしれません / かもしれない。
ナ形容詞

　　意思是「可能～」。「かもしれない」是「かもしれません」（可能、或許）的普通體，用於表示不確定時的推測。通常會和副詞「もしかして」（說不定）或「もしかしたら」（或許）一起使用。

▶ もしかしたら　間に合わないかもしれません。或許可能來不及。

▶ もしかして　うそかもしれない。說不定可能是謊話。

④動詞辭書形
動詞ない形
イ形容詞普通體　＋はずです。
ナ形容詞＋な
名詞＋の

　　意思是「應該～」。「はず」是「應該」的意思，表示很肯定的推測。通常用於有所根據時的推測，可能性高達95%以上。

▶ 写真は　つくえの　上に　あるはずです。照片應該在桌子上。

▶ 彼の　奥さんは　日本人だから、日本語は　上手なはずです。
他的夫人是日本人，所以日語應該很厲害。

▶ 魚を　食べたのは、あの猫の　はずです。把魚吃掉的應該是那隻貓。

⑤動詞辭書形
動詞ない形
イ形容詞普通體　＋はずが＋ありません / ない。
ナ形容詞＋な
名詞＋の

　　意思是「不可能～」、「不會～」。屬於上一句型的否定，用來表達事情發生的機率近乎不可能。「ない」是「ありません」（沒有）的普通體。

▶ 彼は　ここへ　来るはずが　ない。他不可能會來這。

▶ ぜんぜん　勉強しないので、日本語が　上手なはずが　ありません。

　　因為完全不唸書，日語不可能會厲害。

▶ 犯人は　彼の　はずが　ない。犯人不會是他。

※除了「〜はずがない」以外，還有一種否定表現「ない形＋はずです」

　　兩者意思不同，前者為完全否定其可能性，後者則是推斷，不會發生的

　　機率有95%以上。

▶ 彼は　引っ越したので、ここには　いないはずです。

　　因為他搬家了，所以應該不在這裡。

▶ 月曜日ですから、休みじゃないはずです。因為是星期一，應該不會休息。

⑭ 難易 MP3-113))

①動詞ます形去ます＋やすいです。

　　動詞ます形去ます＋「やすい」（簡單的），意思是「易於〜」，表
示很容易做某個動作。

▶ この本は　分かりやすいです。這本書很容易懂。

▶ 雨で　道が　すべりやすいです。因為下雨，路很容易滑。

②動詞ます形去ます＋にくいです。

　　動詞ます形去ます＋「にくい」（困難的），意思是「難於〜」，表
示不容易做某個動作。

▶ かには　おいしいですが、食べにくいです。螃蟹很美味，可是不方便吃。

▶ 新しいくつは　歩きにくいです。新鞋不好走路。

⑮ 比較 MP3-114))

①Aは　Bより＋形容詞

意思是「A比B～」，用來比較二個選擇項。

▶日本は　台湾より　大きいです。日本比台灣大。

▶妹は　私より　きれいです。妹妹比我漂亮。

②Aより　Bの　ほうが＋形容詞

意思是「比起A，B比較～」，同樣用來比較二個選擇項，此句型較為強調B的部分。

▶英語より　日本語の　ほうが　上手です。比起英語，日語比較厲害。

▶山より　海の　ほうが　好きです。和山比，比較喜歡海。

③問：Aと　Bと　どちらが～
答：A／Bの　ほうが～

問句是「A和B哪一個比較～？」，回答則是「A／B比較～」。屬於二選一的疑問句。

▶猫と　犬と　どちらが　好きですか。貓和狗，喜歡哪一個？

猫の　ほうが　好きです。比較喜歡貓。

▶肉と　魚と　どちらが　高いですか。肉和魚，哪一個比較貴？

肉の　ほうが　高いです。肉比較貴。

④Aは　Bほど＋否定

意思是「A沒有B～」，屬於程度的比較。當有「ほど」出現的時候，後面的句子必須使用否定。

▶日本語は　英語ほど　難しくないです。日語沒有英語難。

▶バスは　電車ほど　速くないです。巴士沒有電車快。

⑯ 傳聞與狀態 MP3-115))

①

$$
（〜に　よると）\left\{\begin{array}{l}
\text{動詞普通體} \\
\text{イ形容詞普通體} \\
\text{名詞＋だ} \\
\text{ナ形容詞＋だ}
\end{array}\right\} ＋そうです。（傳聞）
$$

　　意思是「（根據〜）〜的樣子」、「聽說〜」。屬於「傳聞」的用法，是說話者將間接得到的情報，傳達給第三人知道的表現。

▶ 天気予報に　よると　明日は　晴れるそうです。
　　根據氣象報告，明天是晴天。

▶ このみかんは　おいしいそうです。聽說這橘子很好吃。

▶ お母さんは　元気だそうです。聽說令堂很健康。

②
$$
\left.\begin{array}{l}
\text{動詞ます形去ます} \\
\text{イ形容詞去い} \\
\text{ナ形容詞}
\end{array}\right\} ＋そうです。（樣態）
$$

　　意思是「看起來〜」、「就要〜」，屬於「樣態」的用法。因為是用來形容看起來的樣子，所以「きれい」（漂亮的、乾淨的）、「赤い」（紅的）、「美しい」（美麗的）這類一目瞭然的語彙，不適用本句型。通常是根據視覺觀感做描述，也可用於預想、預感，或是表現極限的生理狀態。並且只用於現在或未來的事情，不適用於過去式。

▶ このケーキは　おいしそうです。（視覺觀感）
　　這蛋糕看起來很好吃的樣子。

▶ とても　寒くて、風邪を　ひきそうです。（預感）
　　因為非常冷，好像要感冒了。

▶ 疲れて、倒れそうです。（生理極限）因為疲憊，好像快倒下來的樣子。

▶ 林さんは　元気そうです。（視覺觀感）林先生看起來很健康的樣子。

※遇到否定和形容詞「いい」的時候，須變化為「〜なさそうです」、「よさそうです」。

▶ お金が　なさそうです。看起來沒有錢的樣子。

▶ 最近、彼は　体の　調子が　よさそうです。

最近他身體的狀況看起來很好的樣子。

▶ ゆうべは　雨が　降りそうです。

（×，不適用過去發生的事情）

ゆうべは　雨が　降ったらしいです。昨晩好像下雨了。

（此時應改成「らしい」的句型）

③動詞詞普通體 ┐
　　　　　　　│ ┌ ようだ。
　　　　　　　├＋│ ような＋名詞句。　　　　（比喻）
名詞＋の　　　┘ └ ように＋動詞、形容詞句。

　　意思是「有如～」、「像～一般」。這裡的「よう」是用來做比喻，除了加上「だ」可以當成句子的結尾外，也可以連接名詞、形容詞和動詞句形，隨著連接的句形不同，「よう」後面接的字也不同。

▶ あの女の子は　花の　ようです。那個女孩子像花一樣。

▶ まるで　お酒でも　飲んだような顔を　して　いました。

好像喝了酒一般的臉。

▶ 氷の　ように　冷たい手です。像冰一樣冷的手。

④動詞普通體 ┐
イ形容詞普通體│
　　　　　　　├＋ようだ。（樣態）
ナ形容詞＋な　│
名詞＋の　　　┘

　　意思是「好像～」、「似乎～」。雖然也是形容樣態的句型，但必須是透過五感所做的樣態描述。即透過味覺、嗅覺、視覺、聽覺和觸覺等，對自己身體所感應到的主觀感覺加以描述。

▶ お湯は　ぬるいようです。（觸覺）水好像是溫的。

▶ 紅茶は　甘いようです。（味覺）紅茶好像很甜。

▶ 野菜は　くさって　いるようです。（嗅覺）蔬菜好像腐爛了。

▶ 最近　太ったようです。（感覺）最近好像變胖了。

▶ 先生は　外出中の　ようです。（視覺）老師好像外出了。

⑤動詞普通體
　イ形容詞普通體
　名詞　　　　　　｝＋らしいです。
　ナ形容詞

　　意思是「好像～」、「似乎～」。「らしい」是根據外部情報所做的樣態描述，尤其是以「聽覺」，最為常見。如果是根據傳聞的時候，只能使用本句型，即「～によると～らしい」。

▶ 林さんは　昨日　日本へ　行ったらしいです。

林先生昨天好像去了日本。

▶ 新聞に　よると、ゆうべ　大きい地震が　あったらしいです。

根據報紙，昨晚有過大地震。

※通常根據視覺或第六感所做的描述，習慣用「～そうです」。根據聽覺所做的描述則以「～らしい」句型居多，剩下的感官則皆用「～ようです」。

17 變化與決定 MP3-116))

①動詞ない形去い＋く
　イ形容詞去い＋く
　ナ形容詞＋に　　　　｝＋なります。
　名詞＋に

　　「なります」中文意思為「變得～」。以此句型表示狀態改變，而且是自然而然地改變。

▶ 太ったので、服が　着られなく　なりました。

因為變胖了，衣服變得不能穿了。

▶ 部屋が　明るく　なりました。房間變明亮了。

▶ 公園が　きれいに　なりました。公園變漂亮了。

▶ 姉は　先生に　なりました。家姉成為老師了。

②イ形容詞去い＋く
　ナ形容詞＋に　　　｝＋します。
　名詞＋に

　　　表示讓狀態改變，而且是有人為因素。中文意思為「讓～變得～」。

▶ 部屋を　明るく　しました。讓房間變明亮了。

▶ 公園を　きれいに　しました。讓公園變漂亮了。

▶ りんごを　ジュースに　しました。讓蘋果變成果汁了。

③動詞辭書形　　｝＋ように　なります。
　動詞ない形

　　　意思是「變成能夠～」、「變得～」，用來表達「狀態」或是「習
慣」等的變化。通常使用「動詞可能形」或「分かります」（懂、知道）
等狀態動詞時，則表示從不能的狀態變化成能夠的狀態。若是使用「食べ
ます」（吃）、「飲みます」（喝）、「吸います」（吸）等動作性動詞
時，則表示習性、習慣的變化。

▶ 毎日　練習したので、泳げるように　なりました。（狀態改變）
　　因為每天練習，變得會游泳了。

▶ 健康の　ために、お酒は　飲まないように　なりました。（習慣改變）
　　為了健康，所以不喝酒了。

▶ Ａ：日本語が　話せるように　なりましたか。會說日語了嗎？

　　Ｂ：いいえ、まだ　話せません。不會，還不會說。

　　　當遇到疑問句時，若為否定答案，則直接用前面動詞的否定式回答，
無須用「なりません」作答。

※「なれます」（習慣）、「太ります」（胖）、「やせます」（瘦）
　等，本來就含有「變化」意思的動詞，不適用本句型。

④動詞辭書形 ⎫
　動詞ない形 ⎭ ＋ように＋します / して　います。

　　表示習慣性或持續性地，努力做（或努力不做）某事。

▶ これからは　毎日　運動するように　します。今後要每天運動。

▶ 傘を　忘れないように　して　ください。請不要忘了傘。

※「～ようにしてください。」是間接的請求，和「～て / ～ないでくだ
　さい。」相比，較為客氣，但不可用於立即的請求。

▶ かばんを　取るように　して　ください。
　（×，不適用「立即的請求」）
　かばんを　取って　ください。請幫我拿包包。
　（此時應改成～て形＋ください。）

⑤動詞辭書形 ⎫
　動詞ない形 ⎭ ＋ことに＋なります / なって　います。

　　意思是「決定～」。主要用於「非自己意志」所做的決定，多半是因
為團體或組織的決策，或是自然而然導致的決議。「～ことになっていま
す。」則表示團體或組織所做的決定、規則或風俗等。

▶ 私は　韓国へ　行くことに　なりました。
　（外在因素決定）由我去韓國。

▶ 病院では　けいたいを　使えないことに　なって　います。
　（規定）醫院不准使用手機。

⑥動詞辭書形 ⎫
　動詞ない形 ⎭ ＋ことに＋します / して　います。

　　意思是「決定～」，用於自己的意志所做的決定。「～ことにしてい
ます。」則是表示自己所下的決定或習慣。

▶ 私は　韓国へ　行くことに　しました。我決定要去韓國。

▶ 健康の　ために　タバコを　吸わないことに　して　います。
　為了健康，決定不吸菸。

⑱ 命令 MP3-117))

①動詞命令形

　　「命令形」是強行要對方做某一個動作（與「禁止形」相反）。由於口氣強勢，並且簡潔有力，多半用於上對下的關係或標誌口號，女性較少使用。（參考P.217第三單元「動詞命令形」）

▶ 早く　寝ろ。早點睡！

▶ 逃げろ。快逃！

※「分かります」（懂、知道）、「できます」（能）和「あります」（有）等不帶意志的動詞，沒有命令形。

②動詞ます形去ます＋なさい。

　　同屬「命令」的句形，雖是不准對方做某一動作，但口氣較「命令形」委婉許多。視為軟性的命令，雖同樣不能用在「下對上」的場合，但女性也可使用。一般多為老師或家長對學生或小朋友使用。（參考P.188第三單元「動詞ます形」重點文法②）

▶ 食後に　薬を　飲みなさい。餐後吃藥！

▶ 勉強しなさい。去唸書！

⑲ 理由 MP3-118))

①完整的句子＋から

　　意思是「因為～」。「から」前面不論是禮貌體或普通體，只要句子完整即可。用來表達主觀的原因，後面常使用推測性的句子。另外因為是主觀的表現，不適用於道歉的場合，有推卸責任之意。

▶ 約束したから、来るはずです。（推測）
　因為已經約好了，所以應該會來。

▶A：どうして　遅刻しましたか。為什麼遲到了？

目覚し時計が　壊れたから、遅れました。

（×，使用「から」，表示錯的是鬧鐘，有推卸責任的感覺）

B：目覚し時計が　壊れた<u>ので</u>、遅れました。因為鬧鐘壞了，所以遲到了。

（道歉宜用「ので」陳述理由，客觀的說明因果）

②**動詞普通體**

イ形容詞普通體

名詞＋な　}　**＋ので**

ナ形容詞＋な

　　意思同樣是「因為〜」。「ので」後面所接的句子，多半是既定的狀況，所以「過去式」或「て形＋います」的句形居多。委託、希望或道歉時使用，可體現禮貌感，但不可用於命令或是禁止的場合。

▶雨が　降って　いるので、電車が　遅れました。因為下雨，電車晚了。

▶寒かったので、風邪を　ひきました。因為很冷，所以感冒了。

▶明日は　試合なので、一生懸命　練習して　います。

　　因為明天有比賽，所以正在拚命地練習。

③**動詞普通體**

イ形容詞普通體

ナ形容詞＋な　}　**＋ために**

名詞＋の

　　意思是「因為〜」。用於客觀的說明因果，較少用在個人的事情上。多用於自然或社會現象上，所以常見於新聞報導或是文宣上。

▶彼が　来なかったために、会議は　中止に　なりました。

　　因為他沒來，會議中止了。

▶地震の　ために、電車が　止まりました。因為地震，電車停駛了。

④動詞て形

　イ形容詞去い＋くて

　名詞＋で

　ナ形容詞＋で

　　利用「て／で」，來表示原因。不可用於推測或未來的表現，多用於能力、感情的發生或是形容詞表現。

▶ 新聞を　読んで、この事件を　知りました。

　因為看了報紙，知道了這個事件。

▶ このレストランは　おいしくて、また　行きたくなりました。

　因為這間店很好吃，想再去。

▶ 学校の　寮は　便利で、学生に　人気が　あります。

　學校宿舍因為很方便，所以受學生歡迎。

▶ 病気で、学校を　休みました。因為生病，向學校請了假。

⑤動詞普通體

　イ形容詞

　名詞＋な　　　}＋ん/の＋です。

　ナ形容詞＋な

　　普通體之後加上「の」或是「ん」的時候，可用於❶強調說話者對事情的主張和看法；❷說話者對所獲得的情報要求更進一步的說明；❸詢問或解釋原委。「ん」大多用在口語表現，書寫時建議用「の」。

▶ A：昨日、学校を　休んだんですか。

　　昨天，向學校請了假嗎？

　B：ええ、風邪を　ひいたんです。（說明自己沒去學校的原因）

　　對啊，感冒了。

▶ 明日　友達と　出かける予定なのです。（強調說話者的主張）

　明天預定要和朋友外出。

⑳ 目的 MP3-119))

①動詞ます形去ます
**　名詞**　}＋に＋移動動詞。

　　表示去某地的「目的」。移動動詞有「行きます」（去）、「来ます」（來）和「帰ります」（回）等。

▶ デパートへ　プレゼントを　買いに　来ました。來百貨公司買禮物了。

▶ フランスへ　料理の　勉強に　行きます。去法國學習料理。

②動詞辭書形
**　動詞ない形**　}＋ように

　　意思是「為了～而～」。「ように」前面的句子必須是「無意志的表現」，而後面承接的句子則須是「意志表現」。

▶ 早く　届くように、速達で　送りました。為了早點送抵，以限時送出了。

▶ 忘れないように、書いて　おきます。為了不要忘記，事先寫下來。

③動詞辭書形
**　名詞＋の**　}＋ために

　　意思同樣是「為了～而～」，但是「ために」前、後的句子，都必須是「意志表現」。

▶ 大学に　入るために、一生懸命　勉強して　います。

　　為了進大學，拚了命地唸書。

▶ 健康の　ために、お酒は　飲みません。

　　為了身體健康，不喝酒。

④動詞辭書形＋の
　名詞 ｝＋に＋ ｛ 使います / 役に　立ちます / 時間が　かかります。
　　　　　　　　いいです / 便利です / 必要です。

　　意思是「用於～」。「動詞辭書形＋の」變成了名詞子句，後面接上「使います」（使用）、「役に立ちます」（有助於～）、「時間がかかります」（花時間）等特定動詞，或是「いいです」（有益於～）、「便利です」（便於～）、「必要です」（有必要～）等形容詞，用來表示目的或用途。（參考P.150「格助詞の」用法⑥）

▶ 洗濯するのに　時間が　かかりました。在洗衣服上花了很多時間。

▶ この辞書は　勉強に　いいです。這本字典，很適於學習。

模擬試題＋完全解析

　　三回模擬試題，讓您在學習之後立即能測驗自我實力。若是有不懂之處，中文翻譯及解析更能幫您了解盲點所在，補強應考戰力。

模擬試題第一回

もんだい1　＿＿の　ことばは　どう　よみますか。1・2・3・4から
　　　　　　　いちばん　いい　ものを　ひとつ　えらんで　ください。

（　）① 雨の　場合、しあいは　ちゅうしです。

　　　1. じょうごう　　2. ばあい　　　3. ばごう　　　4. ばしょ

（　）② じしょは　いま　手元に　ない。

　　　1. でもと　　　　2. でもど　　　3. てもと　　　4. てもど

（　）③ さいふを　引き出しに　いれます。

　　　1. ひきだし　　2. ひきでし　　3. ひきたし　　4. ひきてし

（　）④ 看護師さんは　とても　やさしいです。

　　　1. かんごふ　　2. かんふし　　3. かんごうし　4. かんごし

（　）⑤ しゃいんを　かいぎしつに　集めます。

　　　1. あつめます　2. とどめます　3. きめます　　4. とめます

（　）⑥ しけんの　ため、一生懸命　べんきょうします。

　　　1. いっしょけんめい　　　　　2. いっしょうけいめい

　　　3. いっしょうけんめい　　　　4. いっしょけいめい

（　）⑦ かれは　よく　つまらないことで　怒ります。

　　　1. さがります　　　　　　　　2. はしります

　　　3. おこります　　　　　　　　4. しかります

（　）⑧ <u>正しい</u>ことを　するべきです。

    1. たたしい　　2. まさしい　　3. まぶしい　　4. ただしい

（　）⑨ <u>空港</u>まで　むかえに　いきましょう。

    1. くうこう　　2. くうこい　　3. そらこう　　4. みなとい

もんだい2　___の　ことばは　どう　かきますか。1・2・3・4から
    いちばん　いい　ものを　ひとつ　えらんで　ください。

（　）① こんかいの　しけんは　<u>わりあいに</u>　かんたんでした。

    1. 独合に　　　2. 創合に　　　3. 得合に　　　4. 割合に

（　）② さいきんは　<u>きもちの</u>　いいてんきが　つづいて　います。

    1. 気持ち　　　2. 気待ち　　　3. 気立ち　　　4. 気満ち

（　）③ おおきい<u>おと</u>が　したので、おどろきました。

    1. 夫　　　　　2. 音　　　　　3. 声　　　　　4. 糸

（　）④ にほんの　はちがつは　<u>あつい</u>です。

    1. 厚い　　　　2. 暑い　　　　3. 熱い　　　　4. 圧い

（　）⑤ たいふうの　ため、やさいの　ねだんが　<u>あがりました</u>。

    1. 下がりました　　　　　　2. 挙がりました

    3. 揚がりました　　　　　　4. 上がりました

（　）⑥ テレビの　ニュースで　かれの　<u>じこを</u>　しりました。

    1. 自故　　　　2. 事故　　　　3. 死故　　　　4. 視故

もんだい3 ____に　なにを　いれますか。1・2・3・4から　いちばん
いい　ものを　ひとつ　えらんで　ください。

（　）① _____で、ビルが　たおれました。

  1. ちり　　　　　2. てんき　　　　3. あめ　　　　4. じしん

（　）② 家族を　_____　旅行へ　いきます。

  1. さげて　　　　2. つけて　　　　3. つかまえて 4. つれて

（　）③ _____に　くまが　います。

  1. うみ　　　　　2. もり　　　　　3. いし　　　　4. くさ

（　）④ うるさいですね。だれが　_____　いるんですか。

  1. おどろいて　　　　　　　2. さわいで

  3. びっくりして　　　　　　4. はなして

（　）⑤ A「すみません。資料を　家に　忘れて　きて　しまいました」

  B「そう、_____」

  1. ごめんなさい　　　　　　2. しかたが　ないね

  3. だめに　なったよ　　　　4. あんしんしたよ

（　）⑥ それは　ずいぶん　_____の　話です。

  1. このまえ　　　　　　　　2. このあいだ

  3. ひさしぶり　　　　　　　4. むかし

（　）⑦ では、木曜日　お宅に　_____。

  1. ごらんに　なります　　　2. うかがいます

  3. いらっしゃいます　　　　4. おまちして　います

（　）⑧ これから　そちらに　＿＿＿＿から、もう　ちょっと　まって
　　　　くれませんか。
　　　　1. むかえます　　　　　　　　　2. むかいます
　　　　3. つづきます　　　　　　　　　4. とどきます

（　）⑨ ＿＿＿＿では　たとえば　ワインが　すきです。
　　　　1. ガソリン　　　2. アルコール　　3. ガス　　　　　4. サラダ

（　）⑩ この問題に　ついて　＿＿＿＿　思いますか。
　　　　1. なぜ　　　　　　　　　　　　2. どう
　　　　3. どんな　　　　　　　　　　　4. どうやって

もんだい4　＿＿＿の　ぶんと　だいたい　おなじ　いみの　ぶんが
**　　　　　あります。1・2・3・4から　いちばん　いい　ものを**
**　　　　　ひとつ　えらんで　ください。**

（　）① でんわばんごうを　おしえて　ください。
　　　　1. でんわばんごうを　しらせて　ください。
　　　　2. でんわばんごうを　かえて　ください。
　　　　3. でんわばんごうを　きめて　ください。
　　　　4. でんわばんごうを　くらべて　ください。

（　）② きょうしつに　がくせいが　のこって　います。
　　　　1. がくせいは　きょうしつに　まだ　います。
　　　　2. がくせいは　きょうしつに　もう　いない。
　　　　3. きょうしつで　がくせいが　べんきょうして　います。
　　　　4. きょうしつで　がくせいが　ほんを　よんで　います。

（　　）③ やまだ「ふじさんに　のぼったことが　あります」
　　　　　1. やまださんは　ふじさんに　のぼりたいです。
　　　　　2. やまださんは　ふじさんに　のぼりました。
　　　　　3. やまださんは　ふじさんに　のぼりませんでした。
　　　　　4. やまださんは　ふじさんに　のぼりたくないです。

（　　）④ このでんしゃは　いつも　すいて　います。
　　　　　1. このでんしゃは　いつも　やすいです。
　　　　　2. このでんしゃは　いつも　きれいです。
　　　　　3. このでんしゃは　いつも　じかんが　おくれます。
　　　　　4. このでんしゃは　いつも　ひとが　すくないです。

（　　）⑤ わたしは　せんぱいに　ほんを　かして　もらいました。
　　　　　1. せんぱいは　わたしに　ほんを　かりて　もらいました。
　　　　　2. せんぱいは　わたしに　ほんを　かして　あげました。
　　　　　3. せんぱいは　わたしに　ほんを　かして　くれました。
　　　　　4. せんぱいは　わたしに　ほんを　かりて　くれました。

もんだい5　つぎの　ことばの　つかいかたで　いちばん　いい
　　　　　　ものを　1・2・3・4から　ひとつ　えらんで　ください。

（　　）① けんがく
　　　　　1. きのう　ともだちと　大きなもりを　けんがくしました。
　　　　　2. きのう　テレビで　にほんの　ニュースを　けんがくしました。
　　　　　3. きのう　家族と　いなかを　けんがくしました。
　　　　　4. きのう　しごとで　車の　こうじょうを　けんがくしました。

（　）② だんだん

    1. てんきは　<u>だんだん</u>　あたたかく　なります。

    2. <u>だんだん</u>　あついふくを　きなさい。

    3. はるが　<u>だんだん</u>　きます。

    4. にもつを　<u>だんだん</u>　かたづけます。

（　）③ はず

    1. がっこうを　やすみました。びょうきの　<u>はず</u>です。

    2. せんせいは　もう　きて　いる<u>はず</u>です。

    3. がくせいは　よく　べんきょうする<u>はず</u>です。

    4. ふたりは　どんな<u>はず</u>ですか。

（　）④ はなみ

    1. <u>はなみ</u>の　れんしゅうは　さんじからです。

    2. きのう　テレビで　<u>はなみ</u>を　みました。

    3. にほんへ　<u>はなみ</u>に　いきませんか。

    4. あねは　<u>はなみ</u>の　せんせいです。

（　）⑤ うつくしい

    1. ゆきの　けしきは　<u>うつくしい</u>です。

    2. これは　あかちゃんに　<u>うつくしい</u>です。

    3. このくすりは　とても　<u>うつくしい</u>です。

    4. ここに　すわっても　<u>うつくしい</u>ですか。

もんだい6 ＿＿に 何を 入れますか。1・2・3・4から いちばん
いい ものを 一つ えらんで ください。

（　）① 来週　出張すること＿＿＿＿　なりました。
　　　　1. を　　　　　2. に　　　　　3. が　　　　4. で

（　）② 日本に　留学して　いる＿＿＿＿　富士山に　登りたい。
　　　　1. あいだに　　2. ところが　　3. まえに　　4. までに

（　）③ 田中さんは　きのう　会社を　休んだ。病気＿＿＿＿。
　　　　1. ようだ　　　2. そうだ　　　3. ことだ　　4. らしい

（　）④ ＿＿＿＿　傘を　持ったほうが　いいですよ。
　　　　1. でかければ　　　　　　2. でかけたら
　　　　3. でかけるなら　　　　　4. でかけると

（　）⑤ たまには　散歩する＿＿＿＿、運動する＿＿＿＿　したほうが
　　　　いいですよ。
　　　　1. と / と　　　　　　　2. とか / とか
　　　　3. や / や　　　　　　　4. し / し

（　）⑥ 妹は　母に　＿＿＿＿、泣いて　しまいました。
　　　　1. しかって　　2. しかられて　3. しかる　　4. しかった

（　）⑦「授業に　＿＿＿＿　いけないよ」
　　　　1. 遅れじゃ　　　　　　　2. 遅れちゃ
　　　　3. 遅れちゃう　　　　　　4. 遅れじゃう

（　）⑧ 薬の　飲み方＿＿＿＿　わかりません。
　　　　1. か　　　　　2. に　　　　　3. が　　　　4. で

（　）⑨ あしたは　晴れるか　_____、天気予報を　見ましょう。
　　　1. どうか　　　2. だろうか　　3. そうか　　4. ないか

（　）⑩ この料理は　とても　いいにおい_____　して　います。
　　　1. を　　　　　2. に　　　　　3. が　　　　4. で

（　）⑪ 健康の　_____、まいにち　野菜を　たくさん　食べます。
　　　1. ほうに　　　2. ように　　　3. ために　　4. まま

（　）⑫ A「すてきな時計ですね」
　　　B「ありがとう　ございます。誕生日に　母が　_____んです」
　　　1. 買って　あげた　　　　　2. 買って　くれた
　　　3. 買って　もらった　　　　4. 買って　いただいた

（　）⑬ 走った_____、約束の　時間に　間に合いませんでした。
　　　1. のは　　　　2. のに　　　3. から　　　4. ので

（　）⑭ この店は　_____です。
　　　1. よそう　　　2. よきそう　　3. よさそう　　4. ようそう

（　）⑮ _____、コートを　着なさい。
　　　1. 寒だったら　　　　　　2. 寒かったら
　　　3. 寒いと　　　　　　　　4. 寒いだったら

269

もんだい7　＿★＿に　入る　ものは　どれですか。1・2・3・4から
　　　　　　いちばん　いい　ものを　一つ　えらんで　ください。

（　）① A「どうしたんですか」

　　　　　B「＿＿＿＿　＿＿＿　＿★＿　＿＿＿＿　んです」

　　　　　1. しまった　　2. を　　　　　3. 財布　　　4. なくして

（　）② 三時間も　＿＿＿＿　＿＿＿＿　＿★＿　＿＿＿＿　つかれました。

　　　　　1. たいへん　　　　　　　　2. ので

　　　　　3. つづけた　　　　　　　　4. れんしゅうし

（　）③ これから　毎日　＿＿＿＿　＿＿＿＿　＿★＿　＿＿＿＿　です。

　　　　　1. 勉強する　　2. を　　　　3. 日本語　　4. つもり

（　）④ 紙に　＿＿＿＿　＿＿＿＿　＿★＿　＿＿＿＿。

　　　　　1. お名前と　　2. ください　　3. ご住所を　　4. お書き

（　）⑤ 子供の　とき、うそ　＿＿＿＿　＿＿＿＿　＿★＿　＿＿＿＿
　　　　　教えられました。

　　　　　1. ように　　　　2. 言わない　　3. を　　　　4. と

もんだい8　　①　から　　⑤　に　何を　入れますか。1・2・3・4から
　　　　　　いちばん　いい　ものを　一つ　えらんで　ください。

つぎの　文章は　花子さんが　お母さんに　書いた手紙です。

　　お母さん、お元気ですか。わたしは　先週、大学の　近くに
ひっこしを　しました。前は　寮から　学校まで　バスと　歩きで
一時間ぐらい　かかりました。でも、今の　アパート　①
学校まで　歩いて　十五分ぐらいです。少し古いですが、
へやの　中は　きれいで　広いし、アパートの　下に
コンビニも　あります。駅からも　近いので、塾へ　　②
とても　便利です。それに、先輩も　近所に　住んで　いるので、
安心です。だから、ひっこしを　して　本当に　よかったと
　　③　。手紙と　いっしょに　ここの　地図を　おくります。
休みの　日に　みんなで　　④　。楽しみに　して　います。
　　⑤　、また。

9月28日　花子

（　）①　1. が　　　　　　2. を　　　　　3. も　　　　　4. は

（　）②　1. 行っても　　2. 行ったら　　3. 行くこと　　4. 行くのに

（　）③　1. 思うようです　　　　　2. 思います
　　　　　3. 思ったようです　　　　4. 思って　いました

（　）④　1. あそびに　来ませんか　　2. あそびに　来ましょう
　　　　　3. あそびに　行きませんか　4. あそびに　行きましょう

（　）⑤　1. それでは　　　　　2. たとえば
　　　　　3. それから　　　　　4. それで

模擬試題第一回　解答

もんだい1 ① 2　　② 3　　③ 1　　④ 4　　⑤ 1
　　　　　　 ⑥ 3　　⑦ 3　　⑧ 4　　⑨ 1

もんだい2 ① 4　　② 1　　③ 2　　④ 2　　⑤ 4
　　　　　　 ⑥ 2

もんだい3 ① 4　　② 4　　③ 2　　④ 2　　⑤ 2
　　　　　　 ⑥ 4　　⑦ 2　　⑧ 2　　⑨ 2　　⑩ 2

もんだい4 ① 1　　② 1　　③ 2　　④ 4　　⑤ 3

もんだい5 ① 4　　② 1　　③ 2　　④ 3　　⑤ 1

もんだい6 ① 2　　② 1　　③ 4　　④ 3　　⑤ 2
　　　　　　 ⑥ 2　　⑦ 2　　⑧ 3　　⑨ 1　　⑩ 3
　　　　　　 ⑪ 3　　⑫ 2　　⑬ 2　　⑭ 3　　⑮ 2

もんだい7 ① 4　　② 2　　③ 1　　④ 4　　⑤ 1

もんだい8 ① 4　　② 1　　③ 2　　④ 1　　⑤ 1

模擬試題第一回　中譯及解析

もんだい1　＿＿＿の　ことばは　どう　よみますか。1・2・3・4から
　　　　　　いちばん　いい　ものを　ひとつ　えらんで　ください。

（　）① 雨の　場合、しあいは　ちゅうしです。
　　　　1. じょうごう　　2. ばあい　　　3. ばごう　　　4. ばしょ

中譯 下雨的時候，比賽終止。

解析 「場合」（場合）在此處可以翻譯成「～時候」。而選項4「場所」則是「場地」
的意思，剩餘選項皆為不存在的語彙。

（　）② じしょは　いま　手元に　ない。
　　　　1. でもと　　　2. でもど　　　3. てもと　　　4. てもど

中譯 字典現在不在手邊。

解析 「手元」是名詞，「手頭、手邊」的意思。其餘選項為不存在的字。

（　）③ さいふを　引き出しに　いれます。
　　　　1. ひきだし　　2. ひきでし　　3. ひきたし　　4. ひきてし

中譯 把錢包放進抽屜。

解析 「引き出し」是名詞，「抽屜」的意思。其餘選項為不存在的字。

（　）④ 看護師さんは　とても　やさしいです。
　　　　1. かんごふ　　2. かんふし　　3. かんごうし　　4. かんごし

中譯 護士非常溫柔。

解析 「看護師」是名詞，「護士」的意思。選項1「看護婦」（護士）因為性別平等
關係，現多用「看護師」；其餘選項為不存在的字。

（　）⑤ しゃいんを　かいぎしつに　集めます。

  1. あつめます 2. とどめます 3. きめます 4. とめます

中譯 叫公司員工到會議室集合。

解析 「集めます」是動詞，「集合」的意思。選項2是「とどめます」（阻攔、殘留），非新日檢N4範圍單字；選項3是「決めます」（決定）；選項4是「止めます」（停止）。

（　）⑥ しけんの　ため、一生懸命　べんきょうします。

  1. いっしょけんめい   2. いっしょうけいめい

  3. いっしょうけんめい   4. いっしょけいめい

中譯 為了考試，拚了命地唸書。

解析 「一生懸命」是名詞、ナ形容詞，意思為「拚命的」，其餘選項為不存在的字。

（　）⑦ かれは　よく　つまらないことで　怒ります。

  1. さがります   2. はしります

  3. おこります   4. しかります

中譯 他常因沒什麼大不了的事情發怒。

解析 「怒ります」是動詞，「發怒」的意思。選項1是「下がります」（下降）；選項2是「走ります」（跑步）；選項4是「しかります」（責罵）。

（　）⑧ 正しいことを　するべきです。

  1. たたしい 2. まさしい 3. まぶしい 4. ただしい

中譯 應該做正確的事情。

解析 「正しい」是イ形容詞，意思為「正確的」。選項3是「眩しい」（刺眼、耀眼的）。其餘選項為不存在的字。

（　）⑨ 空港まで　むかえに　いきましょう。

  1. くうこう 2. くうこい 3. そらこう 4. みなとい

中譯 去機場迎接吧！

解析 「空港」是名詞，意思為「機場」。其餘選項為不存在的字。

もんだい2 ＿＿の ことばは どう かきますか。1・2・3・4から
いちばん いい ものを ひとつ えらんで ください。

（　）① こんかいの しけんは わりあいに かんたんでした。

    1. 独合に　　　　2. 創合に　　　　3. 得合に　　　　4. 割合に

中譯 這次的考試，比想像地簡單。

解析 「割合に」是副詞，意思為「比較地、比想像地還～」。其餘選項為不存在的字。

（　）② さいきんは きもちの いいてんきが つづいて います。

    1. 気持ち　　　　2. 気待ち　　　　3. 気立ち　　　　4. 気満ち

中譯 最近令人覺得好心情的天氣持續著。

解析 「気持ち」是名詞，指「情緒、身體的感覺」。其餘選項為不存在的字。

（　）③ おおきいおとが したので、おどろきました。

    1. 夫　　　　2. 音　　　　3. 声　　　　4. 糸

中譯 因為發出巨響，嚇了一跳。

解析 「音」是名詞，意思為「（物體發出的）聲音」。選項1是「夫」（稱自己的丈夫）；選項3是「声」（生物發出的聲音）；選項4是「糸」（線）。

（　）④ にほんの はちがつは あついです。

    1. 厚い　　　　2. 暑い　　　　3. 熱い　　　　4. 圧い

中譯 日本的八月很熱。

解析 「暑い」是イ形容詞，意思為「炎熱的」，限用於氣溫方面。選項1是「厚い」（厚的）；選項3是「熱い」（熱的、燙的），用於天氣以外的熱度；選項4是不存在的字。

（　）⑤ たいふうの ため、やさいの ねだんが あがりました。

    1. 下がりました　　　　　　2. 挙がりました

    3. 揚がりました　　　　　　4. 上がりました

中譯 由於颱風，蔬菜的價格上揚了。

解析 「上がりました」是動詞過去式，意思為「上揚了」。選項1是「下がりました」（下降了）；選項2是「挙がりました」（列舉了）；選項3是「揚がりました」（揚起、升起了）。

（　）⑥ テレビの　ニュースで　かれの　じこを　しりました。

　　　　1. 自故　　　　　2. 事故　　　　　3. 死故　　　　4. 視故

中譯 從電視新聞得知他的意外。

解析 「事故」是名詞，意思為「意外」。其餘選項為不存在的字。

もんだい 3 ＿＿に　なにを　いれますか。1・2・3・4から　いちばん
　　　　　　いい　ものを　ひとつ　えらんで　ください。

（　）① ＿＿＿＿で、ビルが　たおれました。

　　　　1. ちり　　　　　2. てんき　　　　3. あめ　　　　4. じしん

中譯 因為地震，大廈倒塌了。

解析 選項1是「地理」（地理）；選項2是「天気」（天氣）；選項3是「雨」（雨）；選項4是「地震」（地震）。所以正確答案是4。

（　）② 家族を　＿＿＿＿ 旅行へ　いきます。

　　　　1. さげて　　　　2. つけて　　　　3. つかまえて　　4. つれて

中譯 帶著家人去旅行。

解析 選項1是「下げて」（降低）；選項2是「付けて」（點燃、開燈）；選項3是「捕まえて」（逮捕）；選項4是「連れて」（帶著）；皆為動詞て形。所以正確答案是4。

（　）③ ＿＿＿＿に　くまが　います。

　　　　1. うみ　　　　　2. もり　　　　　3. いし　　　　4. くさ

中譯　森林裡有熊。

解析　選項1是「海^{うみ}」（海）；選項2是「森^{もり}」（森林）；選項3是「石^{いし}」（石頭）；選項
　　　4是「草^{くさ}」（草）。所以正確答案是2。

（　）④ うるさいですね。だれが　＿＿＿＿　いるんですか。

　　　　1. おどろいて　　　　　　　　2. さわいで

　　　　3. びっくりして　　　　　　　4. はなして

中譯　好吵喔。是誰在喧嘩呢？

解析　選項1是「驚^{おどろ}いて」（驚嚇）；選項2是「騒^{さわ}いで」（喧嘩）；選項3是「びっく
　　　りして」（嚇一跳）；選項4是「話^{はな}して」（說）；皆為動詞て形。所以正確答
　　　案是2。

（　）⑤ A「すみません。資料^{しりょう}を　家^{うち}に　忘^{わす}れて　きて　しまいました」

　　　　B「そう、＿＿＿＿」

　　　　1. ごめんなさい　　　　　　　　2. しかたが　ないね

　　　　3. だめに　なったよ　　　　　　4. あんしんしたよ

中譯　A「抱歉。把資料忘在家裡了。」
　　　B「這樣，那也沒辦法了。」

解析　選項1是「ごめんなさい」（對不起）；選項2是「仕方^{しかた}がないね」（沒辦法
　　　啊）；選項3是「だめになったよ」（變得不行了啊）；選項4是「安心^{あんしん}したよ」
　　　（放心了啊）。所以正確答案是2。

（　）⑥ それは　ずいぶん　＿＿＿＿の　話^{はなし}です。

　　　　1. このまえ　　　　2. このあいだ　　　3. ひさしぶり　　4. むかし

中譯　那是相當久遠的事情。

解析 選項1是「この前」（這之前）；選項2是「この間」（這期間）；選項3是「久しぶり」（相隔很久）；選項4是「昔」（古時候、很久以前）。因為句中有「ずいぶん」（相當地），所以接續「昔」，正確答案是4。

（　）⑦ では、木曜日　お宅に　＿＿＿＿＿。

　　1. ごらんに　なります　　　　2. うかがいます

　　3. いらっしゃいます　　　　　4. おまちして　います

中譯 那麼，星期四將至府上拜訪。

解析 選項1是「ごらんになります」（看，「見る」的尊敬語）；選項2是「うかがいます」（拜訪，「訪れる」的謙讓語）；選項3是「いらっしゃいます」（來、去，「行く」、「来る」的尊敬語）；選項4是「お待ちしています」（等待，「待つ」的謙讓語）。所以正確答案是2。

（　）⑧ これから　そちらに　＿＿＿＿＿から、もう　ちょっと　まって　くれませんか。

　　1. むかえます　　2. むかいます　　3. つづきます　　4. とどきます

中譯 現在正朝那邊過去，可以請再等一下嗎？

解析 選項1是「迎えます」（迎接）；選項2是「向かいます」（朝向）；選項3是「続きます」（繼續）；選項4是「届きます」（投遞、送達）。所以正確答案是2。

（　）⑨ ＿＿＿＿＿では　たとえば　ワインが　すきです。

　　1. ガソリン　　2. アルコール　　3. ガス　　　　4. サラダ

中譯 含酒精飲料的話，喜歡像是葡萄酒。

解析 選項1是「ガソリン」（汽油）；選項2是「アルコール」（酒精類飲品）；選項3是「ガス」（瓦斯）；選項4是「サラダ」（沙拉）。所以正確答案是2。

（　）⑩ この問題に　ついて　＿＿＿＿　思いますか。

　　　1. なぜ　　　　　2. どう　　　　　3. どんな　　　4. どうやって

中譯　關於這個問題，覺得如何？

解析　選項1是「なぜ」（為什麼）；選項2是「どう」（如何）；選項3是「どんな」
　　　（怎樣的～），必須接續名詞使用；選項4是「どうやって」（如何做）。所以
　　　正確答案是2。

もんだい4　＿＿＿の　ぶんと　だいたい　おなじ　いみの　ぶんが
　　　　　　あります。1・2・3・4から　いちばん　いい　ものを
　　　　　　ひとつ　えらんで　ください。

（　）① でんわばんごうを　おしえて　ください。

　　　1. でんわばんごうを　しらせて　ください。

　　　2. でんわばんごうを　かえて　ください。

　　　3. でんわばんごうを　きめて　ください。

　　　4. でんわばんごうを　くらべて　ください。

中譯　請告訴我電話號碼。

解析　選項1是「請告知電話號碼」；選項2是「請換電話號碼」；選項3是「請決定
　　　電話號碼」；選項4是「請比較電話號碼」。所以正確答案是1。

（　）② きょうしつに　がくせいが　のこって　います。

　　　1. がくせいは　きょうしつに　まだ　います。

　　　2. がくせいは　きょうしつに　もう　いない。

　　　3. きょうしつで　がくせいが　べんきょうして　います。

　　　4. きょうしつで　がくせいが　ほんを　よんで　います。

中譯　教室還留有學生。

解析　選項1是「學生還在教室」；選項2是「學生已經不在教室」；選項3是「學生
　　　在教室唸書」；選項4是「學生在教室看書」。所以正確答案是1。

（　）③ やまだ「ふじさんに　のぼったことが　あります」

    1. やまださんは　ふじさんに　のぼりたいです。

    2. やまださんは　ふじさんに　のぼりました。

    3. やまださんは　ふじさんに　のぼりませんでした。

    4. やまださんは　ふじさんに　のぼりたくないです。

中譯 山田「我爬過富士山。」

解析 選項1是「山田先生想爬富士山」；選項2是「山田先生爬了富士山」；選項3是「山田先生之前沒有爬富士山」；選項4是「山田先生不想爬富士山」。所以正確答案是2。

（　）④ このでんしゃは　いつも　すいて　います。

    1. このでんしゃは　いつも　やすいです。

    2. このでんしゃは　いつも　きれいです。

    3. このでんしゃは　いつも　じかんが　おくれます。

    4. このでんしゃは　いつも　ひとが　すくないです。

中譯 這電車總是空的。

解析 選項1是「這電車總是便宜的」；選項2是「這電車總是乾淨的」；選項3是「這電車總是誤點」；選項4是「這電車總是人很少」。所以正確答案是4。

（　）⑤ わたしは　せんぱいに　ほんを　かして　もらいました。

    1. せんぱいは　わたしに　ほんを　かりて　もらいました。

    2. せんぱいは　わたしに　ほんを　かして　あげました。

    3. せんぱいは　わたしに　ほんを　かして　くれました。

    4. せんぱいは　わたしに　ほんを　かりて　くれました。

中譯 我跟學長借了書。

解析 首先，「かします」是「借出」；「かります」是「借入」。再者，「〜てもらいます」是「我請別人幫忙做〜」；「〜てあげます」是「我為別人做〜」；「〜てくれます」是「別人為我做〜」。所以，選項1文法錯誤，「〜てもらいます」的主語必須是「わたし」（我）。選項2文法錯誤，「〜てあげます」的

主語必須是「わたし」（我）。選項4文法錯誤，動詞必須用「かします」。只有選項3正確，意思是「學長借了書給我」。

もんだい5　つぎの　ことばの　つかいかたで　いちばん　いい
　　　　　　ものを　1・2・3・4から　ひとつ　えらんで　ください。

（　）① けんがく

　　　1. きのう　ともだちと　大きなもりを　けんがくしました。
　　　2. きのう　テレビで　にほんの　ニュースを　けんがくしました。
　　　3. きのう　家族と　いなかを　けんがくしました。
　　　4. きのう　しごとで　車の　こうじょうを　けんがくしました。

中譯 昨天因為工作，參觀了車子的工廠。
解析 「見学」（參觀）是名詞，「見学＋する」則成為動詞，習慣用於設施方面的參訪，所以正確答案是4，其餘用法皆不正確。

（　）② だんだん

　　　1. てんきは　だんだん　あたたかく　なります。
　　　2. だんだん　あついふくを　きなさい。
　　　3. はるが　だんだん　きます。
　　　4. にもつを　だんだん　かたづけます。

中譯 天氣將會漸漸變暖。
解析 「だんだん」（漸漸地）是副詞，習慣用於修飾變化的過程，所以正確答案是1，其餘用法皆不正確。

（　）③ はず

　　　1. がっこうを　やすみました。びょうきの　はずです。
　　　2. せんせいは　もう　きて　いるはずです。
　　　3. がくせいは　よく　べんきょうするはずです。
　　　4. ふたりは　どんなはずですか。

中譯 老師應該已經來了。

解析 「はず」（應該）是名詞，整句為推測的口氣，所以正確答案是2。選項1應使用傳聞的表現方式「がっこうをやすみました。びょうきのようです」（向學校請假了。好像是生病的樣子）；選項3應使用義務的表現方式「がくせいはよくべんきょうするべきです」（學生應該好好地唸書）；選項4語意不符。

( ) ④ はなみ

    1. はなみの　れんしゅうは　さんじからです。

    2. きのう　テレビで　はなみを　みました。

    3. にほんへ　はなみに　いきませんか。

    4. あねは　はなみの　せんせいです。

中譯 要去日本賞花嗎？

解析 「花見」（賞花）是動作性名詞，所以正確答案是3，其餘用法皆不正確。

( ) ⑤うつくしい

    1. ゆきの　けしきは　うつくしいです。

    2. これは　あかちゃんに　うつくしいです。

    3. このくすりは　とても　うつくしいです。

    4. ここに　すわっても　うつくしいですか。

中譯 雪景很漂亮。

解析 「うつくしい」（美麗的）是イ形容詞，所以正確答案是1，其餘用法皆不正確。

もんだい6　＿＿に　何を　入れますか。1・2・3・4から　いちばん
　　　　　　いい　ものを　一つ　えらんで　ください。

( ) ① 来週　出張すること＿＿＿＿　なりました。

    1. を　　　　　　　2. に　　　　　　3. が　　　　　　4. で

中譯 下星期決定要出差。

解析 「動詞辭書形＋ことに＋なります」意思是「決定～」。主要用於「非自己意志」所做的決定，多半是因為團體或組織的決策，或是自然而然導致的決議。所以正確答案是2。

（　）② 日本に　留学して　いる＿＿＿＿　富士山に　登りたい。

　　　　1. あいだに　　　　2. ところが　　　3. まえに　　　　4. までに

中譯 在日本留學期間，想去爬富士山。

解析 選 項1是「間 に」（～期間）；選項2是「動詞ている＋ところ＋が」（正在～）；選項3是「前に」（～之前）；選項4是「までに」（～期限之前）。所以正確答案是1。

（　）③田中さんは　きのう　会社を　休んだ。病気＿＿＿＿。

　　　　1. ようだ　　　　2. そうだ　　　　3. ことだ　　　　4. らしい

中譯 田中先生昨天向公司請假。好像是生病。

解析 使用「名詞＋らしい」意思是「好像～」、「似乎～」。「らしい」是根據外部情報所做的樣態描述，尤其是以「聽覺」最為常見。所以正確答案是4。

（　）④ ＿＿＿＿　傘を　持ったほうが　いいですよ。

　　　　1. でかければ　　　　　　　　2. でかけたら

　　　　3. でかけるなら　　　　　　　4. でかけると

中譯 如果要出門的話，帶著傘比較好喔。

解析 「動詞辭書形＋なら」，意思是「如果～」。以「なら」所表現的條件句，主要是表達因前述條件，所導致後面的現象、狀態、建議或結果等。最常使用於會話中，藉由從對方那裡看到、聽到的情報，而發表自己的看法。所以正確答案是3。

（　）⑤ たまには　散歩する_____、運動する_____　したほうが　いいですよ。

　　　　1. と ／ と　　　　2. とか ／ とか　　3. や ／ や　　　4. し ／ し

中譯　偶爾散散步，或是運動一下，比較好喔。

解析　選項1「と」（和，全部列舉）用於連接二個名詞；選項2「とか」（或是，部分列舉）用於連接名詞或句子；選項3「や」（或，部分列舉）用於連接名詞；選項4是「し」（或，部份列舉）主要用於列舉條件或原因。所以正確答案是2。

（　）⑥ 妹は　母に　_____、泣いて　しまいました。

　　　　1. しかって　　　　2. しかられて　　3. しかる　　　　4. しかった

中譯　妹妹被母親責罵，哭了起來。

解析　本句利用「て形」來表示原因，加上是「被～責罵」，所以還必須變化成被動形態「しかられて」。所以正確答案是2。

（　）⑦「授業に　_____　いけないよ」

　　　　1. 遅れじゃ　　　　　　　　　　　2. 遅れちゃ
　　　　3. 遅れちゃう　　　　　　　　　　4. 遅れじゃう

中譯　「上課不可以遲到喔。」

解析　原本是「授業に遅れてはいけないよ」，「ては」可縮約為「ちゃ」。所以正確答案是2。而「じゃ」則是「では」的口語縮約，其餘選項為不存在的字。

（　）⑧ 薬の　飲み方_____　わかりません。

　　　　1. か　　　　　　2. に　　　　　　3. が　　　　　　4. で

中譯　不知道藥的服用方法。

解析　「分かりません」（不懂、不知道）是「分かります」（懂、知道）的否定形態，屬於能力動詞的一種，固定使用「～が＋能力動詞」接續。所以正確答案是3。

（　）⑨ あしたは　晴^はれるか　_____、天気^{てんきよほう}予報を　見^みましょう。

　　　　1. どうか　　　　　2. だろうか　　　3. そうか　　　4. ないか

中譯 明天是否放晴，看天氣預報吧。

解析 使用「～か＋どうか」表示不明確的正反選項。所以正確答案是1。

（　）⑩ この料理^{りょうり}は　とても　いいにおい_____　して　います。

　　　　1. を　　　　　　　2. に　　　　　　3. が　　　　　　4. で

中譯 這料理有著很香的味道。

解析 使用「～がする」的句型，用「が」來提示五感，即視覺、嗅覺、味覺、聽覺
　　 和觸覺。所以正確答案是3。

（　）⑪ 健康^{けんこう}の　_____、まいにち　野菜^{やさい}を　たくさん　食^たべます。

　　　　1. ほうに　　　　　2. ように　　　　3. ために　　　　4. まま

中譯 為了健康，每天吃很多蔬菜。

解析 「名詞＋の＋ために」表示「原因」，所以正確答案是3。

（　）⑫ A「すてきな時計^{とけい}ですね」

　　　　B「ありがとう　ございます。誕生日^{たんじょうび}に　母^{はは}が　_____んです」

　　　　1. 買^かって　あげた　　　　　　　2. 買^かって　くれた

　　　　3. 買^かって　もらった　　　　　　4. 買^かって　いただいた

中譯 A「好漂亮的時鐘啊。」

　　 B「謝謝。生日時家母買給我的。」

解析 由於句中主詞是「母^{はは}」（家母），所以授與動詞只能選擇「くれます」（給），
　　 所以正確答案是2。「あげます」（給）和「もらいます」（得到）二動詞的主
　　 語皆須是「私^{わたし}」。而「いただきます」為「もらいます」的謙讓語，二動詞用
　　 法相同。

（　）⑬ 走った＿＿＿＿＿、約束の　時間に　間に合いませんでした。

   1. のは   2. のに   3. から   4. ので

中譯 用跑的了，卻還是來不及約定的時間。

解析 選項1是「のは」（提示主詞）；選項2是「のに」（卻～），用於逆接；選項3
   是「から」（因為～）；選項4是「ので」（因為～）。所以正確答案是2。

（　）⑭ この店は　＿＿＿＿＿です。

   1. よそう   2. よきそう   3. よさそう   4. ようそう

中譯 這間店看起來很好的樣子。

解析 此處使用「樣態」的句型，「イ形容詞去い＋そうです」表示「～的樣子」，
   「いい」則須先改為「よい」再變化為「よさそう」，所以正確答案是3。

（　）⑮ ＿＿＿＿＿、コートを　着なさい。

   1. 寒だったら   2. 寒かったら
   3. 寒いと   4. 寒いだったら

中譯 如果冷的話，穿上大衣。

解析 此處使用「イ形容詞去い＋かった＋ら」表示「假設的狀況」，所以為「寒い
   去い＋かった＋ら」，正確答案是2。

**もんだい7　＿＿★＿＿に　入る　ものは　どれですか。1・2・3・4から
     いちばん　いい　ものを　一つ　えらんで　ください。**

（　）① A「どうしたんですか」

   B「＿＿＿＿＿　＿＿＿＿＿　＿＿★＿＿　＿＿＿＿＿　んです」

   1. しまった   2. を
   3. 財布   4. なくして

中譯 A「怎麼了？」

   B「錢包不見了。」

解析 正確的排序是「財布　を　なくして　しまった　んです」。

（　）② 三時間^{さんじかん}も ＿＿＿ ＿＿＿ ＿★＿ ＿＿＿ つかれました。

1. たいへん　　　　　　　　　　2. ので

3. つづけた　　　　　　　　　　4. れんしゅうし

中譯 因為連續練習了三個小時，非常疲憊。

解析 正確的排序是「三時間^{さんじかん}も　れんしゅうし　つづけた　ので　たいへん　つかれました」。

（　）③ これから 毎日^{まいにち} ＿＿＿ ＿＿＿ ＿★＿ ＿＿＿ です。

1. 勉強^{べんきょう}する　　　　　　　2. を

3. 日本語^{にほんご}　　　　　　　　　4. つもり

中譯 從現在起，打算每天學習日語。

解析 正確的排序是「これから　毎日^{まいにち}　日本語^{にほんご}　を　勉強^{べんきょう}する　つもり　です」。

（　）④ 紙^{かみ}に ＿＿＿ ＿＿＿ ＿★＿ ＿＿＿。

1. お名前^{なまえ}と　　　　　　　　　2. ください

3. ご住所^{じゅうしょ}を　　　　　　　　4. お書^かき

中譯 請在紙上寫下姓名和住址。

解析 正確的排序是「紙^{かみ}に　お名前^{なまえ}と　ご住所^{じゅうしょ}を　お書^かき　ください」。

（　）⑤ 子供^{こども}の とき、うそ ＿＿＿ ＿＿＿ ＿★＿ ＿＿＿ 教^{おし}えられました。

1. ように　　　　2. 言^いわない　　　3. を　　　　4. と

中譯 孩提時代，被教導不可以說謊。

解析 正確的排序是「子供^{こども}の　とき、うそ　を　言^いわない　ように　と　教^{おし}えられました」。

もんだい8 　①　から　⑤　に 何を 入れますか。1・2・3・4から
　　　　　 いちばん いい ものを 一つ えらんで ください。

つぎの 文章は 花子さんが お母さんに 書いた手紙です。

下面的文章是花子同學寫給母親的信。

　　お母さん、お元気ですか。わたしは 先週、大学の 近くに
ひっこしを しました。前は 寮から 学校まで バスと 歩きで
一時間ぐらい かかりました。でも、今の アパート①は 学校まで
歩いて 十五分ぐらいです。少し古いですが、へやの 中は
きれいで 広いし、アパートの 下に コンビニも あります。
駅からも 近いので、塾へ ②行っても とても 便利です。
それに、先輩も 近所に 住んで いるので、安心です。だから、
ひっこしを して 本当に よかったと ③思います。手紙と
いっしょに ここの 地図を おくります。休みの 日に みんなで
④あそびに 来ませんか。楽しみに して います。

　　⑤それでは、また。

　　　　　　　　　　　　　　　　　　　　　　9月 28日 花子

　　媽媽，您好嗎？我上個星期，搬到大學附近了。之前，從宿舍到
學校，搭公車和走路，需要一個小時左右。但是現在的公寓到學校，
走路約十五分鐘。雖然有些老舊，但房間裡面乾淨又寬敞，公寓樓下
也有便利商店。因為離車站很近，去補習班也很方便。再加上因為學
長姊也住附近，感到安心。因此覺得搬家真是太好了。隨信送上這裡
的地圖。放假的時候，和大家一起來玩好嗎？好期待。

那麼，再聯絡。

9月28日　花子

（　）① 1. が　　　　　　2. を　　　　　　3. も　　　　　　4. は

中譯　但是現在的公寓到學校，走路約十五分鐘。

解析　這邊用「は」來提示主詞「今のアパート」（現在的公寓）。

（　）② 1. 行っても　　　2. 行ったら　　　3. 行くこと　　　4. 行くのに

中譯　因為離車站很近，去補習班也很方便。

解析　這邊使用「～て形＋も」表示「就算是～」。

（　）③ 1. 思うようです　　　　　　2. 思います
　　　　3. 思ったようです　　　　　4. 思って　いました

中譯　因此覺得搬家真是太好了。

解析　「～と思います」表示「覺得～」。

（　）④ 1. あそびに　来ませんか　　　2. あそびに　来ましょう
　　　　3. あそびに　行きませんか　　4. あそびに　行きましょう

中譯　放假的時候，和大家一起來玩好嗎？

解析　此處為「邀約」的語意，所以選擇「～ませんか」的句型。再加上是花子對媽媽的邀約，所以必須用「あそびに来ませんか」（來玩好嗎？）。

（　）⑤ 1. それでは　　　2. たとえば　　　3. それから　　　4. それで

中譯　那麼，再聯絡。

解析　選項1是「それでは」（那麼）；選項2是「例えば」（例如）；選項3是「それから」（之後）；選項4是「それで」（因此）。所以正確答案是1。

模擬試題第二回

もんだい1 ＿＿の　ことばは　どう　よみますか。1・2・3・4から
　　　　　　いちばん　いい　ものを　ひとつ　えらんで　ください。

（　）① 表に　なにか　かいて　あります。

　　　　1. ひょう　　　　2. てまえ　　　　3. おもて　　　　4. てもと

（　）② さいきん、よく　忘れ物を　します。

　　　　1. わすれもの　　　　　　　　2. おぼれもの

　　　　3. おぼれこと　　　　　　　　4. わすれこと

（　）③ 道具を　つかって　じっけんしましょう。

　　　　1. とうぐ　　　　2. とおく　　　　3. どうぐ　　　　4. どうく

（　）④ へやを　片付けて　ください。

　　　　1. かたつけて　　　　　　　　2. かたづけて

　　　　3. かだつけて　　　　　　　　4. かだづけて

（　）⑤ 偶に　コンサートへ　行きます。

　　　　1. すみ　　　　2. ぐう　　　　3. くう　　　　4. たま

（　）⑥ にほんでは　サッカーが　とても　盛んです。

　　　　1. ざかん　　　　2. ぜいかん　　　　3. さかん　　　　4. せいかん

（　）⑦ 下着は　じぶんで　あらって　ください。

　　　　1. しだぎ　　　　2. したぎ　　　　3. したき　　　　4. しだき

（　）⑧ このおさらは　浅いです。

　　　　1. あさい　　　　2. ふかい　　　　3. あつい　　　　4. すごい

（　）⑨ <u>昼間</u>の　うちに　せんたくします。

　　　　1. ちるま　　　2. しるま　　　3. くるま　　　4. ひるま

もんだい2 ___の　ことばは　どう　かきますか。1・2・3・4から
　　　　　　　いちばん　いい　ものを　ひとつ　えらんで　ください。

（　）① いけの　なかに　<u>めずらしい</u>さかなが　います。

　　　　1. 目しい　　　2. 珍しい　　　3. 水しい　　　4. 貴しい

（　）② おくれた<u>りゆう</u>は　なんですか。

　　　　1. 理由　　　　2. 利用　　　　3. 理容　　　　4. 利誘

（　）③ かぞくと　えきの　まえで　<u>わかれました</u>。

　　　　1. 揺かれました　　　　　　　2. 別れました
　　　　3. 解かれました　　　　　　　4. 割れました

（　）④ アルコールと　いうのは　<u>たとえば</u>　ワインや　おさけなどです。

　　　　1. 列えば　　　2. 例えば　　　3. 挙えば　　　4. 如えば

（　）⑤ かぜで　ひどい<u>ねつ</u>が　でました。

　　　　1. 熱　　　　　2. 暑　　　　　3. 焼　　　　　4. 温

（　）⑥ えがおで　おきゃくさんを　<u>むかえて</u>　ください。

　　　　1. 合えて　　　2. 歓えて　　　3. 迎えて　　　4. 会えて

もんだい3 ___に　なにを　いれますか。1・2・3・4から
　　　　　　　いちばん　いい　ものを　ひとつ　えらんで　ください。

（　）① ＿＿＿＿を　つけたら、すずしく　なりました。

　　　　1. だんぼう　　　2. でんき　　　3. ストーブ　　　4. れいぼう

（　）② もう　じかんが　ありませんから、＿＿＿＿＿　ください。

1. いそいで　　　2. きゅうに　　　3. さわいで　　4. はやくて

（　）③ たなかさんの　てがみを　＿＿＿＿＿か。

1. ごらんに　なります　　　　　2. いらっしゃいます

3. おいでに　なります　　　　　4. はいけんします

（　）④ そんなことを　したら　＿＿＿＿＿しません。

1. しょうち　　　2. こしょう　　　3. ちゅうい　　4. しょくじ

（　）⑤ A「りょうから　がっこうまで　でんしゃで　さんじかんも
　　　　　かかります」

　　　B「そうですか。＿＿＿＿＿ですね」

1. べんり　　　　2. たいへん　　　3. すてき　　　4. おかしい

（　）⑥ ＿＿＿＿＿で　でんしゃが　とまって　しまいました。

1. しごと　　　　2. じこ　　　　3. びょうき　　4. うんてん

（　）⑦ これは　たんじょうびに　かれが　くれた＿＿＿＿＿です。

1. アルバイト　　　　　　　2. コンサート

3. プレゼント　　　　　　　4. ガソリンスタンド

（　）⑧ げつようびが　＿＿＿＿＿だったら、かようびに　しゅくだいを
　　　だして　ください。

1. べんり　　　　2. むり　　　　3. ひま　　　　4. ふべん

（　）⑨ としの　はじめは　＿＿＿＿＿です。

1. しがつ　　　　2. くがつ　　　　3. しょうがつ　4. ろくがつ

（　）⑩ にほんの　いちばん　＿＿＿＿＿は　ほっかいどうです。

1. した　　　　　2. まんなか　　　3. きた　　　　4. むこう

もんだい4　＿＿の　ぶんと　だいたい　おなじ　いみの　ぶんが
　　　　　あります。1・2・3・4から　いちばん　いい　ものを
　　　　　ひとつ　えらんで　ください。

（　）① このこうえんは　よる　きけんです。

　　　　1. このこうえんは　よる　べんりです。

　　　　2. このこうえんは　よる　いそがしいです。

　　　　3. このこうえんは　よる　にぎやかです。

　　　　4. このこうえんは　よる　あぶないです。

（　）② ちちに　ほめられました。

　　　　1. ちちは　わたしに　「はやく　ねろ」と　いいました。

　　　　2. ちちは　わたしに　「いいこだね」と　いいました。

　　　　3. ちちは　わたしに　「しおを　くれ」と　いいました。

　　　　4. ちちは　わたしに　「きを　つけて」と　いいました。

（　）③ A「きょう　いっしょに　えいがを　みに　いきませんか」

　　　　B「きょうは　ちょっと……」

　　　　1 ふたりは　これから　えいがかんへ　行きます。

　　　　2. ふたりは　これから　しょくじします。

　　　　3. ふたりは　これから　べつべつに　わかれます。

　　　　4. ふたりは　これから　かいものに　行きます。

（　）④ さいきん　おさけが　のめるように　なりました。

　　　　1. まえは　すこしなら　おさけを　のむことが　できました。

　　　　2. いつも　おさけを　のんで　います。

　　　　3. ちかごろ　おさけを　のむように　なりました。

　　　　4. さいきん　よく　おさけを　のみたいと　おもいます。

（　）⑤ このりょうは　だんせいが　はいっては　いけません。

1. このりょうは　だれが　はいっても　いいです。

2. このりょうは　だれも　はいっては　いけません。

3. このりょうは　じょせいが　はいっても　いいです。

4. このりょうは　じょせいが　はいっては　いけません。

もんだい5　つぎの　ことばの　つかいかたで　いちばん　いい

　　　　　ものを　1・2・3・4から　ひとつ　えらんで　ください。

（　）① しんせつ

1. このみせは　しんせつですが、たかいです。

2. これは　しんせつなテレビです。

3. ともだちは　しんせつなことです。

4. となりの　ひとは　とても　しんせつです。

（　）② せわする

1. りょうきんを　せわして　ください。

2. せんぱいは　こうはいを　せわします。

3. みちを　せわします。

4. いらないものを　せわして　ください。

（　）③ けっして

1. けっして　ははに　はなしては　いけません。

2. しけんに　けっして　ごうかくします。

3. これは　けっしてなけっかです。

4. あしたは　けっして　あめです。

（　）④ はずかしい

    1. <u>はずかしい</u>しゅくだいが　たくさん　あります。

    2. きのう　<u>はずかしい</u>テレビを　みました。

    3. にほんごを　<u>はずかしい</u>はなして　います。

    4. <u>はずかしい</u>ことを　しないで　ください。

（　）⑤ いじょう

    1. ゆきの　けしきは　<u>いじょう</u>です。

    2. たいわんの　じんこうは　にせんまん　<u>いじょう</u>です。

    3. このくすりを　<u>いじょう</u>　のみたくないです。

    4. かいぎが　まいしゅう　<u>いじょう</u>　あります。

もんだい6 ＿＿に　何を　入れますか。1・2・3・4から　いちばん
        いい　ものを　一つ　えらんで　ください。

（　）① 図書館で　本を　＿＿＿＿と　したら、だれかが　借りて
いました。

    1. 借りたい　　　2. 借りよう　　3. 借りる　　　4. 借りた

（　）② あのレストランで　食べた料理の　＿＿＿＿は　わすれられません。

    1. おいしさ　　　　　　　　2. おいしいの

    3. おいしいこと　　　　　　4. おいしさ

（　）③ 林さんは　いつ　にほんに　行った＿＿＿＿　知って　いますか。

    1. か　　　　　2. を　　　　　3. に　　　　4. と

（　）④ でかけるから、はやく　＿＿＿＿。

    1. したくです　　　　　　　2. したくしません

    3. したくだ　そうです　　　4. したくしなさい

（　）⑤ 車_____ 気を　つけろ。

1. に 　　　 2. で 　　　 3. を 　　　 4. が

（　）⑥ なつやすみは　にほんで　たのしいじかんを　_____。

1. あそんだ 　　 2. すごした 　　 3. つかった 　　 4. すいた

（　）⑦ らいしゅうの　しけんに　むけて　_____　います。

1. りょうりして 　　　　　　 2. じゅんびして

3. きこえて 　　　　　　 4. つくって

（　）⑧ あれは　アメリカへ　_____ひこうきです。

1. いくの 　　　 2. いっての 　　 3. いるの 　　 4. いく

（　）⑨ わたしは　りょうりが　すきですが、じょうず_____。

1. ありません 　　　　　　 2. ないです

3. だったないです 　　　　　　 4. じゃありません

（　）⑩ あの_____　ひとは　たなかさんです。

1. ながく　かみの 　　　　　 2. かみを　ながく

3. かみは　ながい 　　　　　 4. かみの　ながい

（　）⑪ そのテストは　三十分_____　できる。

1. を 　　　 2. で 　　　 3. から 　　 4. に

（　）⑫ ごご　ようじが　あるから、それ_____　送って　ください。

1. からは 　　 2. までに 　　 3. なのに 　　 4. まえに

（　）⑬ 肉は　生_____　食べないほうが　いいです。

1. の　まま 　　 2. の　そう 　　 3. の　よう 　　 4. の　ため

（　）⑭ 博物館で　写真を　とる_____は　いけないことです。

1. の 　　　 2. が 　　　 3. を 　　　 4. から

（　　）⑮ あの公園は　森の　_____　広いです。

　　　　1. ような　　　　2. そうな　　　　3. そうに　　　　4. ように

もんだい7 ___★___ に 入る ものは どれですか。1・2・3・4から
**　　　　いちばん いい ものを 一つ えらんで ください。**

（　　）① A「あなたも　パーティーへ　行きますか」

　　　　B「_____　_____　___★___　_____」

　　　　1. かもしれません　　　　　　2. いそがしい

　　　　3. 行けない　　　　　　　　　4. から

（　　）② あしたは　やすみな　_____　_____　___★___　_____　です。

　　　　1. お花見を　　　2. する　　　3. ので　　　4. つもり

（　　）③ でかけよう　_____　_____　___★___　_____。

　　　　1. と　　　　　　　　　　　　2. 雨が

　　　　3. したとき　　　　　　　　　4. 降りはじめた

（　　）④ 寝る　_____　_____　___★___　_____。

　　　　1. まえに　　　　　　　　　　2. いけません

　　　　3. みがかなくては　　　　　　4. はを

（　　）⑤ マリアさんは　_____　_____　___★___　_____　です。

　　　　1. 上手　　　　2. 洋服も　　　3. つくれるし　4. 料理も

もんだい8 　　①　　 から 　　⑤　　 に 何を 入れますか。1・2・3・4
　　　　　　から いちばん いい ものを 一つ えらんで ください。

　　　沖縄は 台湾の ように 小さい島です。九州の 南に
あります。めんせきは 約2,276km²で、じんこうは 140万人
ぐらいです。一年中、暑い日が つづいて います。台湾から
　　①　　、ひこうきの ほかに ふねでも 行けます。
　　　沖縄で 一番 　　②　　のは うみです。ここの うみは
にほんで もっとも きれいなうみだと 　　③　　。それに
うみの なかには 　　④　　が たくさん います。ほんとうに
すばらしいところです。
　　　那覇は 沖縄で 一番 大きいまちです。おみやげの みせや
沖縄料理の せんもんてんなど いろいろ あります。外国人も
　　⑤　　に います。とても にぎやかなまちです。

（　）① 1. 行きたい　　　2. 行き　　　　3. 行った　　　4. 行くなら

（　）② 1. 有名　　　　　2. 有名な　　　3. 有名だ　　　4. 有名で

（　）③ 1. 言われて います　　　　2. 言えます

　　　　　3. 言って います　　　　　4. 言えて います

（　）④ 1. ごみや ボトル

　　　　　2. サンゴ礁や きれいなさかな

　　　　　3. たべものや のみもの

　　　　　4. きや はな

（　）⑤ 1. あれ　これ
　　　　 2. ああ　こう
　　　　 3. あっち　こっち
　　　　 4. あんな　こんな

模擬試題第二回　解答

もんだい1　① 3　　② 1　　③ 3　　④ 2　　⑤ 4
　　　　　　　⑥ 3　　⑦ 2　　⑧ 1　　⑨ 4

もんだい2　① 2　　② 1　　③ 2　　④ 2　　⑤ 1
　　　　　　　⑥ 3

もんだい3　① 4　　② 1　　③ 1　　④ 1　　⑤ 2
　　　　　　　⑥ 2　　⑦ 3　　⑧ 2　　⑨ 3　　⑩ 3

もんだい4　① 4　　② 2　　③ 3　　④ 3　　⑤ 3

もんだい5　① 4　　② 2　　③ 1　　④ 4　　⑤ 2

もんだい6　① 2　　② 1　　③ 1　　④ 4　　⑤ 1
　　　　　　　⑥ 2　　⑦ 2　　⑧ 4　　⑨ 4　　⑩ 4
　　　　　　　⑪ 2　　⑫ 2　　⑬ 1　　⑭ 1　　⑮ 4

もんだい7　① 3　　② 2　　③ 2　　④ 3　　⑤ 4

もんだい8　① 4　　② 2　　③ 1　　④ 2　　⑤ 3

模擬試題第二回　中譯及解析

もんだい1　＿＿の　ことばは　どう　よみますか。1・2・3・4から
　　　　　　いちばん　いい　ものを　ひとつ　えらんで　ください。

（　）① 表に　なにか　かいて　あります。
　　　1. ひょう　　　　2. てまえ　　　3. おもて　　　4. てもと
中譯 表面上寫著些什麼。
解析 選項1是「表」是「表格」；選項2「手前」是「面前」；選項3「表」是「表面」；選項4「手元」是「手頭、手邊」。所以正確答案為選項3。

（　）② さいきん、よく　忘れ物を　します。
　　　1. わすれもの　　　　　　　2. おぼれもの
　　　3. おぼれこと　　　　　　　4. わすれこと
中譯 最近經常遺忘東西。
解析 「忘れ物」是「遺忘東西」。其餘選項為錯誤用法。

（　）③ 道具を　つかって　じっけんしましょう。
　　　1. とうぐ　　　　2. とおく　　　3. どうぐ　　　4. どうく
中譯 使用道具實驗吧。
解析 「道具」是「道具」。選項1「唐虞」是「堯舜時代」；選項2「遠く」是副詞「遙遠地」；選項4「同区」是「同區域」，並非新日檢N4範圍的字。

（　）④ へやを　片付けて　ください。
　　　1. かたつけて　　　　　　　2. かたづけて
　　　3. かだつけて　　　　　　　4. かだづけて
中譯 請整理房間。
解析 「片付けて」是「片付けます」的て形，意思為「整理」。其餘選項為不存在的字。

（　）⑤ 偶に　コンサートへ　行きます。

    1. すみ　　　　2. ぐう　　　　3. くう　　　　4. たま

中譯　偶爾去演唱會。

解析　「偶」是「偶爾」的意思；而選項1是「隅」是「角落」。其餘選項皆為錯誤用法。

（　）⑥ にほんでは　サッカーが　とても　盛んです。

    1. ざかん　　　2. ぜいかん　　　3. さかん　　　4. せいかん

中譯　在日本，足球很盛行。

解析　「盛ん」是「盛行」的意思，屬「ナ形容詞」，所以答案為選項3，其餘選項並非N4範圍的字，並不特別列出。

（　）⑦ 下着は　じぶんで　あらって　ください。

    1. しだぎ　　　2. したぎ　　　3. したき　　　4. しだき

中譯　內衣褲請自己洗。

解析　「下着」是「內衣或內褲」，所以正確答案為選項2，選項3「下木」是「在其他樹下生長的小棵樹木」，並非N4範圍的字，其餘選項為不存在的字。

（　）⑧ このおさらは　浅いです。

    1. あさい　　　2. ふかい　　　3. あつい　　　4. すごい

中譯　這個盤子很淺。

解析　選項1是「浅い」是「淺的」；選項2「深い」是「深的」；選項3「暑い」是「（天氣）炎熱的」；選項4「すごい」是「厲害的」。

（　）⑨ 昼間の　うちに　せんたくします。

    1. ちるま　　　2. しるま　　　3. くるま　　　4. ひるま

中譯　趁白天的時候洗衣服。

解析　「昼間」是「白天」的意思。選項3「車」是「車子」；其餘選項為不存在的字。

もんだい2 ＿＿の ことばは どう かきますか。1・2・3・4から いちばん いい ものを ひとつ えらんで ください。

（　）① いけの　なかに　めずらしいさかなが　います。

　　　　1. 目しい　　　　2. 珍しい　　　　3. 水しい　　　　4. 貴しい

中譯 池塘中有珍貴的魚。

解析 「珍(めずら)しい」是「珍貴、罕見的」，所以正確答案為選項2。其餘選項為不存在的字。

（　）② おくれたりゆうは　なんですか。

　　　　1. 理由　　　　2. 利用　　　　3. 理容　　　　4. 利誘

中譯 遲到的理由是什麼呢？

解析 選項1是「理由(りゆう)」是「理由」；選項2「利用(りよう)」是「利用」；選項3「理容(りよう)」是「理髮和美容」；選項4為不存在的字。

（　）③ かぞくと　えきの　まえで　わかれました。

　　　　1. 揺かれました　　　　　　2. 別れました

　　　　3. 解かれました　　　　　　4. 割れました

中譯 和家人在車站前面分手了。

解析 選項2「別(わか)れました」是「分別了」；選項3「解(と)かれました」是「被解開、解除了」；選項4「割(わ)れました」是「破掉了」。選項1為不存在的字。

（　）④ アルコールと　いうのは　たとえば　ワインや　おさけなどです。

　　　　1. 列えば　　　　2. 例えば　　　　3. 挙えば　　　　4. 如えば

中譯 所謂的含酒精飲料，例如葡萄酒或清酒等。

解析 「例(たと)えば」是「例如」。其餘選項為不存在的字。

（　）⑤ かぜで　ひどい<u>ねつ</u>が　でました。

　　　　1. 熱　　　　　　　2. 暑　　　　　　3. 焼　　　　　4. 温

中譯 因為感冒，發了很高的燒。

解析 「熱」是「熱度、發燒」。其餘選用法皆不正確。

（　）⑥ えがおで　おきゃくさんを　<u>むかえて</u>　ください。

　　　　1. 合えて　　　　2. 歓えて　　　3. 迎えて　　　4. 会えて

中譯 請用笑臉迎接客人。

解析 選項3「迎えて」是「迎えます」的て形，意思是「迎接」。選項1「合えて」是「合えます」的て形，屬於可能形動詞，意思是「能夠合適」；選項3「会えて」是「会えます」的て形，屬於可能形動詞，意思是「能夠見面」；選項2為不存在的字。

もんだい3 ＿＿に　なにを　いれますか。1・2・3・4から
　　　　　　いちばん　いい　ものを　ひとつ　えらんで　ください。

（　）① ＿＿＿を　つけたら、すずしく　なりました。

　　　　1. だんぼう　　　2. でんき　　　3. ストーブ　　4. れいぼう

中譯 開了冷氣，變涼了。

解析 選項1是「暖房」是「暖氣」；選項2「電気」是「電燈」；選項3「ストーブ」是「暖爐」；選項4「冷房」是「冷氣」。

（　）② もう　じかんが　ありませんから、＿＿＿　ください。

　　　　1. いそいで　　　2. きゅうに　　　3. さわいで　　4. はやくて

中譯 因為已經沒時間了，請快一點。

解析 選項1是「急いで」是「快一點」；選項2「急に」是「突然」；選項3「騒いで」是「吵鬧」；選項4「早くて」是「早的」。

( )③ たなかさんの　てがみを ＿＿＿＿か。

　　　1. ごらんに　なります　　　　　　2. いらっしゃいます

　　　3. おいでに　なります　　　　　　4. はいけんします

中譯　田中先生的信，您要過目嗎？

解析　選項1是「ごらんになります」是「見ます」（看）的尊敬語；選項2「いらっしゃいます」是「行きます」（去）、「来ます」（來）和「います」（在）的尊敬語；選項3「おいでになります」（出席）也屬敬語表現；選項4「拝見します」是「見ます」的謙讓語。因為是講別人的事情，所以要用選項1的敬語，不能用選項4的謙讓語。

( )④ そんなことを　したら ＿＿＿＿しません。

　　　1. しょうち　　　2. こしょう　　　3. ちゅうい　　　4. しょくじ

中譯　如果做了那樣的事情，絕不饒恕。

解析　選項1是「承知」是「知道、饒恕」；選項2「故障」是「故障」；選項3「注意」是「注意」；選項4「食事」是「用餐」。

( )⑤ A「りょうから　がっこうまで　でんしゃで　さんじかんも
　　　　 かかります」

　　　B「そうですか。 ＿＿＿＿ですね」

　　　1. べんり　　　　2. たいへん　　　3. すてき　　　4. おかしい

中譯　A「從宿舍到學校，搭電車需要花三個小時。」
　　　B「這樣啊。真是辛苦呢。」

解析　選項1是「便利」是「便利」；選項2「大変」是「辛苦、不得了」；選項3「素敵」是「很棒」；選項4「おかしい」是「奇怪的」。

( )⑥ ＿＿＿＿で　でんしゃが　とまって　しまいました。

　　　1. しごと　　　　2. じこ　　　　3. びょうき　　　4. うんてん

中譯　因為意外，電車停駛了。

解析　選項1是「仕事」是「工作」；選項2「事故」是「意外」；選項3「病気」是「生病」；選項4「運転」是「駕駛」。

（　）⑦ これは　たんじょうびに　かれが　くれた_____です。

1. アルバイト　　　　　　　　　　2. コンサート

3. プレゼント　　　　　　　　　　4. ガソリンスタンド

中譯 這是生日時，他（男友）送我的禮物。

解析 選項1是「アルバイト」是「打工」；選項2「コンサート」是「演唱會、演奏會」；選項3「プレゼント」是「禮物」；選項4「ガソリンスタンド」是「加油站」。

（　）⑧ げつようびが　_____だったら、かようびに　しゅくだいを　だして
ください。

1. べんり　　　　2. むり　　　　3. ひま　　　4. ふべん

中譯 如果星期一太勉強的話，請星期二交出作業。

解析 選項1是「便利」是「便利」；選項2「無理」是「太勉強」；選項3「暇」是「空閒」；選項4「不便」是「不方便」。

（　）⑨ としの　はじめは　_____です。

1. しがつ　　　　2. くがつ　　　　3. しょうがつ　　4. ろくがつ

中譯 一年的開始是一月。

解析 選項1是「四月」是「四月」；選項2「九月」是「九月」；選項3「正月」是「正月、一月」；選項4「六月」是「六月」。

（　）⑩ にほんの　いちばん　_____は　ほっかいどうです。

1. した　　　　2. まんなか　　　3. きた　　　　4. むこう

中譯 日本的最北邊是北海道。

解析 選項1是「下」是「下面」；選項2「真ん中」是「正中間」；選項3「北」是「北邊」；選項4「向こう」是「對面」。

もんだい4　＿＿の　ぶんと　だいたい　おなじ　いみの　ぶんが
　　　　　あります。1・2・3・4から　いちばん　いい　ものを
　　　　　ひとつ　えらんで　ください。

（　）① このこうえんは　よる　きけんです。
　　　1. このこうえんは　よる　べんりです。
　　　2. このこうえんは　よる　いそがしいです。
　　　3. このこうえんは　よる　にぎやかです。
　　　4. このこうえんは　よる　あぶないです。
中譯 這個公園，晚上很危險。
解析 選項1是「這個公園，晚上很方便」；選項2是「這個公園，晚上很忙」；選項3是「這個公園，晚上很熱鬧」；選項4是「這個公園，晚上很危險」。所以正確答案是4。

（　）② ちちに　ほめられました。
　　　1. ちちは　わたしに　「はやく　ねろ」と　いいました。
　　　2. ちちは　わたしに　「いいこだね」と　いいました。
　　　3. ちちは　わたしに　「しおを　くれ」と　いいました。
　　　4. ちちは　わたしに　「きを　つけて」と　いいました。
中譯 被家父稱讚了。
解析 選項1是「家父對我說：『快點睡』」；選項2是「家父對我說：『好孩子啊』」；選項3是「家父對我說：『給我鹽』」；選項4是「家父對我說：『小心點』」。所以正確答案是2。

（　）③ A「きょう　いっしょに　えいがを　みに　いきませんか」
　　　B「きょうは　ちょっと……」
　　　1. ふたりは　これから　えいがかんへ　行きます。
　　　2. ふたりは　これから　しょくじします。
　　　3. ふたりは　これから　べつべつに　わかれます。
　　　4. ふたりは　これから　かいものに　行きます。

中譯 A「今天要不要一起去看電影呢？」

B「今天有點……」

解析 選項1是「二人現在要去電影院」；選項2是「二人現在要用餐」；選項3是「二人現在各自分開」；選項4是「二人現在要去買東西」。所以正確答案是3。

（　）④ さいきん　おさけが　のめるように　なりました。

1. まえは　すこしなら　おさけを　のむことが　できました。

2. いつも　おさけを　のんで　います。

3. ちかごろ　おさけを　のむように　なりました。

4. さいきん　よく　おさけを　のみたいと　おもいます。

中譯 最近變得能夠喝酒了。

解析 選項1是「之前是如果一點點酒的話，是能夠喝的」；選項2是「總是喝著酒」；選項3是「最近開始喝起酒了」；選項4是「最近經常想喝酒」。所以正確答案是3。

（　）⑤ このりょうは　だんせいが　はいっては　いけません。

1. このりょうは　だれが　はいっても　いいです。

2. このりょうは　だれも　はいっては　いけません。

3. このりょうは　じょせいが　はいっても　いいです。

4. このりょうは　じょせいが　はいっては　いけません。

中譯 這宿舍，男性不可以進入。

解析 選項1是「這宿舍，誰都可以進入」；選項2是「這宿舍，誰都不可以進入」；選項3是「這宿舍，女性可以進入」；選項4是「這宿舍，女性不可以進入」。所以正確答案是3。

もんだい5　つぎの　ことばの　つかいかたで　いちばん　いい
　　　　　　ものを　1・2・3・4から　ひとつ　えらんで　ください。

（　）① しんせつ

　　　1. このみせは　しんせつですが、たかいです。

　　　2. これは　しんせつなテレビです。

　　　3. ともだちは　しんせつなことです。

　　　4. となりの　ひとは　とても　しんせつです。

中譯 隔壁的人，非常親切。

解析 「親切」（親切）是名詞、ナ形容詞，只能用來形容人，所以正確答案是4，其
餘用法皆不正確。

（　）② せわする

　　　1. りょうきんを　せわして　ください。

　　　2. せんぱいは　こうはいを　せわします。

　　　3. みちを　せわします。

　　　4. いらないものを　せわして　ください。

中譯 前輩照顧晚輩。

解析 「世話する」（照顧）是動詞，只能用來照顧人，所以正確答案是2，其餘用法
皆不正確。

（　）③ けっして

　　　1. けっして　ははに　はなしては　いけません。

　　　2. しけんに　けっして　ごうかくします。

　　　3. これは　けっしてなけっかです。

　　　4. あしたは　けっして　あめです。

中譯 絕對不可以跟家母說。

解析 「決して」（絕對）是副詞，後面要接否定，所以正確答案是1，其餘用法皆不
正確。

（ ）④ はずかしい

     1. <u>はずかしい</u>しゅくだいが　たくさん　あります。

     2. きのう　<u>はずかしい</u>テレビを　みました。

     3. にほんごを　<u>はずかしい</u>はなして　います。

     4. <u>はずかしい</u>ことを　しないで　ください。

中譯 請不要做羞恥的事情。

解析 「<ruby>恥<rt>は</rt></ruby>ずかしい」（羞恥的、丟臉的）是イ形容詞，只能用來形容事情，所以正確
答案是4，其餘用法皆不正確。

（ ）⑤いじょう

     1. ゆきの　けしきは　<u>いじょう</u>です。

     2. たいわんの　じんこうは　にせんまん　<u>いじょう</u>です。

     3. このくすりを　<u>いじょう</u>　のみたくないです。

     4. かいぎが　まいしゅう　<u>いじょう</u>　あります。

中譯 台灣的人口二千萬以上。

解析 「<ruby>以上<rt>いじょう</rt></ruby>」（以上）是和數量相關的名詞，所以正確答案是2，其餘用法皆不正
確。

- -

もんだい6 ＿＿に　<ruby>何<rt>なに</rt></ruby>を　<ruby>入<rt>い</rt></ruby>れますか。1・2・3・4から　いちばん
       いい　ものを　<ruby>一<rt>ひと</rt></ruby>つ　えらんで　ください。

（ ）① <ruby>図書館<rt>としょかん</rt></ruby>で　<ruby>本<rt>ほん</rt></ruby>を　＿＿＿と　したら、だれかが　<ruby>借<rt>か</rt></ruby>りて　いました。

    1. <ruby>借<rt>か</rt></ruby>りたい   2. <ruby>借<rt>か</rt></ruby>りよう   3. <ruby>借<rt>か</rt></ruby>りる   4. <ruby>借<rt>か</rt></ruby>りた

中譯 正想在圖書館借書時，某人已經借走了。

解析 選項2「動詞意向形＋とします」是「正想要～」的意思。「<ruby>借<rt>か</rt></ruby>りよう」是
「<ruby>借<rt>か</rt></ruby>ります」（借出）的意向形。

（　）② あのレストランで　食べた料理の　_____は　わすれられません。

　　　　1. おいしさ　　　　　　　　　2. おいしいの

　　　　3. おいしいこと　　　　　　　4. おいしいさ

中譯　忘不了在那間餐廳，所吃的料理的美味程度。

解析　空格部分應該要放名詞。イ形容詞要變成名詞時，只要將「イ形容詞去い
　　　＋さ」，即成為「名詞」，所以正確的答案為選項1「おいしさ」（美味的程
　　　度）。其餘選項並不適用本句。

（　）③ 林さんは　いつ　にほんに　行った_____　知って　いますか。

　　　　1. か　　　　　2. を　　　　　3. に　　　　　4. と

中譯　知道林先生什麼時候去日本的嗎？

解析　選項1「林さんはいつにほんに行ったか」整句作為疑問子句，當成「知って
　　　います」的受詞。其餘選項皆為錯誤的文法。

（　）④ でかけるから、はやく　_____。

　　　　1. したくです　　　　　　　　2. したくしません

　　　　3. したくだそうです　　　　　4. したくしなさい

中譯　因為要外出，快點預備！

解析　「支度します」是「預備」的意思。選項4「動詞ます形去ます＋なさい」表示
　　　「委婉的命令」。其餘選項皆為錯誤的文法。

（　）⑤ 車_____　気を　つけろ。

　　　　1. に　　　　　2. で　　　　　3. を　　　　　4. が

中譯　小心車子！

解析　選項1「〜に気をつけます」是「小心〜」。「つけろ」是「つけます」（注意）
　　　的「命令形」。其餘選項皆為錯誤的文法。

（　）⑥ なつやすみは　にほんで　たのしいじかんを　＿＿＿＿。

　　　　1. あそんだ　　　2. すごした　　　3. つかった　　　4. すいた

中譯 暑假在日本過著快樂的時光。

解析 選項1是「遊んだ」是「遊びます」（遊玩）的た形；選項2「過ごした」是
　　「過ごします」（過日子）的た形；選項3「使った」是「使います」（使用）的
　　た形；選項4「空いた」是「空きます」（空）的た形。

（　）⑦ らいしゅうの　しけんに　むけて　＿＿＿＿　います。

　　　　1. りょうりして　　　　　　　　2. じゅんびして

　　　　3. きこえて　　　　　　　　　　4. つくって

中譯 正朝著下個禮拜的考試準備。

解析 選項1是「料理して」是「料理します」（做菜）的て形；選項2「準備して」
　　是「準備します」（準備）的て形；選項3「聞こえて」是「聞こえます」（聽
　　得到）的て形；選項4「作って」是「作ります」（製作）的て形。

（　）⑧ あれは　アメリカへ　＿＿＿＿ひこうきです。

　　　　1. いくの　　　　2. いっての　　　3. いるの　　　4. いく

中譯 那是往美國的飛機。

解析 「アメリカへ行く」（往美國）使用動詞辭書形「行く」，修飾後面的名詞「飛
　　行機」。其餘選項皆為錯誤的文法。

（　）⑨ わたしは　りょうりが　すきですが、じょうず＿＿＿＿。

　　　　1. ありません　　　　　　　　　2. ないです

　　　　3. だったないです　　　　　　　4. じゃありません

中譯 我雖然喜歡料理，但不擅長。

解析 「上手」（擅長）為「ナ形容詞」，所以否定用法為選項4「ナ形容詞＋じゃあ
　　りません」。其餘選項皆為錯誤的文法。

（　）⑩ あの_____　ひとは　たなかさんです。

  1. ながく　かみの   2. かみを　ながく

  3. かみは　ながい   4. かみの　ながい

中譯　那個長頭髮的人是田中小姐。

解析　選項4「髪の長い」（也可換成「髪が長い」）是「長頭髮」的意思，用來修飾後面的「人」。其餘選項皆為錯誤的文法。

（　）⑪ そのテストは　三十分_____　できる。

  1. を   2. で   3. から   4. に

中譯　這測驗三十分鐘可以完成。

解析　選項2「で」是「期限」的意思。能和「できる」共用的助詞還有「が」，「～ができます」，表示「能夠～」。其餘助詞皆為錯誤的文法。

（　）⑫ ごご　ようじが　あるから、それ_____　送って　ください。

  1. からは   2. までに   3. なのに   4. まえに

中譯　因為下午有事情，請在那之前發送。

解析　選項2「までに」是「期限」。選項1「それからは」是「那之後」，與語意不合；其餘選項無此用法。

（　）⑬ 肉は　生_____　食べないほうが　いいです。

  1. の　まま   2. の　そう   3. の　よう   4. の　ため

中譯　肉別生吃比較好。

解析　選項1是「～のまま」是「維持～的狀態」；選項2無此用法；選項3是「像～樣子」；選項4是「為了～」。「～ほうがいいです」是「給予建議」的句型。

（　）⑭ 博物館で　写真を　とる_____は　いけないことです。

  1. の   2. が   3. を   4. から

中譯　不可以在博物館拍照。

解析　選項1「の」屬於「名詞子句」的做法之一。名詞化之後的句子，在本題當做句子的主詞。其餘的選項皆為錯誤的文法。

（　）⑮ あの公園は　森の　＿＿＿＿　広いです。

1. ような　　　　　2. そうな　　　　3. そうに　　　　4. ように

中譯　那個公園像森林一樣寬廣。

解析　選項1「～ような＋名詞」是「如～一般的名詞」；選項4「名詞＋の＋ように～」是「如同名詞般的～」，所以正確答案為4。其餘選項皆為錯誤的文法。

もんだい 7　＿★＿に　入る　ものは　どれですか。1・2・3・4から
　　　　　　いちばん　いい　ものを　一つ　えらんで　ください。

（　）① A「あなたも　パーティーへ　行きますか」

B「＿＿＿＿　＿＿＿＿　＿★＿　＿＿＿＿」

1. かもしれません　　　　　　　　2. いそがしい

3. 行けない　　　　　　　　　　　4. から

中譯　A「你也要去派對嗎？」

B「因為很忙，可能不能去。」

解析　正確的排序是「いそがしい　から　行けない　かもしれません」。

（　）② あしたは　やすみな　＿＿＿＿　＿＿＿＿　＿★＿　＿＿＿＿　です。

1. お花見を　　　2. する　　　　3. ので　　　　4. つもり

中譯　因為明天是假日，打算去賞花。

解析　正確的排序是「あしたは　やすみな　ので　お花見を　する
つもり　です」。

（　）③ でかけよう　＿＿＿＿　＿＿＿＿　＿★＿　＿＿＿＿。

1. と　　　　　　　　　　　　　2. 雨が

3. したとき　　　　　　　　　　4. 降りはじめた

中譯　正當要出門時，下起雨來了。

解析　正確的排序是「でかけよう　と　したとき　雨が　降りはじめた」。

（　）④ 寝る _____ _____ ★ _____ 。

　　1. まえに　　　　　　　　　　2. いけません

　　3. みがかなくては　　　　　　4. はを

中譯　睡覺前一定要刷牙。

解析　正確的排序是「寝る　まえに　はを　みがかなくては　いけません」。

（　）⑤ マリアさんは _____ _____ ★ _____ です。

　　1. 上手　　　　2. 洋服も　　　　3. つくれるし　　4. 料理も

中譯　瑪麗亞小姐既會做衣服，料理也很擅長。

解析　正確的排序是「マリアさんは　洋服も　つくれるし　料理も　上手　です」。

もんだい8　　①　から　　⑤　に　何を　入れますか。1・2・3・4

　　からいちばん　いい　ものを　一つ　えらんで　ください。

　　沖縄は　台湾の　ように　小さい島です。九州の　南に

あります。めんせきは　約2,276 km²　で、じんこうは

140万人ぐらいです。一年中、暑い日が　つづいて　います。

台湾から　①行くなら、ひこうきの　ほかに　ふねでも

行けます。

　　沖縄で　一番　②有名なのは　うみです。ここの　うみは

にほんで　もっとも　きれいなうみだと　③言われて　います。

それに　うみの　なかには　④サンゴ礁や　きれいなさかなが

たくさん　います。ほんとうに　すばらしいところです。

　　那覇は　沖縄で　一番　大きいまちです。おみやげの　みせや

沖縄料理の　せんもんてんなど　いろいろ　あります。外国人も

⑤あっち　こっちに　います。とても　にぎやかなまちです。

沖繩和台灣一樣是個小島。在九州的南邊。面積約有2276平方公里，人口為140萬人左右。一年到頭都是炎熱的日子。如果從台灣去的話，可以搭乘飛機或是坐船。

在沖繩最有名的是海。這裡的海洋在日本，被稱為最漂亮的海洋。而且海裡還有很多珊瑚礁和漂亮的魚。真的是非常棒的地方。

那霸是沖繩最大的城鎮。有各式各樣的土產店或沖繩料理專門店等。外國人也到處可見。是非常熱鬧的城鎮。

（　）① 1. 行きたい　　　 2. 行き　　　 3. 行った　　　 4. 行くなら

中譯 如果從台灣去的話，可以搭乘飛機或是坐船。

解析 根據語意，此句應為假設句型，只有選項4「動詞辭書形＋なら」屬假設用法，意思是「如果～的話」。其餘選項皆為錯誤的文法。

（　）② 1. 有名　　　　 2. 有名な　　　 3. 有名だ　　　 4. 有名で

中譯 在沖繩最有名的是海。

解析 由於「有名」為ナ形容詞，其後修飾名詞時，須用「な」來連接，因此正確答案是選項2「有名な」。其餘選項皆為錯誤的文法。

（　）③ 1. 言われて　います　　　　　　 2. 言えます
　　　 3. 言って　います　　　　　　 4. 言えて　います

中譯 這裡的海洋在日本，被稱為最為漂亮的海洋。

解析 此處使用的句型為「～と言われています」，「言われます」（被稱為）是「言います」（稱為）的「受身形（被動形）」，整句意思為「被稱為～」。所以答案是選項1。其餘選項皆為錯誤的文法。

（　）④ 1. ごみや　ボトル

　　　　2. サンゴ礁<ruby>礁<rt>しょう</rt></ruby>や　きれいなさかな

　　　　3. たべものや　のみもの

　　　　4. きや　はな

中譯 而且海裡還有很多珊瑚礁和漂亮的魚。

解析 選項1是「ごみやボトル」是「垃圾和寶特瓶」；選項2「サンゴ礁<ruby>礁<rt>しょう</rt></ruby>やきれいな魚<ruby>魚<rt>さかな</rt></ruby>」是「珊瑚礁和漂亮的魚」；選項3「食<ruby>食<rt>た</rt></ruby>べものや飲<ruby>飲<rt>の</rt></ruby>みもの」是「食物和飲料」；選項4「木<ruby>木<rt>き</rt></ruby>や花<ruby>花<rt>はな</rt></ruby>」是「樹和花」。所以正確答案為選項2。

（　）⑤ 1. あれ　これ

　　　　2. ああ　こう

　　　　3. あっち　こっち

　　　　4. あんな　こんな

中譯 外國人也到處可見。

解析 選項1是「あれこれ」是「那個東西、這個東西」；選項2「ああこう」是「那樣、這樣」；選項3「あっちこっち」是「あちらこちら」的口語表現，意思是「那邊、這邊」；選項4「あんなこんな」是「那樣的、這樣的」。所以正確答案為選項3。

模擬試題第三回

もんだい1 ＿＿の ことばは どう よみますか。1・2・3・4から
いちばん いい ものを ひとつ えらんで ください。

（　）① まいにち じてんしゃで がっこうに 通って います。
1. はよって　　2. かよって　　3. いよって　　4. しよって

（　）② こうえんの 隅に ごみが あります。
1. すみ　　　　2. ぐう　　　　3. くう　　　　4. ずみ

（　）③ やくそくは 必ず まもって ください。
1. おならず　　2. いならず　　3. しならず　　4. かならず

（　）④ やぎの 鬚は しろいです。
1. かみ　　　　2. ひげ　　　　3. しげ　　　　4. がみ

（　）⑤ しゅうまつの えいがかんは 込んで います。
1. こんで　　　2. すんで　　　3. ふんで　　　4. かんで

（　）⑥ ここに すわっても 宜しいですか。
1. ただしい　　2. おかしい　　3. よろしい　　4. たのしい

（　）⑦ ことしは 地震が なんかい ありましたか。
1. ちしん　　　2. じしん　　　3. ちじん　　　4. じじん

（　）⑧ ふゆは はやく ひが 暮れます。
1. なれます　　2. くれます　　3. たれます　　4. おれます

（　）⑨ しゅっちょうの 確かなひにちが きまりましたか。
1. たしか　　　2. いつか　　　3. にしか　　　4. かくか

もんだい2　＿＿の　ことばは　どう　かきますか。1・2・3・4から
　　　　　　いちばん　いい　ものを　ひとつ　えらんで　ください。

（　　）① <u>こまかい</u>ところも　そうじしなければ　いけません。

　　　　1. 間かい　　　　2. 細かい　　　　3. 独かい　　　　4. 詳かい

（　　）② かのじょには　<u>むすめ</u>が　ふたり　います。

　　　　1. 妹　　　　　　2. 兄　　　　　　3. 姉　　　　　　4. 娘

（　　）③ <u>ざんねん</u>なけっかに　なりました。

　　　　1. 惨念　　　　　2. 懺念　　　　　3. 暫念　　　　　4. 残念

（　　）④ びょういんへ　ともだちの　<u>おみまい</u>に　いきました。

　　　　1. お観舞　　　　2. お美舞　　　　3. お見舞い　　　4. お身舞

（　　）⑤ わるい<u>しゅうかん</u>は　なおしましょう。

　　　　1. 週刊　　　　　2. 習慣　　　　　3. 主観　　　　　4. 首慣

（　　）⑥ にほんじんの　ともだちの　いえに　<u>とまった</u>ことが　あります。

　　　　1. 泊まった　　　2. 止まった　　　3. 伯まった　　　4. 留まった

もんだい3　＿＿に　なにを　いれますか。1・2・3・4から　いちばん
　　　　　　いい　ものを　ひとつ　えらんで　ください。

（　　）① わたしは　やすいきゅうりょうで　＿＿＿＿　います。

　　　　1. せんそうして　　　　　　　2. けがして

　　　　3. せいかつして　　　　　　　4. しゅっせきして

（　　）② コーヒーは　＿＿＿＿ので、こどもは　のまないほうが
　　　　いいです。

　　　　1. にがい　　　　　　　　　　2. つめたい

　　　　3. さむい　　　　　　　　　　4. いそがしい

（　）③ みちを _____、かいぎに おくれました。

1. まちがえて　　　　　　　　2. まにあって

3. のりかえて　　　　　　　　4. みつけて

（　）④ おんなのこは _____を たくさん もって います。

1. エスカレーター　　　　　　2. カーテン

3. アクセサリー　　　　　　　4. スクリーン

（　）⑤ A「_____」

B「ごしょうたい ありがとう ございます」

1. いってらっしゃい

2. よく いらっしゃいました

3. おかげさまで

4. いって まいります

（　）⑥ れいぞうこの _____が おかしいので、しゅりを たのみました。

1. きぶん　　　2. つごう　　　3. ぐあい　　　4. ようじ

（　）⑦ このテストは _____ かんたんです。

1. もうすぐ　　　　　　　　　2. しっかり

3. そろそろ　　　　　　　　　4. わりあいに

（　）⑧ きのうの こうぎは とても _____。

1. やくに たちました　　　　2. なくなりました

3. そばに おきました　　　　4. きを つけました

（　）⑨ がっこうの りょうは とおくて _____です。

1. じゅうぶん　2. ふべん　　3. さびしい　4. じゃま

（　）⑩ ひとの ては _____が じゅっぽん あります。

1. け　　　　2. ゆび　　　　3. め　　　　4. かみ

もんだい4 ＿＿の　ぶんと　だいたい　おなじ　いみの　ぶんが
　　　　あります。1・2・3・4から　いちばん　いい　ものを
　　　　ひとつ　えらんで　ください。

（　）① 「えんりょなく　めしあがって　ください」
　　　　1. いっぱい　うたって　ください。
　　　　2. いっぱい　いって　ください。
　　　　3. いっぱい　きいて　ください。
　　　　4. いっぱい　たべて　ください。

（　）② このパソコンは　たいわんせいです。
　　　　1. このパソコンは　たいわんで　つくられました。
　　　　2. このパソコンは　たいわんに　ゆにゅうされました。
　　　　3. このパソコンは　たいわんに　うられました。
　　　　4. このパソコンは　たいわんに　すてられました。

（　）③ マリア「ひさしぶりですね」
　　　　1. マリアさんは　このひとと　よく　あいます。
　　　　2. マリアさんは　このひとと　あまり　あいません。
　　　　3. マリアさんは　このひとを　しりませんでした。
　　　　4. マリアさんは　このひとと　しゅうに　よんかい　あいます。

（　）④ かいしゃに　ついたばかりです。
　　　　1. かいしゃに　ついて　もう　いちにちに　なりました。
　　　　2. かいしゃに　ついて　もう　いちじかんに　なりました。
　　　　3. もうすぐ　かいしゃに　つきます。
　　　　4. じゅっぷんまえに　かいしゃに　つきました。

（　）⑤ らいねん　だいがくに　はいることに　しました。

    1. らいねん　だいがくで　べんきょうすることに　きめました。

    2. らいねん　だいがくで　べんきょうするかもしれません。

    3. らいねん　だいがくで　べんきょうするだろう。

    4. らいねん　だいがくで　べんきょうするか　どうか

    わかりません。

もんだい5　つぎの　ことばの　つかいかたで　いちばん　いい

       ものを　1・2・3・4から　ひとつ　えらんで　ください。

（　）① おかげ

    1. せんせいの　おかげで　しけんに　ごうかくしました。

    2. おかげまで　がんばりましょう。

    3. おかげの　うちに　べんきょうしたほうが　いい。

    4. だいがくせいは　ほとんど　おかげを　もって　います。

（　）② とうとう

    1. うわさどおり　とうとう　きれいなひとです。

    2. しあいは　とうとう　まけて　しまいました。

    3. はるが　とうとう　きます。

    4. いっしゅうかん　かかって　レポートが　とうとう

    できました。

（　）③ へん

    1. くうきは　にんげんには　へんなものです。

    2. でんきを　つけて、へやを　へんに　します。

    3. あしたは　へんの　はれるでしょう。

    4. へやから　へんなおとが　きこえました。

（　）④ よごれる

　　　1. しろいふくは　すぐ　<u>よごれます</u>。

　　　2. やきゅうの　しあいで　<u>よごれました</u>。

　　　3. ちかくに　おおきなビルが　<u>よごれました</u>。

　　　4. かれしと　いちねんまえに　<u>よごれました</u>。

（　）⑤ うれしい

　　　1. きょうは　<u>うれしい</u>いちにちです。

　　　2. このがっこうの　ソフトは　<u>うれしい</u>です。

　　　3. せんせいに　ほめられて　とても　<u>うれしい</u>です。

　　　4. まどから　<u>うれしい</u>けしきが　みえます。

もんだい6 ＿＿に　何を　入れますか。1・2・3・4から　いちばん
　　　　　　いい　ものを　一つ　えらんで　ください。

（　）① ＿＿＿＿　買うけど、ちょっと　高すぎる。

　　　1. 安さ　　　　2. 安ければ　　3. 安くて　　4. 安い

（　）② あのかど＿＿＿＿　まがると　銀行が　見えます。

　　　1. から　　　　2. に　　　　　3. を　　　　4. で

（　）③ 辞書＿＿＿＿　しらべて　みたら、すぐ　わかります。

　　　1. で　　　　　2. から　　　　3. に　　　　4. と

（　）④ 彼が　学校を　やめたと　いうのは、ほんとうの　＿＿＿＿です。

　　　1. よう　　　　2. みたい　　　3. らしい　　4. そう

（　）⑤ そんなこと、こども＿＿＿＿　できます。

　　　1. より　　　　2. でも　　　　3. ほど　　　4. しか

（　）⑥ A「ここに　なまえを　書いて　ください」

B「日本語で　_____か」

A「はい、日本語で　書きなさい」

1. 書かなくては　いけません　　　2. 書かなくても　いいです

3. 書けても　いいです　　　　　　4. 書けたら　いいです

（　）⑦ 林先生は　いつも　学生_____　ような宿題を　出します。

1. と　考えた　　　　　　　　　2. に　考えさせる

3. に　考えられる　　　　　　　4. で　考えよう

（　）⑧ A「かれが　犯人だったそうです」

B「_____　そうでしたか」

1. やっぱり　　　2. やっと　　　3. もし　　　4. かなり

（　）⑨ 吉田恵子_____人を　知って　いますか。

1. との　　　　　2. とは　　　　3. のは　　　　4. と　いう

（　）⑩ 社長は　もう　_____。

1. お帰りなりました　　　　　　2. お帰りしました

3. お帰りに　なりました　　　　4. お帰りに　しました

（　）⑪ おなじ　ほんを　五冊_____　買って　しまいました。

1. を　　　　　2. も　　　　3. に　　　　4. か

（　）⑫ らいげつ　遊園地へ　あそび_____　いきませんか。

1. で　　　　　2. に　　　　3. を　　　　4. と

（　）⑬ A「きのう　どうして　学校を　やすんだの」

B「頭が　_____」

1. 痛いんだ　　　　　　　　　　2. 痛かったんだ

3. 痛くないんだ　　　　　　　　4. 痛いかったんだ

（　）⑭ そのくつを　はいて　＿＿＿＿　いいですか。
1. みては　　　　2. みても　　　3. みると　　　4. みれば

（　）⑮ さっき　たべた＿＿＿＿、また　お腹が　すいて　きました。
1. のに　　　　　2. のも　　　　3. のを　　　　4. ので

**もんだい7　＿★＿に　入る　ものは　どれですか。1・2・3・4から
　　　　　　いちばん　いい　ものを　一つ　えらんで　ください。**

（　）① 天気予報に　よると　＿＿＿＿　＿＿＿＿　＿★＿　＿＿＿＿。
1. あしたは　　　2. 一日　　　　3. そうだ　　　4. あめだ

（　）② わたしは　＿＿＿＿　＿＿＿＿　＿★＿　＿＿＿＿。
1. ともだちに　　　　　　　2. おみやげを
3. あげました　　　　　　　4. くにの

（　）③ ＿＿＿＿　＿＿＿＿　＿★＿　＿＿＿＿、お酒を　飲まないほうが
いいです。
1. かえる　　　　　　　　　2. 車を
3. うんてんして　　　　　　4. なら

（　）④ A「こんどの　やすみに　いっしょに　りょこうしませんか」
B「＿＿＿＿　＿＿＿＿　＿★＿　＿＿＿＿　です」
1. やすみに　　　　　　　　2. きこくする
3. つもり　　　　　　　　　4. すみません

（　）⑤ 学生の　＿＿＿＿　＿＿＿＿　＿★＿　＿＿＿＿。
1. したい　　　　　　　　　2. いろいろな
3. けいけんを　　　　　　　4. あいだに

もんだい8 　①　 から 　⑤　 に 何を 入れますか。1・2・3・4
　　　　　から いちばん いい ものを 一つ えらんで
　　　　　ください。

　　わたしは 秋が いちばん 好きです。何を するにも
ちょうど いい 　①　 からです。
　　たとえば、べんきょうです。 　②　 あつくないので、
ちょうじかん ほんを よんでも ねむく なりません。
　　また、りょこうにも いいです。きれいなこうようが 　③　 、
おいしいたべものも いっぱい 食べられます。秋に おいしい
たべものは、 　④　 柿や 栗、梨、牡蠣、かになどです。
　　それから、秋は 運動の きせつでも あります。走ったり、
ハイキングしたり して、汗を 流したあとは、さいこうの
　⑤　 です。

（ ）① 1. きせつな　　　　　　　2. きせつだ
　　　　 3. きせつを　　　　　　　4. きせつの

（ ）② 1. 夏と　　　　　　　　　2. 夏より
　　　　 3. 夏の　ほう　　　　　　4. 夏ほど

（ ）③ 1. みられるし　　　　　　2. みったり
　　　　 3. みるとか　　　　　　　4. みながら

（ ）④ 1. そして　　　　　　　　2. たとえば
　　　　 3. それでは　　　　　　　4. ところが

（ ）⑤ 1. きぶん　　　　　　　　2. ふんいき
　　　　 3. かんがえ　　　　　　　4. きもち

模擬試題第三回　解答

もんだい1 ① 2　　② 1　　③ 4　　④ 2　　⑤ 1
　　　　　　⑥ 3　　⑦ 2　　⑧ 2　　⑨ 1

もんだい2 ① 2　　② 4　　③ 4　　④ 3　　⑤ 2
　　　　　　⑥ 1

もんだい3 ① 3　　② 1　　③ 1　　④ 3　　⑤ 2
　　　　　　⑥ 3　　⑦ 4　　⑧ 1　　⑨ 2　　⑩ 2

もんだい4 ① 4　　② 1　　③ 2　　④ 4　　⑤ 1

もんだい5 ① 1　　② 2　　③ 4　　④ 1　　⑤ 3

もんだい6 ① 2　　② 3　　③ 1　　④ 1　　⑤ 2
　　　　　　⑥ 3　　⑦ 2　　⑧ 1　　⑨ 4　　⑩ 3
　　　　　　⑪ 2　　⑫ 2　　⑬ 2　　⑭ 2　　⑮ 1

もんだい7 ① 4　　② 2　　③ 1　　④ 2　　⑤ 3

もんだい8 ① 2　　② 4　　③ 1　　④ 2　　⑤ 1

模擬試題第三回　中譯及解析

もんだい1　___の　ことばは　どう　よみますか。1・2・3・4から
　　　　　　いちばん　いい　ものを　ひとつ　えらんで　ください。

（　）① まいにち　じてんしゃで　がっこうに　通って　います。
　　　　　1. はよって　　　　2. かよって　　　3. いよって　　　4. しよって
中譯　每天騎腳踏車通學。
解析　選項2「通って」是「通います」的て形，意思為「往返於～」。其餘選項為
　　　不存在的字。

（　）② こうえんの　隅に　ごみが　あります。
　　　　　1. すみ　　　　　2. ぐう　　　　　3. くう　　　　　4. ずみ
中譯　公園的角落有垃圾。
解析　選項1是「隅」是「角落」。其餘選項為錯誤的發音。

（　）③ やくそくは　必ず　まもって　ください。
　　　　　1. おならず　　　2. いならず　　　3. しならず　　　4. かならず
中譯　請務必遵守約定。
解析　選項4「必ず」是「務必」，屬於副詞。

（　）④ やぎの　鬚は　しろいです。
　　　　　1. かみ　　　　　2. ひげ　　　　　3. しげ　　　　　4. がみ
中譯　山羊的鬍鬚是白的。
解析　選項1是「髪」是「頭髪」；選項2「鬚」是「鬍鬚」。其餘選項皆不屬N4範
　　　圍單字。

（　）⑤ しゅうまつの　えいがかんは　<ruby>込<rt>こ</rt></ruby>んで　います。

　　　　1. こんで　　　　2. すんで　　　3. ふんで　　　4. かんで

中譯 週末的電影院很擁擠。

解析 選項1是「<ruby>込<rt>こ</rt></ruby>んで」是「<ruby>込<rt>こ</rt></ruby>みます」（擁擠）的て形；選項2「<ruby>住<rt>す</rt></ruby>んで」是「<ruby>住<rt>す</rt></ruby>みます」（居住）的て形；選項3「<ruby>踏<rt>ふ</rt></ruby>んで」是「<ruby>踏<rt>ふ</rt></ruby>みます」（踩）的て形；選項4「かんで」是「かみます」（咬、咀嚼）的て形。

（　）⑥ ここに　すわっても　<ruby>宜<rt>よろ</rt></ruby>しいですか。

　　　　1. ただしい　　　2. おかしい　　　3. よろしい　　4. たのしい

中譯 可以坐在這邊嗎？

解析 選項1是「<ruby>正<rt>ただ</rt></ruby>しい」是「正確的」；選項2「おかしい」是「奇怪的、可笑的」；選項3「<ruby>宜<rt>よろ</rt></ruby>しい」是「可以的」；選項4「<ruby>楽<rt>たの</rt></ruby>しい」是「快樂的」。

（　）⑦ ことしは　<ruby>地震<rt>じしん</rt></ruby>が　なんかい　ありましたか。

　　　　1. ちしん　　　2. じしん　　　3. ちじん　　　4. じじん

中譯 今年發生了幾次地震呢？

解析 選項2「<ruby>地震<rt>じしん</rt></ruby>」是「地震」。其餘選項皆不屬N4範圍單字。

（　）⑧ ふゆは　はやく　ひが　<ruby>暮<rt>く</rt></ruby>れます。

　　　　1. なれます　　　2. くれます　　　3. たれます　　4. おれます

中譯 冬天太陽較快下山。

解析 選項1是「<ruby>慣<rt>な</rt></ruby>れます」是「習慣」；選項2「<ruby>暮<rt>く</rt></ruby>れます」是「天黑」；選項3「<ruby>垂<rt>た</rt></ruby>れます」是「垂掛」；選項4「<ruby>折<rt>お</rt></ruby>れます」是「折斷」。

（　）⑨ しゅっちょうの　<ruby>確<rt>たし</rt></ruby>かなひにちが　きまりましたか。

　　　　1. たしか　　　2. いつか　　　3. にしか　　　4. かくか

中譯 出差確切的日期，已經決定了嗎？

解析 選項1「<ruby>確<rt>たし</rt></ruby>か」意為「確切的」，屬ナ形容詞。選項2為單字「<ruby>五日<rt>いつか</rt></ruby>」（五日），其餘選項皆不屬新日檢N4範圍單字。

もんだい2 ＿＿の ことばは どう かきますか。1・2・3・4から
いちばん いい ものを ひとつ えらんで ください。

（　）① こまかいところも そうじしなければ いけません。

　　　　1. 間かい　　　　2. 細かい　　　　3. 独かい　　　　4. 詳かい

中譯 細微的地方也得打掃。

解析 選項2「細<ruby>こま</ruby>かい」是「細微的」，屬於イ形容詞。其餘選項為不存在的字。

（　）② かのじょには むすめが ふたり います。

　　　　1. 妹　　　　　　2. 兄　　　　　　3. 姉　　　　　　4. 娘

中譯 她有二個女兒。

解析 選項1是「妹<ruby>いもうと</ruby>」是「舍妹」；選項2「兄<ruby>あに</ruby>」是「家兄」；選項3「姉<ruby>あね</ruby>」是「家姊」；選項4「娘<ruby>むすめ</ruby>」是「女兒」。

（　）③ ざんねんなけっかに なりました。

　　　　1. 惨念　　　　　2. 懺念　　　　　3. 暫念　　　　　4. 残念

中譯 變成了令人遺憾的結果。

解析 選項4「残念<ruby>ざんねん</ruby>」是「遺憾」。其餘選項為不存在的字。

（　）④ びょういんへ ともだちの おみまいに いきました。

　　　　1. お観舞　　　　2. お美舞　　　　3. お見舞い　　　　4. お身舞

中譯 去了醫院探望朋友。

解析 選項3「お見舞<ruby>みま</ruby>い」是「探病」。其餘選項為不存在的字。

（　）⑤ わるいしゅうかんは なおしましょう。

　　　　1. 週刊　　　　　2. 習慣　　　　　3. 主観　　　　　4. 首慣

中譯 改掉不好的習慣吧！

解析 選項1是「週刊<ruby>しゅうかん</ruby>」是「週刊」；選項2「習慣<ruby>しゅうかん</ruby>」是「習慣」；選項3「主観<ruby>しゅかん</ruby>」是「主觀」。選項4為不存在的字。

（　）⑥ にほんじんの　ともだちの　いえに　<u>とまった</u>ことが　あります。

　　　1. 泊まった　　　　2. 止まった　　　3. 伯まった　　　4. 留まった

中譯　曾在日本友人的家住宿。

解析　選項1是「泊まった」是「泊まります」（住宿）的た形；選項2「止まった」
　　　是「止まります」（停止）的た形；選項4「留まった」是「留まります」（滯
　　　留）的た形。選項3為不存在的字。

もんだい3　＿＿に　なにを　いれますか。1・2・3・4から　いちばん
　　　　　　いい　ものを　ひとつ　えらんで　ください。

（　）① わたしは　やすいきゅうりょうで　＿＿＿＿　います。

　　　1. せんそうして　　　　　　　　2. けがして

　　　3. せいかつして　　　　　　　　4. しゅっせきして

中譯　我靠著低廉的薪水生活著。

解析　選項1是「戦争して」是「戦争します」（戰爭）的て形；選項2「けがして」
　　　是「けがします」（受傷）的て形；選項3「生活して」是「生活します」（生
　　　活）的て形；選項4「出席して」是「出席します」（出席）的て形。

（　）② コーヒーは　＿＿＿＿ので、こどもは　のまないほうが　いいです。

　　　1. にがい　　　　2. つめたい　　　3. さむい　　　4. いそがしい

中譯　因為咖啡苦，小孩不要喝比較好。

解析　選項1是「苦い」是「苦的」；選項2「冷たい」是「冷的、冰的」；選項3
　　　「寒い」是「（天氣）寒冷的」；選項4「忙しい」是「忙碌的」。

（　）③ みちを　＿＿＿＿、かいぎに　おくれました。

　　　1. まちがえて　　　　　　　　2. まにあって

　　　3. のりかえて　　　　　　　　4. みつけて

中譯　弄錯路，開會遲到了。

解析　選項1是「間違えて」是「間違えます」（弄錯）的て形；選項2「間に合って」

是「間に合います」（來得及）的て形；選項3「乗り換えて」是「乗り換えます」（換車）的て形；選項4「見付けて」是「見付けます」（找到）的て形。

（　）④ おんなのこは ＿＿＿＿＿ を　たくさん　もって　います。

　　　1. エスカレーター　　　　　　　2. カーテン

　　　3. アクセサリー　　　　　　　　4. スクリーン

中譯 女孩子有很多飾品。

解析 選項1是「エスカレーター」是「手扶梯」；選項2「カーテン」是「窗簾」；選項3「アクセサリー」是「飾品」；選項4「スクリーン」是「螢幕」。

（　）⑤ A「＿＿＿＿＿」

　　　B「ごしょうたい　ありがとう　ございます」

　　　1. いってらっしゃい　　　　　　2. よく　いらっしゃいました

　　　3. おかげさまで　　　　　　　　4. いって　まいります

中譯 A「很高興您的到來。」

　　　B「謝謝您的招待。」

解析 選項1是「いってらっしゃい」是「請慢走」；選項2「よくいらっしゃいました」是「很高興您的到來」；選項3「お陰さまで」是「託您的福」；選項4「いってまいります」是「我走了」。

（　）⑥ れいぞうこの ＿＿＿＿＿ が　おかしいので、しゅりを　たのみました。

　　　1. きぶん　　　2. つごう　　　3. ぐあい　　　4. ようじ

中譯 因為冰箱的狀況怪怪的，所以送修了。

解析 選項1是「気分」是「心情、身體的感覺」；選項2「都合」是「方便」；選項3「具合」是「狀況」；選項4「用事」是「（待辦的）事情」。

（　）⑦ このテストは ＿＿＿＿＿ かんたんです。

　　　1. もうすぐ　　　2. しっかり　　　3. そろそろ　　　4. わりあいに

中譯 這個測驗比想像還簡單。

解析 選項1是「もうすぐ」是「即將」；選項2「しっかり」是「結實地」；選項3「そろそろ」是「差不多」；選項4「割合に」是「比想像還～」。

（　）⑧ きのうの　こうぎは　とても　＿＿＿＿。

   1. やくに　たちました　　　　2. なくなりました

   3. そばに　おきました　　　　4. きを　つけました

中譯　昨天的上課非常有益。

解析　選項1是「役に立ちました」是「對～有幫助的」；選項2「なくなりました」是「不見了」；選項3「そばに置きました」是「放在旁邊了」；選項4「気をつけました」是「小心了」。

（　）⑨ がっこうの　りょうは　とおくて　＿＿＿＿です。

   1. じゅうぶん　　　2. ふべん　　　　3. さびしい　　　4. じゃま

中譯　學校的宿舍又遠又不方便。

解析　選項1是「十分」是「足夠（的）、充分（的）」；選項2「不便」是「不方便」；選項3「寂しい」是「寂寞的」；選項4「じゃま」是「打擾、障礙」。

（　）⑩ ひとの　ては　＿＿＿＿が　じゅっぽん　あります。

   1. け　　　　　　　2. ゆび　　　　　3. め　　　　　　4. かみ

中譯　人的手有十隻指頭。

解析　選項1是「毛」是「毛髮」；選項2「指」是「手指頭」；選項3「目」是「眼睛」；選項4「髪」是「頭髮」。

もんだい4　＿＿の　ぶんと　だいたい　おなじ　いみの　ぶんが あります。1・2・3・4から　いちばん　いい　ものを ひとつ　えらんで　ください。

（　）① 「えんりょなく　めしあがって　ください」

   1. いっぱい　うたって　ください。

   2. いっぱい　いって　ください。

   3. いっぱい　きいて　ください。

   4. いっぱい　たべて　ください。

中譯 「別客氣，請享用。」

解析 選項1是「請盡情地唱」；選項2是「請盡情地說」；選項3是「請盡情地聽」；選項4是「請盡情地吃」。所以正確答案是4。

（　）② このパソコンは　たいわんせいです。

　　　1. このパソコンは　たいわんで　つくられました。

　　　2. このパソコンは　たいわんに　ゆにゅうされました。

　　　3. このパソコンは　たいわんに　うられました。

　　　4. このパソコンは　たいわんに　すてられました。

中譯 這台個人電腦是台灣製。

解析 選項1是「這台個人電腦是在台灣製造的」；選項2是「這台個人電腦進口到台灣了」；選項3是「這台個人電腦在台灣被販售了」；選項4是「這台個人電腦在台灣被丟棄了」。所以正確答案是1。

（　）③ マリア「ひさしぶりですね」

　　　1. マリアさんは　このひとと　よく　あいます。

　　　2. マリアさんは　このひとと　あまり　あいません。

　　　3. マリアさんは　このひとを　しりませんでした。

　　　4. マリアさんは　このひとと　しゅうに　よんかい　あいます。

中譯 瑪麗亞「好久不見了。」

解析 選項1是「瑪麗亞小姐和這個人經常見面」；選項2是「瑪麗亞小姐和這個人不太見面」；選項3是「瑪麗亞小姐不認識這個人」；選項4是「瑪麗亞小姐和這個人，一個禮拜見四次面」。所以正確答案是2。

（　）④ かいしゃに　ついたばかりです。

　　　1. かいしゃに　ついて　もう　いちにちに　なりました。

　　　2. かいしゃに　ついて　もう　いちじかんに　なりました。

　　　3. もうすぐ　かいしゃに　つきます。

　　　4. じゅっぷんまえに　かいしゃに　つきました。

中譯 剛抵達公司。

解析 選項1是「抵達公司已經一天了」；選項2是「抵達公司已經一個小時了」；選項3是「快要抵達公司了」；選項4是「十分鐘前抵達公司」。所以正確答案是4。

（　）⑤ らいねん　だいがくに　はいることに　しました。

1. らいねん　だいがくで　べんきょうすることに　きめました。

2. らいねん　だいがくで　べんきょうするかもしれません。

3. らいねん　だいがくで　べんきょうするだろう。

4. らいねん　だいがくで　べんきょうするか　どうか　わかりません。

中譯 決定明年進大學。

解析 選項1是「決定明年在大學唸書」；選項2是「也許明年在大學唸書」；選項3是「大概明年在大學唸書吧」；選項4是「不知道明年是否在大學唸書」。所以正確答案是1。

もんだい5　つぎの　ことばの　つかいかたで　いちばん　いい
　　　　　ものを　1・2・3・4から　ひとつ　えらんで　ください。

（　）① おかげ

1. せんせいの　おかげで　しけんに　ごうかくしました。

2. おかげまで　がんばりましょう。

3. おかげの　うちに　べんきょうしたほうが　いい。

4. だいがくせいは　ほとんど　おかげを　もって　います。

中譯 託老師的福，考試合格了。

解析 「おかげ」（託福）是名詞，習慣用於向人家報告好的事情，所以正確答案是1，其餘用法皆不正確。

（　）② とうとう

    1. うわさどおり　<u>とうとう</u>　きれいなひとです。

    2. しあいは　<u>とうとう</u>　まけて　しまいました。

    3. はるが　<u>とうとう</u>　きます。

    4. いっしゅうかん　かかって　レポートが　<u>とうとう</u>　できました。

中譯 比賽最終還是輸了。

解析 「とうとう」（終於）是副詞，用於「不好的結果」，所以正確答案是2，其餘用法皆不正確。

（　）③ へん

    1. くうきは　にんげんには　<u>へん</u>なものです。

    2. でんきを　つけて、へやを　<u>へん</u>に　します。

    3. あしたは　<u>へん</u>の　はれるでしょう。

    4. へやから　<u>へん</u>なおとが　きこえました。

中譯 從房間傳來奇怪的聲音。

解析 「変」（奇怪的）是ナ形容詞，根據語意所以正確答案是4，其餘用法皆不正確。

（　）④ よごれる

    1. しろいふくは　すぐ　<u>よごれ</u>ます。

    2. やきゅうの　しあいで　<u>よごれ</u>ました。

    3. ちかくに　おおきなビルが　<u>よごれ</u>ました。

    4. かれしと　いちねんまえに　<u>よごれ</u>ました。

中譯 白色的衣服馬上會弄髒。

解析 「汚れる」（弄髒）是動詞，習慣用於衣物或是身心，所以正確答案是1，其餘用法皆不正確。

（　）⑤ うれしい

    1. きょうは　<u>うれしい</u>いちにちです。

    2. このがっこうの　ソフトは　<u>うれしい</u>です。

    3. せんせいに　ほめられて　とても　<u>うれしい</u>です。

    4. まどから　<u>うれしい</u>けしきが　みえます。

中譯 被老師稱讚，非常高興。

解析 「うれしい」（高興的）是イ形容詞，習慣用於形容心情，所以正確答案是3，
其餘用法皆不正確。

もんだい6　＿＿＿に　何を　入れますか。1・2・3・4から　いちばん　いい　ものを　一つ　えらんで　ください。

（　）① ＿＿＿＿ 買うけど、ちょっと　高すぎる。
　　　1. 安さ　　　　2. 安ければ　　　3. 安くて　　　4. 安い

中譯 如果便宜的話就買，可是有點貴。

解析 「イ形容詞去い＋ければ」是「假設」的用法，所以正確答案為選項2。其餘選
項皆為錯誤的文法。

（　）② あのかど＿＿＿＿　まがると　銀行が　見えます。
　　　1. から　　　　2. に　　　　3. を　　　　4. で

中譯 那個角落轉彎就可以看到銀行。

解析 選項3「を」表示「經過」。其餘選項皆為錯誤的文法。

（　）③ 辞書＿＿＿＿　しらべて　みたら、すぐ　わかります。
　　　1. で　　　　2. から　　　3. に　　　4. と

中譯 用字典查閱的話，馬上就知道。

解析 選項1「で」是表示「方法手段」。其餘選項皆為錯誤的文法。

（　）④ 彼が　学校を　やめたと　いうのは、ほんとうの　＿＿＿＿です。
　　　1. よう　　　2. みたい　　　3. らしい　　　4. そう

中譯 他休學的事情，好像是真的。

解析 選項1是「名詞＋の＋ようです」表示「樣態」，意思是「好像～」、「似
乎～」。選項2的用法為「名詞＋みたいです」（看起來像是～）；選項3的用

法為「名詞＋らしいです」（根據傳聞，好像是～）；選項4的用法是「名詞＋だ＋そうです」（聽說～）。

（　）⑤ そんなこと、こども_____ できます。

　　　　1. より　　　　　2. でも　　　　　3. ほど　　　　4. しか

中譯 那種事情，就算是小孩也會。

解析 選項3「でも」是「就算是」；選項1「より」是「比較」的意思，習慣以「AはBより～」（A比B～）的方式使用；選項2「ほど」是「程度」的意思，習慣以「AはBほどない」（A沒有B～）的方式使用；選項4「しか」是「只有」的意思，習慣以「～しかない」（只有～）的方式使用。

（　）⑥ A「ここに　なまえを　書いて　ください」

　　　B「日本語で _____か」

　　　A「はい、日本語で　書きなさい」

　　　1. 書かなくては　いけません

　　　2. 書かなくても　いいです

　　　3. 書けても　いいです

　　　4. 書けたら　いいです

中譯 A「請在這寫名字。」

　　　B「可以用日語寫嗎？」

　　　A「對，用日語寫。」

解析 選項1是「～なくてはいけません」是「不～不行」；選項2「～なくてもいいです」是「不～也可以」；選項3「～て形＋もいいです」是「～也可以」；選項4「～たらいいです」是「如果～的話就好」。

（　）⑦ 林先生は　いつも　学生_____ ような宿題を　出します。

　　　　1. と　考えた　　　　　　　　2. に　考えさせる

　　　　3. に　考えられる　　　　　　4. で　考えよう

中譯 林老師總是出讓學生思考的作業。

解析 選項2「～に考えさせる」是「考えます」（思考）的「使役形」，意思是「讓～思考」。選項1「～と考えた」（思考了）是「考えます」的「た形」；選項3「～に考えられる」（可以思考）是「考えます」的「可能形」；選項4「～で考えよう」（打算考慮）是「考えます」的「意向形」，皆不適用於本句。

（　）⑧ A「かれが　犯人だったそうです」

　　　B「_____　そうでしたか」

　　　1. やっぱり　　　　2. やっと　　　　3. もし　　　　4. かなり

中譯 A「他好像是犯人。」

　　 B「果然是那樣嗎？」

解析 選項1是「やっぱり」是「果然」；選項2「やっと」是「終於」；選項3「もし」是「如果」；選項4「かなり」是「相當地」。

（　）⑨ 吉田恵子_____人を　知って　いますか。

　　　1. との　　　　　　2. とは　　　　　3. のは　　　　4. と　いう

中譯 你認識叫做吉田惠子的人嗎？

解析 選項4「～と言う」是「所謂的～」、「叫做～」的意思。其餘選項皆為錯誤的文法。

（　）⑩ 社長は　もう　_____。

　　　1. お帰りなりました　　　　　　2. お帰りしました

　　　3. お帰りに　なりました　　　　4. お帰りに　しました

中譯 社長已經回去了。

解析 選項3「お＋和語動詞ます形去ます＋になります」，本句型屬尊敬的語態，用來表現對方的動作，所以主詞不可為第一人稱。

（　）⑪ おなじ　ほんを　五冊_____　買って　しまいました。

　　　1. を　　　　　　2. も　　　　　3. に　　　　4. か

中譯 同樣的書買了五本。

解析 選項2「量詞＋も」表示「強調數量」。其餘選項皆為錯誤的文法。

（　）⑫ らいげつ　遊園地^{ゆうえんち}へ　あそび_____　いきませんか。

　　　　　1. で　　　　　　　2. に　　　　　　3. を　　　　　4. と

中譯 下個月要去遊樂園玩嗎？

解析 選項2「動詞ます形去ます＋に」表示「目的」。其餘選項皆為錯誤的文法。

（　）⑬ A「きのう　どうして　学校^{がっこう}を　やすんだの」
　　　　 B「頭^{あたま}が　_____」
　　　　 1. 痛^{いた}いんだ　　　　　　　　2. 痛^{いた}かったんだ
　　　　 3. 痛^{いた}くないんだ　　　　　　4. 痛^{いた}いかったんだ

中譯 A「昨天為什麼跟學校請假？」
　　 B「因為頭痛。」

解析 利用「イ形容詞普通體＋んです」句型。因為是昨天，所以要先改成過去式的
　　 普通體，首先「イ形容詞去い＋かった」，然後再加上「んだ」（「だ」為「で
　　 す」的普通體）。

（　）⑭ そのくつを　はいて　_____　いいですか。

　　　　　1. みては　　　　2. みても　　　　3. みると　　　4. みれば

中譯 可以穿看看那雙鞋嗎？

解析 「動詞て形＋みます」表示「嘗試～看看」，所以正確答案為選項2。再者，將
　　 「みます」改成て形，套用「～て形＋もいいですか」句型，為「尋求許可」
　　 的意思。

（　）⑮ さっき　たべた_____、また　お腹^{なか}が　すいて　きました。

　　　　　1. のに　　　　　　2. のも　　　　　3. のを　　　　4. ので

中譯 剛剛才吃過，肚子卻又餓了。

解析 「動詞普通體＋のに」表示逆接。意思是「～卻～」。所以正確答案為選項1。
　　 選項2「のも」是「也」的意思；選項3「のを」屬於「受詞」的表現；選項4
　　 「ので」是「因為」的意思，用於順接的時候。

もんだい7 ＿＿★＿＿に　入る　ものは　どれですか。1・2・3・4から
　　　　　　いちばん　いい　ものを　一つ　えらんで　ください。

（　）① 天気予報に　よると ＿＿＿＿ ＿＿＿＿ ＿＿★＿ ＿＿＿＿。

　　　　　1. あしたは　　　　2. 一日　　　　3. そうだ　　　4. あめだ

中譯 根據天氣預報，明天一整天是雨天。

解析 正確的排序是「天気予報に　よると　あしたは　一日　あめだ　そうだ」。

（　）② わたしは ＿＿＿＿ ＿＿＿＿ ＿＿★＿ ＿＿＿＿。

　　　　　1. ともだちに　　2. おみやげを　　3. あげました　4. くにの

中譯 我送朋友我國的土產。

解析 正確的排序是「わたしは　ともだちに　くにの　おみやげを
あげました」。

（　）③ ＿＿＿＿ ＿＿＿＿ ＿＿★＿ ＿＿＿＿、お酒を　飲まないほうが　いいです。

　　　　　1. かえる　　　　　　　　2. 車を

　　　　　3. うんてんして　　　　　4. なら

中譯 如果要開車回去的話，別喝酒比較好。

解析 正確的排序是「車を　うんてんして　かえる　なら、お酒を　飲まないほうが
いいです」。

（　）④ A「こんどの　やすみに　いっしょに　りょこうしませんか」
　　　　　B「＿＿＿＿ ＿＿＿＿ ＿＿★＿ ＿＿＿＿ です」

　　　　　1. やすみに　　　　　　　2. きこくする

　　　　　3. つもり　　　　　　　　4. すみません

中譯 A「下次放假，要不要一起去旅行？」
　　　B「抱歉，放假時打算要回國。」

解析 正確的排序是「すみません　やすみに　きこくする　つもり　です」。

（　）⑤ 学生の <ruby>学生<rt>がくせい</rt></ruby>の ＿＿＿＿ ＿＿＿＿ ＿★＿ ＿＿＿＿。

　　　1. したい　　　　2. いろいろな　　3. けいけんを　4. あいだに

中譯 在當學生的期間，想要有各式各樣的經驗。

解析 正確的排序是「<ruby>学生<rt>がくせい</rt></ruby>の　あいだに　いろいろな　けいけんを　したい」。

もんだい8　　①　から　　⑤　に　<ruby>何<rt>なに</rt></ruby>を　<ruby>入<rt>い</rt></ruby>れますか。1・2・3・4
　　　　　　からいちばん　いい　ものを　<ruby>一<rt>ひと</rt></ruby>つ　えらんで　ください。

　　わたしは　<ruby>秋<rt>あき</rt></ruby>が　いちばん　<ruby>好<rt>す</rt></ruby>きです。<ruby>何<rt>なに</rt></ruby>を　するにも
ちょうど　いい①きせつだからです。
　　たとえば、べんきょうです。②<ruby>夏<rt>なつ</rt></ruby>ほど　あつくないので、
ちょうじかん　ほんを　よんでも　ねむく　なりません。
　　また、りょこうにも　いいです。きれいなこうようが
③みられるし、おいしいたべものも　いっぱい　<ruby>食<rt>た</rt></ruby>べられます。
<ruby>秋<rt>あき</rt></ruby>に　おいしいたべものは、④たとえば　<ruby>柿<rt>かき</rt></ruby>や　<ruby>栗<rt>くり</rt></ruby>、<ruby>梨<rt>なし</rt></ruby>、<ruby>牡蠣<rt>かき</rt></ruby>、
かになどです。
　　それから、<ruby>秋<rt>あき</rt></ruby>は　<ruby>運動<rt>うんどう</rt></ruby>の　きせつでも　あります。<ruby>走<rt>はし</rt></ruby>ったり、
ハイキングしたり　して、<ruby>汗<rt>あせ</rt></ruby>を　<ruby>流<rt>なが</rt></ruby>したあとは、さいこうの
⑤きぶんです。

　　我最喜歡秋天。因為是個不管做什麼事情，都剛剛好的季節。

　　例如唸書。因為不像夏天那麼熱，長時間閱讀，也不會想睡覺。

　　還有，旅行也很好。不僅可以看到美麗的紅葉，還能吃到滿滿的美食。秋天的美食，例如：柿子啦、栗子、梨子、牡蠣、螃蟹等。

　　再者，秋天也是運動的季節。跑跑步、健行等，流汗之後，是最棒的感覺。

（　）① 1. きせつな　　　2. きせつだ　　　3. きせつを　　　4. きせつの

中譯 因為是個不管做什麼事情，都剛剛好的季節。

解析 因為「季節」（季節）為名詞，普通體需要加「だ」以連接「から」。

（　）② 1. 夏と　　　　2. 夏より　　　　3. 夏の　ほう　　4. 夏ほど

中譯 因為不像夏天那麼熱，長時間閱讀，也不會想睡覺。

解析 這邊所使用的句型為「～ほど＋否定」，表示「程度不及～」的意思。

（　）③ 1. みられるし　　2. みったり　　　3. みるとか　　　4. みながら

中譯 不僅可以看到美麗的紅葉，還能吃到滿滿的美食。

解析 這邊所使用的句型為「～し～し」，表示「原因的列舉」。

（　）④ 1. そして　　　　2. たとえば　　　3. それでは　　　4. ところが

中譯 秋天的美食，例如：柿子啦、栗子、梨子、牡蠣、螃蟹等。

解析 「例えば」表示「舉例」的意思。

（　）⑤ 1. きぶん　　　　2. ふんいき　　　3. かんがえ　　　4. きもち

中譯 跑跑步、健行等，流汗之後，是最棒的感覺。

解析 選項1是「気分」是「心情、身體的感覺」；選項2「雰囲気」是「氣氛」；選項3「考え」是「想法」；選項4「気持ち」是「情緒、身體的感覺」。

國家圖書館出版品預行編目資料

新日檢N4言語知識（文字・語彙・文法）
全攻略　新版 / 張暖彗著
--四版--臺北市：瑞蘭國際, 2023.04
352面；17 x 23公分 --（檢定攻略系列；75）
ISBN：978-626-7274-21-7（平裝）
1.CST：日語 2.CST：讀本 3.CST：能力測驗

803.189　　　　　　　　　112004659

檢定攻略系列 75

新日檢N4言語知識（文字・語彙・文法）
全攻略 新版

作者｜張暖彗・責任編輯｜王愿琦、葉仲芸
校對｜張暖彗、王愿琦、葉仲芸

日語錄音｜福岡載豐・錄音室｜不凡數位錄音室
封面設計｜劉麗雪、陳如琪・版型設計｜張芝瑜、Viola Hsu
內文排版｜張芝瑜・排版協力｜帛格有限公司、Viola Hsu

瑞蘭國際出版

董事長｜張暖彗・社長兼總編輯｜王愿琦
編輯部
副總編輯｜葉仲芸・主編｜潘治婷・主編｜林昀彤
設計部主任｜陳如琪
業務部
經理｜楊米琪・主任｜林湲洵・組長｜張毓庭

出版社｜瑞蘭國際有限公司・地址｜台北市大安區安和路一段104號7樓之1
電話｜(02)2700-4625・傳真｜(02)2700-4622・訂購專線｜(02)2700-4625
劃撥帳號｜19914152 瑞蘭國際有限公司・瑞蘭國際網路書城｜www.genki-japan.com.tw

法律顧問｜海灣國際法律事務所　呂錦峯律師

總經銷｜聯合發行股份有限公司・電話｜(02)2917-8022、2917-8042
傳真｜(02)2915-6275、2915-7212・印刷｜科億印刷股份有限公司
出版日期｜2023年04月初版1刷・定價｜420元・ISBN｜978-626-7274-21-7
　　　　　2024年04月初版3刷

瑞蘭國際

瑞蘭國際

瑞蘭國際